大唐狄公案 02

湖滨案

THE CHINESE LAKE MURDERS

[荷] 高罗佩 著
张凌 译

上海译文出版社

Robert van Gulik

THE CHINESE LAKE MURDERS

图书在版编目(CIP)数据

湖滨案 / (荷) 高罗佩 (Robert van Gulik) 著 ; 张凌译. -- 上海 : 上海译文出版社, 2025. 8. -- (大唐狄公案 : 文库本). -- ISBN 978-7-5327-9896-4

Ⅰ. I563.45

中国国家版本馆CIP数据核字第2025EB3605号

湖滨案

(荷)高罗佩 著　张凌 译

责任编辑 / 顾真　装帧设计 / 赤徉

上海译文出版社有限公司出版、发行

网址：www.yiwen.com.cn

201101　上海市闵行区号景路159弄B座

苏州市越洋印刷有限公司印刷

开本 890×1240　1/64　印张 7.375　插页 2　字数 134,000

2025年8月第1版　2025年8月第1次印刷

印数：0,001—8,000册

ISBN 978-7-5327-9896-4

定价：35.00元

汉源全景

1. 县衙　2. 孔庙　3. 佛寺　4. 梁府　5. 韩宅　6. 张宅　7. 刘宅　8. 绿柳坊　9. 鱼市

花船全图

荷文本导言

托马斯·范古利克

美国波士顿大学缪加尔图书馆里存有高罗佩收藏。这一文献中心旨在搜集世界各国著名作家和诗人的著述资料以供研究者使用，包括生平记录、原始手稿和私人笔记，都是作家本人为此目的而赠予此处的。在一个文件盒里，有一篇高罗佩所写的关于狄公案系列小说的文章，记述了他如何开始创作这些侦探小说，如何建构故事，在何种背景下写作，其中最有趣的是他本人对于特殊书名的考虑。波士顿大学的这批文献收入了有关狄公案系列小说及其作者的丰富资料，面向所有公众开放。

高罗佩（1910—1967）生于荷兰聚特芬，曾在莱顿大学攻读中文，在乌特勒支大学以研究马头明王的论文获得博士学位后，进入海牙外交部工作，时年二十四岁。1935 年 5 月 3 日，他离家前往荷兰驻东京大使馆，从此开启了外交官生涯。在东京任职时，流利的日语使他能够与日本上层人士建立联系，从而得到一些大多数西方外交官无法获取的重要信息。在第二次世界大战爆发的前几年，局势日渐紧张，他为海牙写出了关于日本和中国政治状况的报告，这些富有价值的文章为他赢得了远东专家的身份。

日本偷袭珍珠港标志着二战在远东的爆发。对日本宣战后，盟国使团纷纷撤离并交换外交官。所有外交人员登上停靠在横滨港口的“龙田丸号”汽船，准备离开日本，每人只许携带一只箱子。高罗佩从书房里抓了几本中文书塞入行囊，其中一本是清代公案小说（即《武则天四大奇案》），讲述了唐代传奇判官狄公如何在几名随从的协助下智断三桩疑案的故事。作为一名侦探小说的狂热爱好者，高罗佩将这部原汁原味的中国公案小说译成了英文（即英译本《狄公案》），旨在向西方人展示中国具有自己的侦探小说风格，自己的梅格雷或歇洛克·福尔摩斯，甚至还有自己的华生。

英译本出版后引起了热烈的反响，高罗佩受此鼓舞，让这位唐代大侦探在自己创作的狄公案系列小说里重获新生。他将故事背景设定在明朝，即中国艺术与文化发展的巅峰时期，这一设定为他创造故事背景提供了更多可能性，他还自行绘制了明代风格的插图。在狄公案系列小说中，他将有关中国历史与文化的广博知识和真实历史背景下的精彩故事成功地结合在一起。

正如缪加尔图书馆里的记录所示，高罗佩在1952年写出了《湖滨案》初稿，当时他正在荷兰驻新德里大使馆担任参赞。正如其他所有狄公案小说一样，他也是用英文写成此书的。他的好友之一、英国人希拉里·瓦丁顿当时在印度考古局工作，也是侦探小说的狂热爱好者，读过《湖滨案》手稿后，为其绘制了花船全图和花船平面图，这两幅图画是全部小说中仅有的出自他人之手的作品，其他全由作者自绘。高罗佩写完后，对全书不甚满意，于是把手稿搁置一旁，直到 1957 年，伦敦的出版商在成功出版了《铜钟案》和《迷宫案》之后、接着要求下一部小说时，他才重又看过。当时他已被任命为负责黎巴嫩和叙利亚事务的中东公使，于是在驻地贝鲁特重写了此书。虽然他认为《湖滨案》要胜过《铜钟案》和《迷宫案》，但是仍然觉得篇幅过长，情节也过于复杂。他曾经计划以更简略的方式重写此书，然而从未实现过，并不仅仅是因为读者对它评价很高。在《湖滨案》之后，高罗佩写出了第五部小说《铁钉案》，出版于 1960 年。此时他仍然依照中国传统公案小说的风格进行写作，书中人物众多，但是之后转而采用一种新形式，人物更少，故事的时间跨度也更短，对于读者来说复杂程度稍减。

在《武则天四大奇案》里，有几名随从协助狄公办案。高罗佩创作出粗犷勇猛的马荣和乔泰，狄公在首次外放、赴任蓬莱的路上曾被这一对绿林兄弟拦路劫财，但是二人输在了剑法高明的狄公手下，由于对狄公人品和武艺的敬服，主动要求投身效命（见《黄金案》）。狄公需要几名身强力壮的大汉协助查案，于是任命二人为官差。洪亮既是狄家的老仆人，一直也是狄公的亲信谋士。在《湖滨案》里，陶干也加入进来，此人曾以走江湖行骗为生，对下层社会了如指掌，还会溜门撬锁，被狄公从危境中解救后，主动提出愿做手下。从此这四人忠心耿耿地为狄公效力，跟随他从一处调任到另一处。

在《湖滨案》第九章里，狄公夜访汉源乡绅、舞姬溺亡案的嫌犯之一韩永翰时，韩永翰正躺在镶有螺钿、配有丝枕的乌木长榻上。父亲确实有一张这样的中式古董长榻，嵌有大理石板，宽大得足够我们所有人同时坐在上面。此物曾经摆在东京大使官邸内的书房里，而海牙和吉隆坡的书房则容纳不下。我们保存有一张照片，拍的是父亲和他的朋友、荷兰作家莱昂纳德·豪伊津哈坐在榻上交谈，或许正试图寻找下一本书或下一篇文章的写作灵感。

如果高罗佩在后记里没有详细解释小说中出现的各种事物，他就不能算是一个真正的汉学家。他受到中国古籍中所录案例的启发，借用了花船作为案发现场。我曾经收到过一封读者来信，信中提议在《湖滨案》新版里，围棋应该用日语中的“碁”（ご，go）来代替。我所能做的就是告诉这位读者去看小说后记，里面详细解释了围棋如何在八世纪时从中国传到日本，并在日本以“碁”为名继续繁荣发展。如同小说中所述，狄公正是从第五章的棋谱里发现了解开汉源谜团的关键。

2015 年 7 月

前言

高罗佩

《湖滨案》一书讲述了狄公在666年被任命为汉源县令后，如何破获了三桩疑案。

汉源是一个古老的小城，在京师长安西北方向二百里外，地处群山之中，常与外界隔绝，因此少有异乡人移居此处。汉源城坐落在山间的一个大湖边，此湖颇为神秘，自古以来便有许多离奇古怪的传说。在湖中溺死者向来尸骨难寻，但是据说有人看见过其鬼魂在岸上游荡。同时此湖也因为花船而颇负盛名，花船是水上行院，人们可在那里大摆宴席，并与美丽的歌伎舞姬们在湖上饮酒作乐，直至通宵达旦。

在这个古怪的老城内，狄公遇到一桩残酷的杀人案。当他调查案件时，又遇到另外两桩疑案，于是便陷入了由阴谋叛乱、野心贪婪以及有悖伦常的情欲交织而成的谜团之中。

本书开篇处有一幅汉源全图，还有一幅花船全图，后者与书中第 35 页[1]的花船平面图，皆是吾友希拉里·瓦丁顿（Hilary Waddington）先生绘制而成，他曾在印度新德里考古局担任总监一职。[2]

后记中有关于中国古代司法体系的简要介绍，还有关于此书中一些特殊内容的评议，并附有中文资料来源说明。

1 此处指 1960 年在美国出版的英文本页码。

2 荷兰文本前言中，最后附有一句："当时是 1952 年，我正在新德里写作此书。"此句在英文本前言中被删去。

目录

人物表 / 001

第一回 / 001 刑官抱病手写呓录 县令受邀赴宴花船

第二回 / 033 夜欢会座中观歌舞 忽惊魂水下现浮尸

第三回 / 049 行权宜宴席变公堂 听异闻侍女述鬼怪

第四回 / 067 派亲信賨夜守花船 赴行院彻查得情信

第五回 / 083 马荣讲述舞姬秘事 张翁被控害命藏尸

第六回 / 107 书斋内查案寻踪迹 寺庙中验尸惊众人

第七回 / 125 现男尸又增新谜案 探内情连访旧乡绅

第八回 / 143 入梁府观鱼听鸟语 招亲随论案讲疑情

第九回 / 165 独登露台凭栏赏月 夜访韩府惊闻遇劫

第十回 / 189 俏佳人引路见古迹 小佛堂叙话论今人

第十一回 / 203 探消息马荣连失意 离县城狄公查舆情
第十二回 / 217 遇险情官差驱暴众 知根底游民述隐衷
第十三回 / 237 探家事洪亮遭误会 设陷阱陶干捉伪僧
第十四回 / 261 张秀才细述奇遭遇 狄县令严审恶鸨母
第十五回 / 287 捉头领人去楼已空 审走卒未语身先死
第十六回 / 305 闯江北处处惹骚乱 躲暗地节节胜匪徒
第十七回 / 335 新妇获救细述命案 狄公苦思终解棋局
第十八回 / 355 夜半时古宅忽失火 密室内怪客突行凶
第十九回 / 373 衙中乍现不速之客 府内终获叛乱罪魁
第二十回 / 395 携众人驾舟闲垂钓 遇水兽揭开旧谜团

后　记 / 419

译后记 / 435

插图一览

夜半时湖畔逢奇遇 / 014

云中仙子舞 / 040

花船平面图 / 075

棋局 / 087

刘飞波状告张文章 / 098

狄县令查案入书斋 / 112

梁芬恭迎县令驾临 / 147

小佛堂叙话论今人 / 195

村民见官细述骗局 / 221

闯江北处处惹骚乱 / 314

妓院中新妇遭凌虐 / 349

府内终获叛乱罪魁 / 391

携众人驾舟闲垂钓 / 400

韩柳絮 韩咏翰之女。

杏　花 汉源绿柳坊歌伎。

银莲花 汉源绿柳坊歌伎。

桃　花 汉源绿柳坊歌伎。

王掌柜 金匠行会首领。

彭掌柜 银匠行会首领。

苏掌柜 玉工行会首领。

孔掌柜 茶商，张家邻居。

毛　源 木匠。

毛　禄 毛源之堂弟。

梁孟光 光禄大夫，致仕后定居汉源。

梁　芬 梁孟光之侄，任梁家书记。

万一帆 掮客。

孟　骥 钦差大臣。

人物表

狄仁杰 汉源县令，人称「狄公」。汉源地处京师长安以西二百里外，是一个山间小城。

洪亮 狄公的亲信随从，县衙都头，人称「洪都头」。

马荣 狄公的亲信随从。

乔泰 狄公的亲信随从。

陶干 狄公的亲信随从，在第十二回中出场。

韩咏翰 汉源名士，富裕地主乡绅。

康伯 富裕丝绸商人。

康仲 康伯之弟。

张文章 文学博士。

张虎彪 张文章之子，秀才。

刘飞波 京城富商。

刘月仙 刘飞波之女。

KE MURDERS

第一回

刑官抱病手写吃录
县令受邀赴宴花船

唯天知命，明其始终。

凡人莫辨，不晓吉凶。

判官在堂，权如天公。

慎怀敬畏，上有苍穹。

值此大明盛世，若是有人为官廿载，想必总不至于自觉仕途惨淡。先父仕宦一生，已逾半百，刚刚度过七十寿诞后遽尔病终，官至光禄大夫。再过三天，我也将步入不惑之年——但愿老天保佑我不要活到那个时候。

我已是受尽了折磨，头脑清醒的时候愈来愈少，每逢这时便会忆起往昔岁月，此乃唯一的逃避之法。四年前，我被擢升为大理寺司直，年仅三十五岁便任此要职，实为恩遇殊荣，众人纷纷预言我前程未可限量。我领着全家迁入朝廷指派的阔大宅院时，心中何其得意，牵着爱女的小手在园中漫步时，我又是何其欢喜！那时她尚在幼年，只是一个孩童，却已识得许多草木花卉之名，但凡我随手一指，她都能叫得出名目来。四年的光阴——如今看来何其遥远，简直恍如隔世一般。

然而此时此刻，你这阴森迫人的暗影又一次逼近面前，令我在恐惧中瑟缩，并且不得不臣服于你。即使这样短暂的稍事休憩也会令你如此怨毒？难道我不曾依你的吩咐一一照办？自从上月离开汉源，离开那可怖的古城与散发着邪气的湖水之后，我不是一回到家中便立刻挑选吉日，已于五天前将女儿嫁了出去么？如今你又有何贵干？我已尝够了这难以忍受的痛苦，周身已变得麻木不仁，我听不清你在说些什么。你是说……说我的女儿必须知道实情？老天有眼，你就不能发发慈悲？她要是知道了那些事，定会肠断心碎，好好一个人便从此完了……不不，求求你不要再折磨我，我一定会照你说的办，只求不要再折磨我……好，好，我现在就开始动笔。

我写了又写，就像那些无眠的夜里振笔疾书时一般，而你这冷面无情的刽子手，如今正立在我的身边。虽然你说旁人看不见你，然而若是有谁被阴邪之物碰触过的话，旁人难道不会从他身上看出痕迹来么？每当我走在空寂的长廊里，迎面遇上众妻妾中的任何一人时，她总是立即转过脸去。每当我在公房中读罢文书，抬头四下打量时，总是看见手下一众小吏正紧盯着我。当他们连忙再度埋首桌案时，我知道人人都暗自捏紧了新近佩戴的驱邪灵符，无疑觉察出我从汉源回来后并不止是大病一场。若是病入膏肓，总还能博得怜悯惋惜；若是邪魔附体，则只会令人辟易远避唯恐不及。

他们个个都不明白。他们只该可怜我才是，可怜一个遭到残忍至极的刑罚、不得不亲手对自己实施凌迟之人：在刽子手的胁迫下，亲自动手一刀又一刀切下自己的血肉。最近这几日里，我每写下一个字，每透露一桩事，就仿佛是从自己身上活活切下一片肉来，还有我曾在大江南北精心布置的一张大网，上面的网绳也被逐条斩断，每个断裂的网结都是一个被摧毁的希望，被打消的幻象，和被虚掷的美梦。如今一切都已荡然无存，再也没有人会晓得。我曾经揣想过自己的讣告会登上《邸报》，道是有一朝官，原本年富力强、前程似锦，却因患有迁延不愈的沉疴痼疾而不幸英年早逝。迁延不愈，确实如此，迁延至今，我已剩下一副血迹斑斑的形骸而已。

当罪人已经受尽了折磨，刽子手终于手持匕首刺入他的心脏，这致命的一刀其实最是仁慈不过。既然如此，你这狰狞可怖的暗影，你这以鲜花之名自称的鬼物，为何非要延续我的痛苦？为何非得迫使我毁掉爱女的灵魂，从而将我的心撕成碎片？她从未做过任何错事，从不知道……是是，我听见了你的话，你这可怕的女人，你说我必须写下去，写出我女儿应当知道的所有事情，告诉她上天为何拒绝给我一个速死，为何非得惩罚我缓慢而痛苦地死在你残忍的手中，甚至在此之前还格外开恩，让我得以匆匆瞥见如果不是这一番周折的话……那原本可以顺心如意的一切图景。

是的，我的女儿理应知道一切，关于你我在湖岸上的相遇，关于你给我讲述的古老传说，那一切的一切。不过我起誓如果真有所谓上苍的话，我的女儿一定会原谅我，原谅我这个蓄意谋反的逆贼与杀人凶手，但是我敢说她却不会原谅你！因为你只是仇恨的化身，你将与我同归于尽，永远长眠地下。不不，不要现在才来拽我的手，你曾说过，“快写！”我一定会听命照办。但愿老天对我发些慈悲，还有……还有你。如今再来拦阻已是太迟，因为我已认出了你的真面目，并且终于知道你绝非一位不速之客。每当有人暗中行事，正是那些见不得人的阴暗勾当才会将你召来，你只会将他们紧紧缠住，并且折磨致死。

事到如今，且听我从头说起吧。

当日朝廷派我去汉源公干，只为调查一桩盗用官府库银的案件，并且怀疑当地官员也参与其中。你一定记得今年的春天早早便已来临，温暖的清气中弥漫着一股期待之情，我一时起兴，还曾盘算过带着女儿一道前去汉源，但是兴头过后，还是转而携了年齿最幼的侍妾菊花同行。由于菊花一向与我感情甚笃——我是说在此之前，因此满心希望这饱受折磨的心灵能够复归平静。然而到达汉源城后，我便知道这只是痴心妄想而已。我以为将她抛在了脑后，其实仍然与我同在，她的身影横亘在我们中间，我甚至连碰触一下菊花的纤手都终是不能。

为了忘掉过去，我发狂般地将所有精力投入办案之中，不出几日便大功告成，查明罪犯是个来自京师的小吏，其人也已全盘招供。在我即将离开汉源时，当地官府出于感激之意，于最后一晚在绿柳坊内设宴为我饯行。绿柳坊是歌伎舞姬汇聚之处，已有百年的名声。众人极口称赞我迅速破获了一桩疑案，还说只可惜不能让杏花前来献舞，她在坊内不但美貌无匹，且又舞艺妙绝，其芳名据说取自昔日一个有名的美女，然而就在今天一早，这杏花姑娘却连招呼都没打一个就不见了人影，又道是如果我能在汉源多留几日的话，定能帮忙解开这个谜团！这一番恭维令我十分快意，竟比平时多饮了几杯酒水下肚，入夜以后，方才回到下榻的豪华客栈中。我只觉满心欢喜，一切必会顺利，我定能将那符咒彻底打破！

菊花已在房中等待多时，身着一件桃粉色的单衫，愈发显得窈窕妩媚，一双水灵灵的眸子含情凝望。我正想将她揽入怀中，不料那禁忌之物忽又冒了出来，令我不能如此。

我浑身一竦打个冷战，口中咕哝了一句不知什么鬼话，便转身奔出门去，一直走到花园中，只觉自己仿佛被扼住了喉咙，急于大口吸气，但是园中十分闷热，非得出去到湖边转转不可。看门人正在打盹，我从他身旁蹑足溜过，走上空荡荡的大街，一路行至湖岸边，独自静立半晌，遥望着平静的水面，心中万分绝望。我那精心策划的图谋会将自己变成什么样子？当一个人不再为人时，又如何能统领其他人呢？思前想后，显然只有一个解决的法子。

一旦拿定主意，心里反而平静下来。我松开绛紫长袍的前襟，将黑纱帽从汗湿的前额推到脑后，开始悠闲漫步，想在岸边找个适于行事的地方，口中好像还哼着小曲。红烛未尽，美酒犹温，此时便离席而去，岂不正是恰到好处？四周景致宜人，令我十分惬意。左边有一排杏树，树上开满雪白的杏花，逢此温暖春夜，香气格外馥郁芬芳。右边则是月下的湖面，波光粼粼如同银镜一般。

我顺着蜿蜒曲折的大道一路前行，走过一个转角，于是便看见了她。

她正立在岸边，离湖水近在咫尺，身着一件白丝长裙，腰系绿丝绦，发间簪着一朵白莲，转头望向我时，月光正照在她秀美的面容上。我立时眼前一亮，知道这就是最终能够打破那致命符咒的女人，上天注定为我预备的女人。

我走上前去，她并没说一句平常的寒暄套话，看来亦是心知肚明，开口便道："今年春天，杏花早早便已盛开！"

"意外之喜最是令人欢畅不过！"

"果真总是如此吗？"她面带嘲弄地笑问道，"过来，我指给你看方才我坐过的地方。"

她穿过杏树林，我跟在后面，走到路旁的一小片开阔地中。二人双双坐在一道低矮山梁旁的长草之间。开满白花的杏树垂下万千枝条，像帷幔一般将我们团团罩在其中。

"这里好不古怪！"我握住她冰凉的纤手，快意说道，"你我好似身在世外一般！"

她只是微微一笑，斜瞟了我一眼。我伸手搂住她的纤腰，吻上她温润的樱唇。

她果然除去了那残害我的恶咒，她的拥抱使我得以痊愈，熊熊欲火烧去了我灵魂里深深的创痕。想到一切都会称心如意，我不禁欣喜若狂。

横斜的树枝在她迷人的胴体上投下道道暗影，我用手指顺着树影在她身上一路摩挲，肌肤白皙柔嫩，几如上好的羊脂白玉一般。我忽觉自己竟然信口道出她为我解开恶咒一事。片片花瓣落在她美妙的丰胸前，只见她抬手将花瓣轻轻拂去，坐起身来，开口说道："很久以前，我曾听说过同样的故事，"犹豫片刻又道，"告诉我，莫非你是个会断案的判官？"

方才我曾摘下帽子，又随手挂在一根低枝上，此时月光正照着表示品级的金色官徽，于是抬手一指，禁不住狡黠地笑道："比那还要强些。我乃是朝廷大理寺司直！"

她心领神会地点点头，复又躺回草间，将头枕在交叠的玉臂上，幽幽说道："那故事十分古老，或许你会有兴趣一听，说的是几百年前，就在汉源本地，曾有一位才智超群的县令，当时……"

她娓娓讲述起来，语声柔和媚人，我一时听得出神，竟至忘记了时辰。当她住口不语时，一阵冰冷的恐惧攫住我的心。我从地上猛然坐起，穿上衣袍，系好腰带，一边套上官帽，一边哑声说道："你休想拿一个离奇古怪的故事来愚弄我！你这女人快说，如何会知晓我的秘密？"

她只是抬头望向我，两瓣动人的樱唇一颤，绽出挑衅的笑容。

看见她楚楚怜人的模样，我顿时怒意全消，跪在她身旁说道："谁会介意你究竟是如何知道的！我并不在意你是谁，过去又有何经历，只想说我的计划比你讲的那些更为妥帖周到、万无一失，并且指天发誓，日后只会立你一人为我的正宫皇后！"又捺起她

夜半时湖畔逢奇遇

的衣裙，温柔怜惜地说道，“湖上起了轻风，小心不要着凉！”

她缓缓摇头，我站起身来，将丝裙盖在她裸露的胴体上。就在这时，附近突然传来嘈杂的人声。

只见几条人影直奔过来。我想起她还半卧在地，不觉尴尬万分，急忙挡在她的身前。一位老者走上前来，我认出这人便是汉源县令，却见他朝我身后迅速打量一眼，然后恭敬一揖，衷心赞道：“看来大人已经找到她了！今晚下官去了绿柳坊，从她房中搜出一张字条，然后依照其中所述一路寻来。听说有一股暗流正涌入这片湖湾，大人竟然赶在我等前头查了个水落石出，实在令人惊异！不过着实不必劳动大人亲自将她从岸边移到此处！”说罢转头对手下命道，“去把担架抬来！”

我转身一看，只见雪白的衣裙湿淋淋贴住她的全身，犹如裹尸布一般，凌乱的乌发与湿滑的水草纠缠在一处，粘在她平静而略无生气的面颊上。

暮色降临时，衙院二楼平台上，狄公端坐在低矮的汉白玉雕花石栏旁，一边默默饮茶，一边眺望着面前的开阔景象。

汉源全城就在下方，鳞次栉比的各式屋顶尽收眼底，千家灯火正在渐次点亮。再往下去，便是波平如镜的幽暗湖面，对岸有一片山地，此时被升腾的浓雾完全遮蔽，望去一片迷蒙。

白日将尽，夜晚将临，然而酷热闷塞却仍是一般无异。街中立着一棵棵大树，树上的叶子纹丝不动。

狄公身着全套正式官服，厚硬的锦袍令人颇觉不适，禁不住耸动双肩，从旁默立的老者不由关切地看他一眼。就在今晚，汉源城的一干名流士绅将在湖中花船上宴请狄公，除非天气有变，否则绝非乐事一桩。

狄公轻捋长髯，遥遥注视着远处的一只航船，迟归的渔夫正摇着桨橹朝码头方向而去。直到这小黑点从视野中消失不见后，狄公蓦然抬头说道："我对此地仍是没能完全习惯，住在四面没有围墙的城中，多少觉得有些……放心不下。”

“老爷，这汉源城距离京师长安不过二百里地，”老者说道，“御林军轻易便可疾驰而来，并且本州军营也是——”

“我说的自然无关军务，而是本城内的形势！”狄公不耐烦地插言道，“总觉得城里似乎在暗中酝酿什么大事，却不让我们知晓。若是四面有城墙环绕，到了晚间城门关闭，至少让人觉得一切尽在掌握之中。但是这县城四面大开，一直延伸至山脚下，沿湖还有大片城郊……各色人等皆可随意出入！[1]”

老者闻听此言，揪一揪灰白的山羊胡，不知该如何应答才是。此人名叫洪亮，乃是狄公的亲信随从，一向忠心耿耿。他过去曾是狄家的仆人，狄公从孩童时便得他悉心照料。三年前，狄公首次外放蓬莱担任县令，洪亮不顾年事已高，执意随行前往。从那时起，

---

1 “各色人等皆可随意出入”不见于荷文本。

狄公每到一处，便会任命洪亮为县衙都头，并时常与他毫无保留地议论各种公私事宜，一向信赖有加。

“洪亮，我们到这里已有两月，”狄公又道，“却从未接到过一桩要紧案子。”

“回老爷，那岂不是表明汉源百姓甚为奉公守法！”

狄公摇头说道：“并非如此，实则是他们自行其是，却不让我们知晓。正如你方才所言，汉源离京师长安不远，但是由于地处山间湖边，与外界多少有些隔绝，很少有外地人来此定居。本地的各种势力彼此联系十分紧密，一旦有什么事情发生，总会尽力瞒住官府，因为县令亦被他们视为外人。洪亮，我再说一遍：这里发生的事情要远远多过你我眼中所见，还有关于大湖的奇异传闻——”说到此处，住口不语。[1]

“莫非老爷也相信了那些说法？”洪亮连忙问道。

“相信？不不，我还不至于此，不过却听说去年

---

1 “说到此处，住口不语”不见于荷文本。

曾先后有四人溺死在湖中，并且没能找到一具尸首，因此——”

这时两个身材魁梧的大汉走上平台，身着简素的褐袍，头戴黑便帽，正是马荣乔泰。这二人亦是狄公的亲随，身高皆在六尺开外，肩宽背阔，脖颈粗壮，一看便是武艺高强。马荣对着狄公恭恭敬敬行了个礼，开口说道：“启禀老爷，晚宴即将开席，轿子已在下面备好！”

狄公站起身来，凝神打量一下面前的二人。马荣乔泰原是一对绿林兄弟，即拦路劫财的剪径强人。三年前，他二人曾在一条荒僻的道上截住狄公，结果却被狄公的英勇无畏与光明磊落所打动，从此改邪归正，恳请效忠左右。狄公见他们一片至诚，当即点头应允。[1]这一决断果然十分正确，二人不仅胆大勇猛，且又忠实可靠，在捉拿凶犯或涉险办案时颇为得力。

1　在 1960 年英文初版中，此处有一原注：见《黄金案》。

“我刚刚对洪都头说过，这城里似乎有人瞒着我们在暗中行事。”狄公对马荣乔泰说道，“等到花船开宴后，你们两个最好与船工仆从们一起尽情喝上几杯，让他们多吐出些话来！”

马荣乔泰咧嘴一笑。说到饮酒，这二人一向来者不拒。

四人顺着宽阔的石阶一路下去，行至衙院中庭，一乘大官轿已经候在那里。狄公与洪亮坐入轿中，十二名轿夫抬起轿杠置于肩上，两名走卒在前头开道，各自手提一盏大灯笼，上面书有“汉源县衙”字样。马荣乔泰跟在轿后步行，后面还有六名衙役，个个身穿皮袄，腰系红绦，头上戴着铁盔。

守卫推开县衙正门，两扇门板十分厚重，上面还饰有铁制门钉。一行人走到街上，轿夫沿着陡峭的台阶一路下行，直奔城中，脚步十分稳健，不一时便行至孔庙前。夜市中尚有不少货摊，一盏盏油灯点亮，灯下围着密集的人群。开道者敲着铜锣喝道：“让开，让开！县令老爷来了！”

路人连忙恭敬地退到两旁，男女老少满脸敬畏望着官家仪仗经过。

一行人走了一程，又继续下行，穿过贫民聚居的街巷，终于来到沿湖的大道上，又走出大约半里地，进入一条绿柳夹道的小巷中，这里便是当地的风月场，因为柳树而得名“绿柳坊”。左右两旁皆是房舍，门前点缀着各色丝灯，不时传来吹拉弹唱之声，朱漆露台上挤满了穿红着绿的年轻女子，一边说说笑笑，一边朝下打量。

马荣平素最好酒色，得见恁多美人，自是兴奋地仰头四顾，一眼瞧见最大一幢房舍的露台上，有个身材丰满的姑娘正倚在栏杆旁，生得一张讨人喜欢的圆脸。二人目光相对时，马荣用力挤眉弄眼，总算赢得佳人投桃报李的会心一笑。

轿夫们在栈桥上放下轿子，一群名士乡绅早已候在那里，人人穿戴齐整、锦袍闪亮。只见一个身着绣金绛紫长袍的颀长男子款步上前，深深一揖恭迎狄公。此人名叫韩咏翰，乃是本地名流，家中地产甚富。韩家大宅坐落在山坡高处，与衙院一般平齐，世代居于其间，已有数百年之久。

韩咏翰引着狄公，直朝泊在栈桥边的一艘大花船走去，船头甲板十分宽阔，且与码头相平，主舱房的檐下悬着一圈五彩灯笼，辉煌闪耀，足有上百盏之多。狄公与韩咏翰穿过入口，走进宴厅，几名乐工已坐在入口处，立时奏出一支欢快的曲子以迎接贵宾。

地中央铺着厚密的地毯，一张高几摆在厅堂后方的首席处，韩咏翰恭请狄公坐在自己右边，其他宾客则在左右两侧相对而设的次席上纷纷就座。

狄公饶有兴致地朝四下打量，以前常听人说起这有名的汉源花船，实则便是供客人与女伴通宵宴乐的水上行院。其富丽奢华着实出人意料，宴厅大约有三丈长，两边挂有竹帘，朱漆天花板上悬着四盏硕大的彩绘丝灯，几根细巧的镀金木柱雕花十分精美。

这时船身微微一动，应是驶离了码头。乐声停止时，便可听见富有节奏的划水声，桨手们正在底舱内打桨。

韩咏翰为狄公逐个介绍过其他宾客。右席上首坐着一位清瘦老者，腰背略显佝偻，名叫康伯，乃是一名贩售丝绸的富商。康伯起身朝县令老爷连揖三下，狄公留意到他紧张得口唇歪斜，两眼仓皇顾视左右。旁边那人是其弟康仲，却生得身材肥胖，面上一副得意之色。狄公不由心想这兄弟二人从外貌到性情皆是大异其趣。桌上还有一人，看去身形圆胖、态度傲慢，乃是金匠行会首领王掌柜。

对面的宴桌上首坐着一个肩宽背阔的男子，身着一件绣金褐袍，头戴一顶方帽，面色微黑，神情凝重，看去颇有威仪，蓄着漆黑粗硬的胡须与长长两绺颊须，极有官家气度。然而却听韩咏翰道是此人实乃一名京城富商，名叫刘飞波，在此地有一座华丽的消夏别墅，紧挨着韩家古宅而建。另有两位，分别是银匠行会首领彭掌柜和玉工行会首领苏掌柜，二人对比鲜明、相映成趣，令狄公颇觉惊异。彭掌柜是个枯瘦老者，溜肩削背，留着长长一把雪白胡须，苏掌柜则是个身强力壮的青年后生，肩宽背阔，脖颈壮硕，活像个角抵大师，面皮粗糙，表情阴郁。

韩咏翰两手一拍，乐工们奏出另一支曲子，从狄公右手边的门口走入四名侍从，个个手举托盘，盘内装有凉菜与盛满温酒的白镴酒壶。韩咏翰举杯致辞，欢迎县令老爷驾临，于是正式开席。

韩咏翰一面嚼着冷荤鸡鸭，一面与狄公客套寒暄几句。狄公发觉此人品格不俗、颇有学识，不过似乎缺乏热忱，只是应付场面而已，看去相当矜持含蓄，对生人并无十分殷勤，不过接连灌下几大杯后，似是稍稍松弛下来，含笑说道："老爷每喝一杯，小民却已喝下五杯哩！"

"本县虽爱美酒，"狄公答道，"不过只在意兴甚高时才会开怀畅饮，就像眼下这般光景，实在是一场豪奢盛宴！”

韩咏翰拱手一揖，“唯愿老爷在汉源就任时事事顺心如意。只可惜我等只是愚鲁乡民，无法与老爷的超迈同道相提并论。并且此地少有意外事故发生，怕是日子一长，老爷难免会觉得单调乏味哩！”

“本县已看过县衙中所存的案卷，”狄公说道，“得知汉源百姓勤劳朴实、奉公守法，实是县官求之不得的好去处！不过说起鲜少高人雅士来，你未免太过自谦了。除了韩先生出类拔萃之外，听说著名的光禄大夫梁孟光致仕后，不也正是择汉源而居么？”

韩咏翰又敬了狄公一杯，然后说道：“梁大人住在此地，实在令我等深感荣耀！只是这半年来，他贵体欠佳，少有会客，我等无缘得聆教诲，真乃一大憾事也！”说罢举杯一饮而尽。

狄公心想韩咏翰着实喝下不少[1]，便又说道：“半

1　此句不见于荷文本。

月之前，本县曾想去拜访梁大人一回，却被告知他有疾在身，但愿不会是得了什么重病吧？”

韩咏翰审慎地瞥了狄公一眼，方才答道：“老爷明鉴，梁大人虽已年近九旬，但是除了风湿症与眼疾之外，一向体格康健。不过就在半年之前，他的头脑变得……关于此事，老爷最好还是问问刘飞波先生，他们两家的花园彼此相邻，他见梁大人也比我更为频繁。”

“本县得知刘飞波以经商为业时，着实吃了一惊，”狄公说道，“其人看去生就一副官家气派！”

“只差一步就做得官了！”韩咏翰低声说道，“刘先生本是京城世家出身，自小所受的教诲，全是为了日后步入仕途，只可惜院试落榜，一时愤懑，竟至弃文从商。不过他经商十分有成，如今已是全州最大的富户之一，生意遍及各处，他也因此时常外出，走遍了大江南北。这些话还请老爷在刘先生面前莫要提起，早年的失意至今令他耿耿于怀！”

狄公闻言点头，韩咏翰继续豪饮不辍。狄公无意中听到侧席中的谈话，康仲正兴冲冲地举杯朝刘飞波叫道："且为新婚夫妻干上一杯！祝他二人琴瑟相合、白头偕老！"

众人纷纷拍手称颂，却见刘飞波只是躬身一揖。韩咏翰连忙对狄公说明原委，却是刘飞波之女刘月仙昨天刚刚出阁，与曾经教授古文的张文章先生的独子成婚，婚礼在位于汉源城西的张家宅院内举行，听说办得十分热闹。韩咏翰说完后，又大声道："可惜满腹学问的张先生今晚未到，他原本答应前来赴席，不过到了最后一刻又改了主意，想必是因为自家酒水太烈的缘故！"

众人闻听哄堂大笑，刘飞波却厌烦地耸耸肩头。狄公心想刘飞波本人不定也是吃过婚宴后宿醉未消，于是向他恭贺几句，又说道："没能见到张先生，本县深以为憾，与他交谈，定会令我受益匪浅！"

"如敝人这般头脑简单的商贾，自不必假装精通诗文。”刘飞波面带愠色，“不过我却听说，一味埋头书本之人，倒也未必个个都是品格超逸！”[1]

席上尴尬沉默片刻，韩咏翰连忙示意一下，几名侍者将竹帘卷起。

众人纷纷投箸在案，欣赏眼前的美景。花船已行至湖中，一片开阔的水面之上，前方便是汉源城内闪烁的千家灯火。此时船身一动不动，只随着荡漾的水波微微摇晃，桨手们正在歇息用饭。

忽听叮当一声脆响，狄公左手边的水晶帘一动，六名妙龄女子翩然走入，对着首席深深下拜。

韩咏翰挑了二女留在上座陪席，其余四人则分侍左右侧席，又对狄公道是玉立一旁的女子芳名叫做杏花，是当地有名的舞姬。虽然杏花双目低垂以示恭敬，狄公仍然看出她生得十分端丽秀美，不过神情略

1 在荷文本中，此处还有“刘飞波说话时，手持折扇在桌面上重重敲了两下，以示强调。”

显冷淡。另有一女名叫银莲花，看去甚是开朗和悦，听到自己被介绍给县令老爷，连忙报之以嫣然一笑。

杏花上前斟酒时，狄公问她芳龄几何，答曰将满十九岁，说话间语声轻柔、颇富教养，还带有一点山西口音。狄公乍闻乡音，不觉惊喜地问道："你可是山西人氏？"

杏花闻听此语，抬眼望着县令老爷，庄重地点点头。狄公这才看清她确是个出挑的美人，一双明眸熠熠有光，不过眼神中似有阴郁之色，与这青春年少的俏丽女郎颇不相宜。

"本县出自太原狄家，"狄公说道，"不知你原籍何处？"

"小女子祖籍平阳。"杏花轻声答道。

狄公将自己的酒杯递给杏花饮了一盅，心中明白了她为何会眼神古怪。平阳在太原南边数里之外，当地女子自古以来便以精通巫术而著称，可通过念咒来治病疗疾，有人甚至会实施邪魔之术。如此一个年轻美貌且又出身良家的女子，不知为何竟会背井离乡，来到汉源这样的偏僻之处操此贱业。狄公想到此处，便与杏花随口谈论起平阳的风景名胜与诸多古迹来。

韩咏翰坐在一旁与银莲花行酒令，二人轮流背诵诗句，若是不能立时念出，便要罚酒一杯。韩咏翰显然输了不少，连说话也含混不清起来，朝后靠坐在椅背上，面凝微笑望向众人，狄公见他眼皮沉重几欲阖上，看去即刻便会堕入梦乡。[1]

银莲花转到宴桌前方，饶有兴致地定睛打量，见韩咏翰正在极力驱除睡魔，忽然咯咯一笑，冲着立于韩咏翰与狄公之间的杏花隔桌说道："我最好去拿些热酒来给他！"随即转身走到康氏兄弟的桌前，端起侍从刚刚换上的酒壶，为韩咏翰的杯中再度斟满。

狄公端起自家酒杯，见韩咏翰在一旁发出微微的

1　在荷文本中，此处还有"狄公决意尽到礼数后便立时告辞，况且依照习俗，贵宾也理应提前离席，唯有在自己走后，酒宴才会真正开场！"

鼾声。若是众人皆醉，则宴席不但无趣，还会徒生紧张气氛，狄公念及此处，不禁心中郁闷，暗想须得设法早些告辞离去[1]，刚刚举杯呷了一口，忽听杏花在一旁开口讲话，声音虽然柔和，却十分清晰："奴家过后非得见你一面不可，太爷。汉源危矣！有人正在图谋不轨！"

1 "见韩咏翰在一旁……设法早些告辞离去"不见于荷文本，而是"须得说这酒水确是上品"。

第二回

夜欢会座中观歌舞
忽惊魂水下现浮尸

狄公立时放下酒杯，转头去看杏花，却见她刻意避开，弯腰靠近韩咏翰的肩头。韩咏翰已然醒转，银莲花双手捧着满满一杯酒，正朝这边走来。杏花仍然两眼望着别处，迅速说道："但愿太爷会下棋，因为——"忽又住口不语，只见银莲花已站在宴桌对面。

杏花倾身向前，从银莲花手中接过酒杯，又送到韩咏翰嘴边。韩咏翰一气灌下，随后笑道："哈哈，你这放肆的小妮子！莫非以为我手软到连杯子都端不动了？[1]"又抬手环住杏花的纤腰，将她搂到近前[2]，"如今你给县令老爷好好跳上一曲如何？"

杏花点头微笑，从韩咏翰怀中灵巧地脱身出来，躬身一拜，走到水晶帘外不见了踪影。

韩咏翰开始对狄公讲述汉源歌伎舞姬们表演的几种古曲，口中七颠八倒，听得人一头雾水，狄公漫不经心地点点头，心里却在反复思量方才杏花的言语，所有厌倦之意全都一扫而空。如此说来，自己的预感果然不差，汉源城中确实正在酝酿着某种阴谋！待杏花献舞过后，定要设法找个机会立即与她私下谈谈。如果这女子十分机灵，定是曾在侍宴陪席时，从宾客的言谈中听出了什么风声。

乐工又奏出一段动听的旋律，时有鼓声伴奏，两名手持长剑的舞姬行至地中央，开始表演剑器舞，彼此击刺推挡，动作迅捷，剑身相撞时发出锵锵之声，与激昂的乐曲十分相合。

只听一声鼓响，此曲终了，众人纷纷鼓掌。狄公对韩咏翰称赞几句，不料韩咏翰竟不屑地说道："回

1　在荷文本中，此处还有："我虽已青春不再，但是酒量仍佳。"

2　在荷文本中，此处还有"两眼迷蒙地仰头打量"。

老爷，这不过是卖弄技巧而已，与真正的才艺毫不相干！稍等一刻便会有杏花献舞。瞧，她已经来了！”

只见杏花款款行至地毯正中，身上只穿着一件薄薄的白丝长裙，拖着两条阔袖，腰间系一条碧绿丝绦，肩上披了长长一条绿纱巾，两端垂曳及地，乌发盘成一个高髻，只簪了一朵白莲作为装饰，摇摇衣袖对乐工示意，笛声随之响起，曲调十分怪诞，仿佛超然世外。

杏花将双臂缓缓举过头顶，腰身随着乐曲前后左右不停摇摆，脚下却纹丝不动，薄薄的衣裙越发显出身姿轻盈妩媚，狄公心想自己还从未见过身段如此玲珑浮凸、完美无缺的女子。

“这便是《云中仙子舞》！”韩咏翰凑近狄公耳边，哑声说道。

此时响板开始敲起，杏花将手臂垂到与肩膀一般高低，将纱巾末端夹在两手指缝中，双臂摇摆时，薄纱围绕全身起伏，如同波浪一般，下半身来回晃动。

乐工弹拨起古筝与月琴，奏出一段节奏鲜明的旋律，杏花开始摇晃双膝，如水波涟漪一般的颤动传遍全身，但是两脚仍旧钉在地上。

狄公自忖以前还从未见过如此令人迷醉的舞蹈。杏花双目低垂，面容平静漠然，略带一点冷傲之色，撩人的玉体却在不停扭动，欲火焚烧般的激情呼之欲出，长裙朝外飘飞时，露出了圆润丰满、毫无遮拦的双峰。

狄公只觉这舞姬身上散发出一种夺人心魄的美艳与诱惑，转而瞧瞧座下众宾，只见老者康伯根本未看歌舞，只顾盯着自己的酒杯出神，显然另有心事，其弟康仲则两眼黏在杏花身上不遑他瞬，目不转睛地侧身与王掌柜低语一句，二人吃吃偷笑出声。

“我看他们两个不像是在议论舞艺！”韩咏翰冷冷说道，虽有几分醉意，却仍是目光如炬。

左边侧席上的彭苏二位行首直盯着杏花，看得心醉神迷，刘飞波却面上紧绷，令狄公颇觉惊异。只见他端坐席中，神色冰冷傲慢，漆黑的髭须下两片薄唇紧闭，喷火一般的两眼中显出古怪的神气，狄公看在眼里，心觉其中不仅有种强烈的恨意，还有深切的绝望之情。

这时乐声渐低，转为近乎低吟一般的轻柔旋律。杏花踮起脚尖轻盈地满场兜圈，同时不停旋转，长袖与纱巾绕着她周身舞动。节奏愈来愈急，杏花也转得愈来愈快，一双纤足看去几乎不曾沾地，整个人仿佛飘浮在绿纱巾与雪白长袖舞出的奔腾汹涌的云朵之间。

忽听一声震耳欲聋的锣响，乐声戛然而止。杏花踮着足尖立在当地，双臂举过头顶，如石像一般纹丝不动，唯见裸露的前胸剧烈起伏，宴厅内一片静寂。

杏花垂下手臂，将纱巾围在肩头，朝着狄公就座的首席深深下拜，众人轰然叫妙。在一片如雷的鼓掌与喝彩声中，杏花快步朝门口走去，消失在水晶帘后。

云中仙子舞

“此舞果然妙绝！”狄公对韩咏翰赞道，“这姑娘大可去当今圣上面前献艺！”

“刘先生有个朋友也曾说过同样的话哩！”韩咏翰说道，“那人是京师里的高官，曾在绿柳坊中看过杏花跳舞，过后立时便说要将她的院主引见给后宫女官，不料却被杏花一口回绝，道是不愿离开汉源。我们全城百姓为此实是感激不尽！”

狄公起身立于桌前，举杯提议为汉源的出色舞姬干上一杯，众人纷纷响应。狄公离开座椅，走到侧席与康伯寒暄起来，韩咏翰也行至乐工那边，对着头领赞不绝口。

康伯显然多喝了几盅，消瘦的面颊上显出红斑，前额沁出一层湿汗，勉力应答狄公问起的有关汉源商界的状况。过了半晌，其弟康仲笑道：“幸好家兄精神振作起来！前几天一直忧心忡忡，却是为了一桩再保险不过的生意！”

“保险？”康伯怒道，“你借钱给那万一帆，还说是保险生意？”

“常言道为了获利多多，有时须得冒一冒风险不可！”狄公劝慰道。

“万一帆是个奸诈小人！”康伯低声咕哝道。

“只有傻子才会听信那些市井谣言！”康仲尖刻地说道。

“我……我可受不了被同胞兄弟叫作傻子！”康伯一怒之下，说话竟然打起结来。

“同胞兄弟才会对你实话实说！”康仲反驳道。

“哈哈！”一个低沉的声音在狄公身旁响起，“你们吵够了没！让县令老爷听见做何感想！”

说话的正是刘飞波。只见他手持一只酒坛，迅速为康氏兄弟的杯中分别斟满，二人不再言语，驯顺地彼此干杯，算是就此讲和。狄公向刘飞波询问有关梁孟光患病一事，又道：“韩先生对我道是你与梁家比邻而居，并且时常与他会面。”

“近来倒是没有。”刘飞波答道，“就在半年之前，梁大人还时常叫我和他一道在梁府花园中散步，我们两家的宅院之间，有一扇小门连通彼此。不过他已变得相当心神恍惚，说话也越发含混错乱，有时甚至都认不出我来，我已有数月未曾见过他。说来真是令人唏嘘，老爷！这么一个才智超群之人，也抵挡不住岁月无情，竟会日渐衰弱以至于斯。”

这时彭王二人也凑上前来，韩咏翰端起酒坛，执意亲自为他二人的杯中斟满。狄公与二位行首寒暄一阵后，转回自己席中。韩咏翰已经坐回原位，正与银莲花说笑打趣。狄公一边落座，一边随口问道：“杏花在哪里？”

“回老爷，她一会儿就会回来！”韩咏翰漠然答道，“这些姑娘们涂脂抹粉起来，总要费上许多工夫哩！”

狄公环顾室内，见众宾皆已回到各自座上，开始品尝作为中局大菜的一道酿鱼。四名歌伎从旁斟上新酒，却仍是不见杏花的人影。狄公对银莲花命道：

“你去梳妆室内，告诉杏花众人正在等她。”

“哈哈！”韩咏翰大声说道，“我们本地姑娘居然能让老爷如此青眼有加，真是汉源的一大荣耀哩！”

狄公闻听此言，出于礼节，也随众呵呵笑了几声。

一时银莲花回来禀道：“真是怪事，妈妈说杏花从梳妆室出去已有好一阵子了。我看过所有舱房，哪里都找不到她！”

狄公对韩咏翰低声打个招呼，起身从右门走出大厅，顺着右舷一路行至船尾。

船尾有人正在喝酒谈笑，却是洪亮马荣乔泰背靠舱房，坐在一张条凳上，人人手举酒杯，两腿之间立着一只酒坛，另有五六个家仆团团围坐在对面，正专心听马荣讲故事。只见马荣伸手用力一拍膝头，最后说道：“就在那时，床架却‘哗啦’一声塌了！”

众人闻听哄堂大笑。狄公上前轻拍洪亮的肩膀，洪亮抬头一看，连忙抬肘轻推马荣乔泰，三人立时跳下地来，跟随老爷走到右舷甲板上。

狄公对三人道出舞姬失踪一事，担心或有不测发生，又问道："你们可曾见有女子经过？"

洪亮摇头答道："没有，老爷。我们三个面对船尾而坐，正对着活动板门，下去便是灶房和底舱，只看见侍从们进进出出，从没见过什么女子。"

这时两名侍从端着汤碗上来，正欲送去宴厅，答曰自从杏花离开厅堂去更衣后，就再没见过她，年岁较大的一个还说道："况且我们彼此没有多少机会碰面。依照规矩，我等只在右舷行走，姑娘们梳妆更衣都在左舷，主舱房也在那边。除非主人下令，否则我们不得随意过去。"

狄公闻言点头，带着三名亲信走回船尾。几个家仆正与掌舵之人交谈，看出似是情形不妙。

狄公绕过船尾，来到左舷。主舱房的门扇半开半掩，狄公往里一瞧，只见右边靠墙摆着一张紫檀木雕花长榻，榻上铺着锦被，后墙处有一张高几，上有两座银烛台，分别竖着一支点燃的蜡烛，左边有一张精美的紫檀木梳妆台与两只小凳，却是空无一人。

狄公疾步前行，透过窗上的纱帘，朝下一间舱房内望去。这里显然是梳妆室，一个身穿玄缎长裙的胖妇人正坐在一张扶手椅上打瞌睡，一名侍女在拾掇衣物，将各色裙衫逐件叠起。

最后一间舱房的窗户开启，看去应是花厅，里面亦是无人。

“老爷可曾去船顶查看过？”乔泰问道。

狄公摇摇头，迅速走到甲板梯口，顺着陡峭的梯子一路上去，心想杏花可能会去那里透一透气，但是扫了一眼，便知上面并无一人，于是复又下来，立在梯口，手捋长髯若有所思。既然银莲花已经瞧过左舷的所有舱房，看来杏花确是失踪不见了。

“你们再去左右两边舱房中查看一遍，”狄公对三名亲随命道，“包括盥洗室在内！”说罢又走回左舷甲板，立在舷梯附近的栏杆旁，将两手笼在袍袖中，望着外面漆黑的水面。此时酷热闷塞，没有一丝微风，大厅中宴乐正酣，可以听到众人正在低声交谈，间或还有乐声响起。

狄公低头望向栏杆外，湖中映出各色彩灯的倒影，忽然浑身一僵，只见水面下有一张苍白的人脸，双目圆睁，一动不动，正直直朝上盯住自己。

第三回

行权宜宴席变公堂
听异闻侍女述鬼怪

狄公一望即知这便是杏花，正要走下舷梯时，马荣已出现在拐角处，于是一言不发地指给马荣看。

马荣咒骂一声，疾步奔下舷梯，直到膝盖没入水中，两手托起尸身走回甲板。狄公命他进入主舱房，将杏花平放在长榻上。

“这可怜的姑娘分量倒是不轻！”马荣一边拧着衣袖，一边议论道，“想必是衣服里塞入了什么重物。”

狄公听而不闻，立在地上低头注视着死者的脸面，那双静止不动的眼睛正定定望向自己，身上仍穿着白丝舞裙，不过在外面又套了一件翠绿织锦外褂，湿淋淋的衣裙下显露出玲珑的身段，看去直是令人想入非非。狄公不禁打个冷战，就在刚才，她还满场飞旋跳着令人迷醉的云中仙子舞，不料竟会突然死于非命。

狄公努力抛开这些令人垂沮的念头，弯腰细看尸身，只见右边太阳穴上有一片青紫伤痕。狄公伸手想要阖上她的两眼，却是徒劳无功，死去的杏花仍然直直瞪着自己，于是从袖中抽出一方手帕，展开后覆在死者面上。

一时洪亮乔泰走入，狄公转头说道："这便是舞姬杏花，她几乎就在我的眼皮底下被人害了性命。马荣，你去外面甲板上守着，不许任何人经过。此刻我不想有人搅扰，此事暂且不要透露出去。"

狄公抬起死者软弱无力的右臂，在衣袖中摸索几下，颇费了些周折，方才掏出一只圆形铜香炉来，里面的香灰浸水后已变成一团灰泥。狄公将香炉递给洪亮，走到墙边的条几前，只见在两座烛台之间，大红织锦台布上有三点小小的凹痕，于是示意洪亮将香炉放回桌上，三只炉脚正好落在凹痕处。

狄公在梳妆台前的小凳上坐下，对洪亮乔泰苦涩地说道："这杀人计划甚是简单有效！凶手将她诱骗到这间舱房里，乘其不备，从身后下手将她击昏，又在她的衣袖内塞入重重的香炉，再把人抬到外面沉入水中，没有弄出一点响动。凶手料想她会一直沉到湖底，匆忙之间，却未发现外褂的衣袖钩在了舷梯的一枚钉子上。然而她的身体却被袖内重物拖下去，致使面部浸入水中，所以终是溺水而亡。”说罢疲惫地抹了一下脸面，对洪亮命道，“你去瞧瞧她的另一只衣袖！”

洪亮将袖子翻转过来，里面只有一个湿漉漉的小包，装着杏花的大红名帖，还有一张折叠起来的纸片，于是将此物呈给老爷过目。

狄公将纸片小心打开。

“这是一张棋谱！”洪亮乔泰一齐出声叫道。[1]

狄公闻言点头，不由想起杏花说过的最后一句话，又道：“洪亮，把你的手帕给我！”随后将打湿

1 在荷文中，此处为：“洪亮出声叫道。”

的纸片放入手帕内包起，又纳入自己袖中，起身走出房门，对乔泰命道，“你留在这里把守舱房！洪都头和马荣与我一道返回宴厅，我要先行查问一番。”

三人朝前走去时，马荣说道：“老爷，至少我们不必四处勘查，凶手定是在这船上！”

狄公听罢未置一词，掀开水晶帘走入宴厅，洪亮马荣跟在后面。

此时宴席将尽，众宾客依例正在吃饭，仍是谈笑风生。韩咏翰看见狄公，连忙叫道：“老爷来得正好！我们正预备要去船顶赏月哩！”

狄公并未作答，用指节用力敲敲桌面，大声喝道：“各位还请肃静一下！”

众人闻听此言，全都目瞪口呆地望向首席。

狄公高声说道：“本县今晚受邀来此，并得享盛宴，由衷感谢各位的一片心意，只可惜如此欢会必须就此中断。从此刻起，我将作为一县之令而非是座中宾客对各位发话，之所以如此行事，皆是由于本县身负重责，上为天子朝堂，下为汉源百姓，亦包括诸位在内，谅必应会理解一二。”又转头对韩咏翰说道，“还请韩先生离开此桌！”

韩咏翰站起身来，看去茫然不知所措。银莲花将他的座椅挪到刘飞波的桌旁，韩咏翰这才坐下，不停揉着两眼。

狄公移至宴桌正中坐下，洪亮马荣上前分立左右。狄公缓缓说道：“本县作为汉源县令，临时在此开堂问话，只为勘查舞姬杏花被害一案。”说罢朝四下迅速扫视一眼，众人看似尚未听懂这番话的意思，只是一脸惊骇。[1]狄公又命洪亮去叫船上的主事，再拿些笔墨纸砚等物来。

韩咏翰总算回过神来，与刘飞波小声嘀咕几句，刘飞波连连点头，只见韩咏翰起身说道：“老爷

1　在荷文本中，此处还有“唯独康伯立时叫道：‘我就知道会有此事！邪魔之力已然发威了！’”

此刻开堂审案，未免太过武断。我等皆是汉源名流，还望——”

“韩咏翰作为证人，还请坐回原位。”狄公冷冷说道，“除非叫你答话，否则不得出声。”

韩咏翰顿时涨红了脸面，颓然坐回椅中。

这时洪亮带了一个面上生有痘疮瘢痕的男子走到桌案前，狄公命他跪在地上，画出一张花船的草图来。当那主事两手哆嗦开始画图时，狄公沉着脸打量座下众人，从饮酒作乐遽尔变为公堂审案，这突然的转变使得人人都肃静下来，甚至看去形容惨淡。主事画完草图，恭恭敬敬呈至案上，狄公将草图推到洪亮面前，命他添上几张桌子以及众宾姓名。洪亮招呼一个侍者过来，每指一人，那侍者便小声报出尊姓大名来。狄公又对众人决然说道：“杏花跳过舞后便离开宴厅，当时这里情形颇为杂乱，人人来回走动。如今本县要求你们详细报上在那段时间内自己都有何举动。”

王掌柜起身离座，摇摇晃晃行至桌案前，双膝跪下，郑重禀道：“小民有话想说，恳请老爷允许我开口道来。”见狄公点头，方才开口叙道：“惊闻当地出名的舞姬被人蓄意谋害，实在出乎意料。虽是惨事一桩，我等却仍须冷静应对，力求明断。

“多年以来，小民在这条花船上赴宴不知凡几，敢说对这船已是了如指掌，只想敬告老爷，底舱内共有十八名桨手负责划桨，通常是十二人操作，另有六人轮值替换。小民绝非想要造谣中伤乡里乡亲，不过老爷迟早会查出，那些人常是品行不端、嗜酒好赌，因此理应从他们当中去查找真凶。若是其中哪个相貌清俊之徒与歌伎舞姬结下私情，过后女子想要一刀两断，那无赖保不定便会怒下狠手，此类情事并非头一次发生。”

王掌柜略停片刻，心神不定地瞥了一眼外面漆黑的水面，接着又道：“另有一事也请老爷思量。关于这大湖，自古以来便有种种神秘莫测的传闻，通常的说法是湖水来自地下，有时亦会有邪魔鬼物从深不可测的地方冒出来戕害生灵。今年在湖中已经淹死了不下四人，却从未寻到一具尸首，后来还有百姓道是亲眼见过淹死的人就在四近徘徊哩。

“小民自觉这两件事均与此案有关，理应提醒老爷多加注意，也是为了在座诸友免受无谓的煎熬，如同平常案犯一般被严加审问。”

话音落后，席间响起一片低低的赞许声。

狄公一拍桌案，直盯着王掌柜说道：“凡是遵循议程提出的任何建议，本县一律感谢。我也想过凶手可能藏在船工之中，届时自会召他们前来问话。我也并非不知敬畏之人，自会考虑此案中可能出现的邪魔之力。

“至于证人王掌柜口中所言的‘平常案犯’，本县须得申明一点，在公堂之上，所有人皆是一样，并无高低贵贱之别。除非查明了真凶的身份，否则在座各位与桨手厨子等等同有嫌疑。

“谁还有话要说？”

彭掌柜起身离座，行至桌案前跪下，忧心说道：“老爷可否开恩明示，那姑娘究竟是如何不幸身亡的？”

“至于具体详情，如今尚不能透露。”狄公立即说道，“还有谁？”见无人再欲开口，接着又道：“既然已经给过诸位各抒胸臆的机会，从此刻起，还请少安毋躁，让本县作为县令来妥善处置。如今接着审案，证人彭掌柜可坐回原位，[1]请证人王掌柜走上前来，详述在杏花离席后有何举动。”

“就在老爷好心提议为汉源歌伎舞姬们干杯之后，”王掌柜叙道，“小民从左门出去，直奔花厅，见里面没人，便穿过正中的廊道去往盥洗室。重又返回这里时，听见康家兄弟二人正在争论，等刘先生调停过后，方才走上前去。[2]”

---

1 “彭掌柜起身离座……可坐回原位”不见于荷文本，而是“狄公略停片刻，见无人上前，便接着说道”。

2 “等刘先生调停过后，方才走上前去”不见于荷文本。

“你在廊道或盥洗室内，可曾遇见过什么人？”狄公问道。

王掌柜摇摇头。狄公等洪亮将其口供记录完毕后，又唤韩咏翰上前来。

“小民先是对乐工头领夸奖了几句，”韩咏翰愠怒答道，“忽觉一阵头晕，就出去走到船头甲板上，靠在正门右边站立半晌，欣赏了一阵湖上风光，方才稍稍好转，便在旁边的瓷鼓凳上坐下。后来银莲花出来找我，正看见我坐在那里。之后发生的事，想必老爷都已知道。”

狄公叫了一声乐工头领，那人正与手下一同站在宴厅的远角处，问道：“你能否证明韩先生从未离开过船头甲板？”

那人看看其他乐工，见众人纷纷摇头，便愁眉苦脸地答道：“回老爷，这个不敢说定。那时我等都忙着各自调弦弄索，不曾朝外张望过，直到银莲花小姐前来询问韩先生在哪里，小民这才与她一道出去，正如韩先生方才所言，他正坐在甲板的鼓凳上。”

“你可以走了！”狄公对韩咏翰说罢，又叫刘飞波上前。此人看去不似方才那般冷静自持，口唇紧张地不停抽动，但说起话来仍是语声平稳：“舞姬献舞过后，小民留意到邻座彭掌柜看去不甚舒服。就在王掌柜离开宴厅后，小民扶着彭掌柜从左门出去，走到右舷。当他靠在栏杆边时，我独自穿过廊道去了盥洗室，过后又回到彭掌柜处，一路并未遇见他人。彭掌柜道是觉得好过了不少，于是我二人一同返回宴厅，后来看见康氏昆仲起了争执，我便上前劝酒劝和，再无其他。”

狄公闻言点头，又叫彭掌柜上前，彭掌柜证实了刘飞波的话句句是实，随后又叫苏掌柜上前。

苏掌柜皱着两道浓眉，愠怒地望了狄公一眼，耸动一下宽阔的双肩，语调平板地说道：“小民想说确实看见过王掌柜与刘先生一前一后离开宴厅，桌上只剩我一人独坐，便与方才跳过剑器舞的两名歌伎闲谈一阵，后来其中一女说我的左袖沾上了鱼汤，弄污了好大一片，于是我便起身穿过廊道，走入第二间舱房内。那间舱房专门为我预留，里面不但有家仆备好的干净衣袍，还有一些洗漱之物。我迅速换过衣袍，出门拐上廊道时，却看见杏花走在前头，正要穿过花厅，我在甲板梯口处追上她，恭维了几句舞艺妙绝，但她看似十分着急，匆匆道是等会儿在宴厅里再见，然后朝左一转，去了左舷。我从右门回到宴厅，看见王掌柜、刘先生与彭掌柜还未回来，于是便与那两名歌伎接着说笑。”

“你遇见杏花时，她身上穿戴如何？”狄公问道。

“回老爷，她仍是穿着白舞裙，不过外面披了一件碧绿织锦短褂。”

狄公命苏掌柜退下，又叫马荣去梳妆室中唤那行院老鸨前来。

只见一个身材肥胖的妇人走入，口中道是其夫在绿柳坊中经营一座行院，院内共有六个姑娘，杏花便是其中之一。狄公问她何时最后看见杏花，胖妇人答道："回老爷话，杏花跳罢舞回来，看去好不楚楚怜人！我便说道：'宝贝丫头，看你出了一身的汗，还不赶紧换过衣服，免得伤风着凉！'又吩咐侍女将她那件漂亮的宝蓝长裙拿来。不料杏花忽然将侍女推到一边，披上翠绿外褂便出门去了！老妇人最后看见她就是那时候，千真万确！这可怜的小妮子怎会被杀死？侍女方才还在说一桩怪事，道是——"

"有劳你了！"狄公插言说道，又命马荣去带那侍女前来。

过不多时，一个少女大哭着走入宴厅，马荣拍拍她的后背以示慰藉，却是无济于事。只听她呜咽说道："她是被湖里的妖怪给带去了，老爷！趁着妖怪还没将整条船弄沉，求求老爷赶紧让我们上岸去吧！那鬼物样子好不吓人，我刚才亲眼看见过！"

"你在哪里看见过妖怪？"狄公惊异问道。

"回老爷话，那妖怪就在窗子外面冲她招手哩！

就在妈妈叫我将宝蓝长裙取出来的时候，杏花小姐也看见了！妖怪真是在冲她招手，老爷！她又怎能不乖乖跟着去呢？”

众人闻听此言，不禁交头接耳低声议论起来。狄公一拍桌案，又问道：“那妖怪看去是何模样？”

“回老爷，是个老大的黑妖，我透过窗上的纱帘，看得一清二楚，一只手里握着一把刀子不停摇晃，另一只手……在招呼人过来！”

“你可曾看见妖怪穿什么衣服，戴什么帽子？”

“我不是说了那是个妖怪么！”少女愤愤答道，“看不出什么形状来，只是阴森森黑漆漆的一团，好不吓人。”

狄公对马荣使个眼色，马荣带那侍女出去。

狄公又问过银莲花与其他四名歌伎。除了银莲花曾被狄公派去四处寻找杏花外，其他四女都不曾离开过宴厅半步，道是曾与苏掌柜一起闲话，但没看到王、刘、彭三人可有离席，至于苏掌柜到底几时回来，也记不清了。

狄公站起身来，对众人道是要出去听听侍者与桨手们有何说辞，随即出了宴厅，一路走上陡梯，洪亮跟在后面，马荣与船上主事同去叫人。

狄公在栏杆旁的一只鼓凳上坐下，将帽子朝后一推，说道："这里和舱内一样闷热！"

洪亮连忙给老爷送上扇子，沮丧说道："听了半日，似是没有多少进展！"

"眼下还不好说。"狄公一边用力摇着扇子，一边说道，"我觉得多少弄清了当时的情形。老天，王掌柜说过桨手们品行不端，还真是所言不虚！这伙人看去着实不像善类！"

一群桨手出现在狄公面前，彼此怒气冲冲地低声议论，被马荣与主事高声叱骂几句后，方才变得恭敬起来，侍者与厨子则立在对面。狄公心想不必盘问舵手与那些宾客自带的家仆，因为洪亮说过他们一直在聚精会神听马荣讲荤故事，没有一人走开过。

狄公先问一众侍者，也是说不出个子丑寅卯来。杏花开始跳舞时，他们赶紧下到灶房中去用点心，只有一人曾去过宴厅，以备侍奉左右，且正好碰见彭掌柜靠在栏杆边大口呕吐，旁边却未见刘飞波的人影。

狄公又问过厨子与桨手，得知他们并无一人离开过底舱。舵手通过板门吆喝里面停下休息，众桨手便开始赌钱作戏，没有一人出去过。

船上主事忧心忡忡观望了半日天色，见狄公站起身来，方才开口说道："启禀老爷，许是要遇上暴雨了！我们最好赶紧掉头回去，一旦天气恶劣，这花船恐怕不易驾驭！"

狄公闻言点头，下了梯子直朝主舱房走去，乔泰仍旧立在那里，看守着杏花的尸身。

第四回

派亲信夤夜守花船
赴行院彻查得情信

狄公在梳妆台前的小凳上刚刚坐定，就听见一声炸雷划破夜空，紧接着瓢泼大雨倾泻而下，花船开始左右摇晃。

乔泰赶紧奔出去关上窗外的遮板。狄公手捋长髯，默然凝望前方，洪亮马荣立在一旁，直盯着长榻上一动不动的尸身。

乔泰回来掩上房门。狄公抬头看看三名亲随，惨然一笑说道："就在几个时辰之前，我还抱怨过此地什么事情都不曾发生哩！"不禁摇一摇头，庄容说道，"如今我们得勘查一桩杀人案，不但人人都很可疑，甚至还有邪魔鬼怪参与其中。"眼见马荣紧张地瞧了乔泰一眼，连忙又道："方才问话时，我之所以不曾反对此案中有鬼怪作祟的说法，只是不想令嫌犯生疑。别忘了那人尚且不知我们是在哪里找到的尸首，又是如何找到的，一定还在奇怪尸首为何没能沉入湖底。[1]我敢说凶手一定是个有血有肉的大活人！并且我还知道他为何要谋害杏花！”

狄公对三人讲述了杏花的惊人之语，又道：“说起来韩咏翰当是嫌疑最大。他如果假装睡去，便是唯一可能偷听到杏花对我说话之人，当然若是如此，他必得极会做戏才行。”

“韩咏翰也有机会作案。”洪亮沉思道，“他自称在船头流连半日，却又无人证实。或许他顺着左舷走到船尾，从窗外招呼杏花跟他出去。”

“不过那小丫头说怪物手中拿着刀子，又是何意？”马荣问道。

狄公耸耸肩膀，说道：“全是凭空臆想而已。切记那侍女是在听说杏花遇害之后，才开始讲述妖怪现

---

1 “方才问话时……为何没能沉入湖底”不见于荷文本。

身一事的。实则她看见的只不过是一个男子，穿着如你我一样的广袖长衫，一手招呼示意，另一只手里握着一把合起的折扇，她口中所说的匕首，一定便是此物。”

这时花船剧烈摇晃起来，一个大浪打中船身，发出一声巨响。[1]

“可惜韩咏翰并非唯一的嫌犯。”狄公又道，“虽说他是唯一可能偷听到杏花言语之人，不过其他宾客可能也会注意到杏花对我低语，并且从她那躲躲闪闪的态度上，推断出说的是要紧话——我跟你们讲过她开口时甚至都没看我一眼，于是决意非要下手不可。[2]”

1 在荷文本中，此段为：“这时花船剧烈摇晃起来。乔泰去查看条几上的银烛台，却发现烛台早用钩子固定住。”

2 在荷文本中，此处还有“杏花本应伪装得更好些，比如对我说话时面上带笑。不过她似是心神极其混乱，一看便觉眼神古怪，虽说那些来自平阳的女子……”

“如此说来，”乔泰[1]说道，“除了韩咏翰之外，另有四名嫌犯，即王、彭、苏三位行会首领与刘飞波。唯独康家兄弟没有嫌疑，因为老爷说过他们从未离开宴厅，其他四人则或多或少都出去过一阵子。”

“说起来彭掌柜或许清白无辜，”狄公说道，“原因很简单，他并没力气能够打昏杏花，再将她拖到舷梯处。正是因此，我才问过船上的桨手与侍者，原本猜想或许在他们中间会有一个是彭掌柜的帮凶，不过这些人从未离开过底舱。”

“韩咏翰、刘飞波还有王掌柜、苏掌柜都可能动手杀人，”乔泰说道，“尤其是那姓苏的，端的是身强力壮。”

“除了韩咏翰之外，苏掌柜看似嫌疑最大。”狄公说道，“如果他是凶手，则一定十分冷血而凶残。当杏花跳舞时，他便已盘算好了杀人行凶的所有细节，

1　在荷文本中，此处为洪亮。

然后故意弄污衣袖，正是为了能够名正言顺地离开宴厅，万一抛尸入水时弄湿了衣服，还能名正言顺地另换一身。他定是直接走到梳妆室的窗外，招呼杏花出来，将她打昏后又抛入水中，然后才走回舱房换过衣袍。乔泰，你最好现在就去那舱房中，看看苏掌柜换下的衣服是不是湿的！”

“让我去吧，老爷！”马荣连忙应了一句。他早已留意到乔泰面色发白，知道这位老兄不惯水性。

狄公闻言点头，于是众人默默等待马荣回来。

“那舱房里到处是水！”马荣进门咕哝道，“唯独苏掌柜的衣服却是干透的！”

“且罢，”狄公说道，“虽说这并不能证明苏掌柜一定清白无辜，但还是值得记在心里。如今按顺序说来，嫌犯乃是韩、苏、刘、王、彭。”

“老爷为何将刘飞波放在王掌柜前面？”洪亮问道。

“因为据我想来，杏花与凶手应有一段男女私情。”狄公答道，“若非如此，杏花不会一见凶手召唤便立即出去，也不会单独跟着他来到这舱房中。若是平常的烟花粉头，有人出钱则必须接待，然而歌伎却有所不同。若是想博得歌伎青睐，须得一力奉迎，如果劳而无功，也是无法可想之事。尤其是杏花这样出名的舞姬，更多是凭借卖艺而并非卖身入账，因此老鸨也不便在选择恩客一事上多加干涉。韩刘二人皆是仪表堂堂，据我想来，或可令色艺双绝的舞姬倾心，还有苏掌柜，看去孔武有力，亦会吸引某些女子。至于王彭二位，一个肥头大耳，一个枯瘦如柴，恐怕难以赢得佳人芳心。我想可以将彭掌柜排除在嫌疑之外。”

马荣似未听见狄公最后几句话，只是盯着尸体惊骇无已，此时终于大叫出声：“她正在摇头哩！”

众人转身看去，死者的头颅果然正左右晃动，面上覆的手帕已掉在地下，摇曳不定的烛光照在一团湿发上。

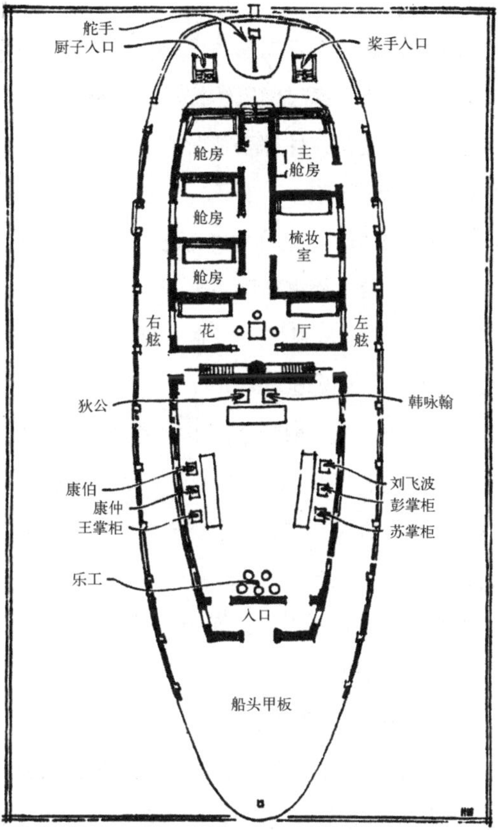

舵手
厨子入口
桨手入口
舱房
主
舱房
舱房
梳妆
室
舱房
右
舷
花
厅
左
舷
狄公
韩咏翰
康伯
康仲
王掌柜
刘飞波
彭掌柜
苏掌柜
乐工
入口
船头甲板

花船平面图

狄公立时起身奔至榻前，只见杏花双目已瞑，不禁深为骇异，于是抓过两只绣枕紧挨在头颅两侧，迅速拣起手帕，复又盖住那张苍白的面容，坐回小凳上冷静说道：“如今这头一件事，便是要查出三人中谁与杏花关系密切。最好的办法莫过于去同院的姑娘里打听，她们常会互相透露许多秘密。”

“不过外人要是想从她们嘴里套出话来，就是另一回事了！”马荣说道。

此时雨声已止，船身逐渐平稳，乔泰看去面色好转，开口说道：“老爷，据我想来，还有一桩更要紧的事，就是得去搜查那舞姬在绿柳坊中的住处。凶手上船后一时起意、仓促杀人，如果舞姬的房中存着与他有关的书信或其他物事，等众人下船后，凶手定会立即前去毁掉证据。”

“你说得很对，乔泰！”狄公赞道，“花船一旦靠岸，马荣先奔去绿柳坊，如果有人企图进入杏花房中，一概当场拿获。过后我自会乘轿前去，再一起搜查房中物品。”

只听外面有人高声吆喝，应是花船驶入码头。狄公起身对乔泰命道：“你留在这里，等衙役前来，吩咐他们将这间舱房封起，再派二人站在门口把守，直守到明天早上。我会叫杏花的院主明天派人前来收尸。”

众人出门走上甲板，此时云破月出，清辉遍洒，却满眼一片凄凉景象。暴风雨过后，所有彩灯全都没了踪影，宴厅两侧挂的竹帘也被扯成碎片。原本靓丽夺目的花船，如今看去凌乱不堪。

韩咏翰等人正在码头恭候狄公，个个形容委顿。暴雨来临时，众宾客全都躲入花厅之中，里面空气闷塞，加上船身颠簸，愈发苦不堪言，一听老爷说如今可以回家，立时便朝各自的坐轿飞奔而去。

狄公上了官轿，等众人走散没了动静，方才命轿夫前去绿柳坊。

狄公与洪亮步入杏花所在的行院前院，听见从楼上的宴厅内传出说笑声，虽是入夜已深，宴乐犹自未央。

院主一径奔出，恭迎二位不速之客，认出竟是县令老爷驾临，连忙跪倒在地，叩头再三，一脸谄媚地请安问好。

“本县想要查看舞姬杏花的住处，”狄公简短说道，“你在前面带路！”

院主引着狄公与洪亮朝宽阔油亮的楼梯走去，一路顺阶而上。二楼有一条幽暗的过道，两旁皆是朱漆门扇。院主在一扇门前止步，率先走入房内，正想点亮火烛时，忽然被人一把攥住胳膊，不觉吓得大叫出声。

“这是院主，放开他！”狄公迅速说道，“你是如何进来的？”

马荣咧嘴笑道：“回老爷，我心想进门时最好不要被人看见，于是翻过花园院墙，又攀上露台，看见有个侍女正在墙角处打瞌睡，便叫她指给我看杏花的房间。我一直藏在门后，没见有人进来过。”

“干得漂亮！”狄公说道，“如今你与院主一道下楼去，留神盯着正门口！”

狄公在乌木雕花梳妆台前坐下，拉出一只只抽斗，洪亮则去查看长榻旁摆成一摞的大红漆皮四季衣箱，掀开最上面标有“夏”字的一只，翻检起其中的衣物来。

最上层的抽斗内只是些洗漱之物，狄公看罢一无所获，不过下面一只却塞满了名帖信札，于是迅速浏览一遍，见有杏花之母从山西寄来的几封家书——多是钱已收到或幼弟读书甚好等语，其父似是已经亡故。狄公见这些书信写得清通雅驯，不禁再次惊诧于杏花的不幸遭际，一个出身良家的年轻女子，不知为何竟至沦落风尘操此营生。再看其他信件，皆是一干倾慕者所写的诗文，韩咏翰等船上众宾的大名俱在其中，不过行文十分板正客套，或是邀约赴宴的请柬，或是对其舞艺的赞美称颂之辞——无一显露出暧昧迹象。看来要想判断这几人与杏花的关系深浅如何，还需大费周章。狄公想到此处，将所有字纸统统收起并纳入袖中，留待日后细细研读。

“这里还有几封，老爷！”洪亮忽然叫道，却是在衣箱底下发现了一沓书信，用素纸仔细裹成一包，于是取出呈上。狄公扫了一眼，但见满纸情话，便知必是货真价实的情书，信末署名皆是“竹林生”。

“这人必是杏花的情郎！”狄公兴奋说道，“要查出他的身份应是不会太难，既然文采与书法俱佳，定是本地少有的几个风流才子之一。”[1]

二人继续查看，却是再无线索。狄公信步踱至露台上，独自静立半晌，顾视楼下花园，只见一片莹白月光正照在花丛中的莲池上，不知有多少回，杏花亦是站在此处，眼中望着同样的景致，油然生起思乡之情！自己果然为官日短、阅历匪深，以至

1 “要查出他的身份……几个风流才子之一”不见于荷文本。

遇见一个美貌女子暴死后，心中竟会久久难平。狄公想到此处，蓦地转身回房，吹熄蜡烛后出门下楼，洪亮跟在后面。[1]

马荣正站在门首与院主交谈。院主一见狄公出来，连忙躬身行礼。

狄公将两手笼在袖中，对院主肃然说道："为了调查这桩人命案，本县大可派手下衙役将你这院中翻个底朝天，再挨个盘问所有宾客，之所以不曾这般行事，皆因如今尚且不必，我也从不会无端惊扰百姓。不过你得立即报上一份有关杏花姑娘的文书来，凡是你所知道的有关她的情形，事无巨细统统列出，诸如她的真名实姓，年纪多少，何时被你买入，从何人手中买入，平常都与哪些客人来往，闲暇时喜欢做何游戏等等，一式三份录好后，明日一早务必送到本县

---

1 "二人继续查看……洪亮跟在后面"不见于荷文本，而是"二人迅速查看过房内其他地方，再无所获，于是狄公拿起蜡烛，与洪亮下楼而去。"

面前！”

院主跪倒在地，正要谢过老爷恩典，却被狄公不耐烦地喝止：“明天你还须派人去花船上收尸，然后再将杏花身亡的消息告知她在平阳的家人。”

狄公转身正欲出门时，却听马荣说道：“还请老爷准许我晚些时候再回去复命。”说罢使个眼色。狄公心领神会，于是点头应允，与洪亮一起坐入轿中。众衙役点亮火把，一行人缓缓走过阒寂无声的大街。

第五回

马荣讲述舞姬秘事
张翁被控害命藏尸

THE CHINESE LAKE MURDERS

次日一早，天光破晓时分，洪亮前去当值，只见狄公已穿戴齐整，端坐在大堂后方的二堂中。

狄公将从杏花衣箱中翻出的情书理成几摞，依次放在书案上。洪亮上前为老爷倒了一杯热茶，狄公说道："洪亮，我已仔细读过这些书信。杏花与'竹林生'的私情始于半年前，从最初几封信里，可以看出二人友情日渐加深，后来几封表露出炽热的爱意，然而大约两个月前，激情由盛而衰，语气明显有变，不时还似带威胁之意。我们非得找到此人不可！"

"回老爷，县衙主簿平时喜好作诗，"洪亮兴冲冲说道，"闲暇时在本地诗社中负责誊写抄录，不定听说过这一雅号！"

"好个主意！"狄公赞道，"你稍后便去公廨中唤他前来，不过我想先给你看看这个。”说着从抽斗中取出薄薄一页纸来铺在案上，洪亮认出正是在杏花衣袖中发现的那幅棋局。狄公用食指在纸上敲敲，“昨晚从绿柳坊回来，我仔细研究过这棋局，奇怪的是竟然全无头绪！

“我虽非精通棋艺之人，不过年少时倒也时常与人对弈。这棋盘分作纵横十九路，共有二百八十九个点，一人执白，一人执黑，各有一百五十个子。所有棋子皆用圆圆的小石子制成，功用全是一样，不分大小主次。双方在空盘上开局，轮番落子，每次将一子放在一点上，目的是要尽可能围住对方的棋子，一个也好一群也罢，被吃掉的子立时便会从棋盘上拿去，占地较多的一方最终获胜。”

“听去很是简单！”洪亮沉思道。

狄公笑道：“规则倒是十分简单，不过当真下起来，却是极其复杂。据说一个人即使用尽一生心力，也难以穷尽其中所有奥秘！

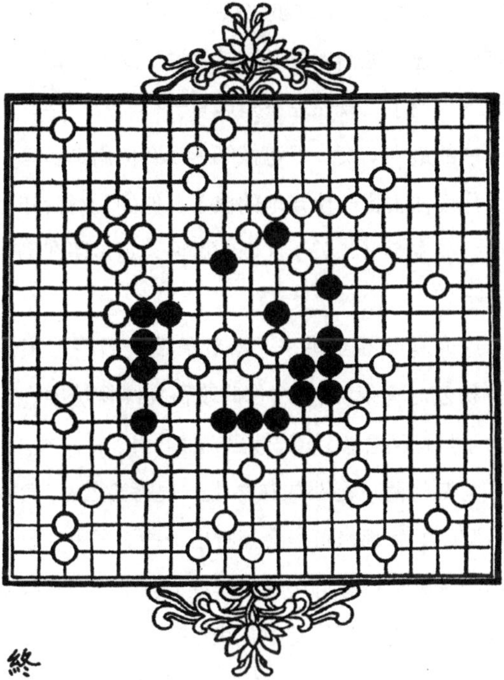

終

棋局[1]

1　此棋局当顺时针旋转 90°观看，详参本书译后记。

“有些著名棋手将棋书付刻刊印，书中不但有对局棋谱，还有死活题以及详细解说。这一页定是从一本棋书中撕下，既然左下角印有一个‘终’字，可见是全书的最末一页，只可惜纸上没有标出书名来。洪亮，你设法去找一位当地的棋手，他们无疑会知道这是出自哪本棋书，关于此题的解说，定是印在倒数第二页上。”

这时马荣乔泰进来，给老爷请安后在书案前坐下。狄公对马荣说道：“你昨晚留在绿柳坊中，想必是为了打探消息，且来说说结果如何！”

马荣将两只拳头放在膝上，咧嘴笑道：“老爷说过从同院姑娘那里可能会探听出一些消息来。就在昨晚出门赴宴经过绿柳坊时，露台上有个姑娘令我眼前一亮。后来再去那行院中，我对院主形容一番她的模样，那院主十分热心，竟然立时将她从宴席上叫了出来，名字叫作桃花，起得真是最恰当不过！”说到此处略停片刻，捻一捻髭须，脸上笑意更浓，“这姑娘不但是个十足的可人儿，而且对我也并无恶感，至少她——”

“劳驾不必细述你如何情场得意！”狄公不耐烦地插言道，“我们自然知道你二人甚为相投。只说关于杏花姑娘，她都讲过些什么？”

马荣看去一脸委屈，叹了口气，无奈说道：“回老爷，桃花与那死去的姑娘一向十分亲密。大约一年前，杏花来到绿柳坊，当时有个人贩子从京师长安带来四个姑娘，她便是其中之一，后来对桃花说过原本家在山西，只因不幸生出变故，所以才背井离乡来到此地，以后也没法再回去。这姑娘很是与众不同，虽然许多有钱有势的客人拼命大献殷勤，却都被她一概谢绝。苏掌柜尤其费尽心机，还送给她许多值钱的礼物，也是从来不见一丝消息。”

“这一说法对苏掌柜颇为不利，”狄公插言道，“求爱不得，往往便是有力的作案动机。”

“不过桃花认定杏花姑娘绝非性情冷淡，并且很可能有个秘密情人。”马荣又道，“每隔七八天，杏花便会跟院主告假，说要出门买些东西，因为她一向行事稳重，又很守规矩，从未有过企图逃走的意思，院主也总是一口答应。她独自出门时，桃花猜测必是去与那情郎幽会，虽然也曾试图打探过，不过从来未能发现那人到底是谁，以及幽会地点在何处。”

“她每次出去多久？”狄公问道。

“她常是吃罢午饭就出门，”马荣答道，“直到晚饭前才回来。”

“那就是说杏花并未出城，”狄公沉思道，“洪亮，你去问问主簿关于‘竹林生’一事！”

洪亮出门之后，一名衙吏进来送上一只大号信袋。狄公打开封口，取出一封长信与两份抄件来，轻捋颊须从头至尾读了一遍，看罢靠坐在椅背上。这时洪亮回来，摇头禀道：“回老爷，主簿断言在汉源城内，并无哪个文人学士用此雅号。”

“实在可惜！”狄公说罢直坐起来，指着面前的书信，接着又道，“这里有一份行院院主写下的文书。杏花原名范鹤仪，由京师中的人贩子卖到汉源，时间在七个月前，正与那叫作桃花还是什么花的姑娘对马荣所言相符，身价是两锭金元宝。

“那人贩子曾说过这桩买卖颇不寻常。杏花自己主动前去找到人贩子，讲好身价是一锭黄金再加五十两白银，条件是必须转卖至汉源。人贩子心想此事很有些古怪，因为一般常是由姑娘的父母或者中人前来议价，不过看她容貌美丽，且又擅长歌舞，觉得十分有利可图，便也没再多问，将身价银子交到杏花手中，由她自行处置。后来人贩子见绿柳坊是个好买家，心想还是对院主事先道明这一异事为上，免得日后出了麻烦被人追究。”

狄公略停片刻，恼怒地摇一摇头，接着又道：“院主后来问起过此事，不过杏花却拐弯抹角含糊以对，院主便也不再提起。据他猜测，似是杏花与人有了私情，因此被父母逐出家门。关于她的日常情形，大多与马荣听来的消息相符。院主还列出了对杏花大献殷勤之人的名姓，几乎当地所有名流都在其中，却没有刘飞波与韩咏翰。院主偶尔也催促过杏花从中择取一人作为恩客，但是都被杏花断然拒绝，由于她单凭跳舞便已入账颇多，院主也就得过且过了。

“院主在信末写道，杏花喜欢与文字相关的游戏，写得一笔好字，还擅画花鸟，水准相当不错，不过特意提到她不爱下棋！”

狄公住口不语，看着三名亲随，问道：“杏花不但问我是否会下棋，而且衣袖中携有一幅棋局，你们几个对此有何看法？”

马荣疑惑地搔搔头皮，乔泰开口问道：“老爷可否让我瞧一眼那死活题？我以前曾经很爱下棋。”

狄公将残页推过去，乔泰仔细看了半日，说道：“老爷，这棋走得看不出意图来！白子几乎占了满盘，或可在想象中回溯倒推一下旨在挡住黑子攻势的几步，不过黑子走得实在既无节奏也无道理！”

狄公皱眉思忖。过了半晌，忽听从正门方向传来三声锣响，余音回荡在衙院中，宣告早衙即将开堂。

狄公将棋局收入抽斗中，长叹一声，起身离座。洪亮助老爷穿上墨绿官服，狄公一边正冠，一边对三名亲随说道："今日开堂，我先得议论一番昨晚花船上出的人命案。幸好别无他事，我等只需全力对付这桩棘手的案子即可。"

马荣将隔开大堂与二堂的厚重帘幕拉到一旁，狄公迈步走上高台，在铺有猩红织锦的案桌后落座，马荣乔泰在座椅后分立左右，洪亮依例站在狄公右首。

众衙役排成两列，立于高台前方，手持皮鞭、棍棒、铁链、手铐等刑具。高台左右两旁各有一张低桌，主簿与书办坐在桌前，准备记录公堂审案议程。

狄公环视堂下，只见人满为患。花船上出了人命的消息早已传遍全城，汉源百姓正急于听到此案详情。狄公看见韩咏翰、康氏兄弟还有彭掌柜苏掌柜均站在前排，心中疑惑为何不见刘飞波与王掌柜的人影，衙役班头已经告知过他们几个必须到堂。

狄公一拍惊堂木，宣布早衙开堂，首先点过一众衙员的名单。

大堂门口忽然冒出几个人来，领头的正是刘飞波，只听他大声叫道："小民求老爷主持公道！只因出了一桩凶案！"

狄公对班头示意，班头下去引着几人走到高台前。

刘飞波跪在青石板地上，另有一名中年男子从旁跪下，看去身量颇高，穿一件朴素的蓝布衣袍，头戴一顶黑方帽。另有四人站在离众衙役稍远的地方，狄公认出其中一个是王掌柜，其他三人则从未见过。

"老爷在上！"刘飞波大声叫道，"小民的女儿在新婚之夜惨遭杀害！"

狄公扬起两道浓眉，肃然说道："原告刘飞波，你须得依照公堂规矩，将案情逐一报上。昨晚在宴席中，本县听说令嫒前天刚刚成婚，为何过了两天你才来官府报此凶信？"

“全得怪这恶人设下奸计！”刘飞波指着跪在一旁的男子叫道。

“报上你的姓名、生业！”狄公对那中年男子命道。

“小民姓张名文章，乃是文学博士。”那人徐徐说道，“日前家中不幸突遭横祸，一夜之间，痛失爱子及其新妇，不想又有这刘飞波竟来诬告于我！恳求老爷为小民洗清冤枉！”

“你这卑鄙无耻的恶人！”刘飞波叫道。

狄公一拍惊堂木，厉声喝道：“原告刘飞波，公堂上不得出言放肆！且说案情！”

刘飞波看去悲愤至极，与昨晚相比简直判若两人，努力自持半晌，方才口气稍稍和缓地叙道：“小民命中无子，也是天意，膝下唯有一女，名叫月仙，生得性情温顺、相貌可人，虽说无儿，但有此女，小民也是心满意足了，眼看她渐渐长成，出落得端丽聪慧，小民甚感欣慰，并且——”

刘飞波住口不语，几至呜咽出声，喉头吞咽数下，才又接着颤声说道："就在去年，小女听说这位张先生在家中开设私塾，教授一群年轻女子学习诗文，问我可否同去受教。我心想她一向喜爱骑马打猎，如今由好武转而好文，心中甚是欢喜，于是点头应允，谁知从此便种下了祸根！月仙在张宅中得识其子张虎彪，对他一见钟情。小民本想先打听一番张家的底细再做定夺，然而月仙却一力央求，非要我立即将二人订婚的消息公之于众，还有我那贱荆也来帮腔——这蠢婆娘本该明白事理才是！

"我只得同意这桩婚事，又挑选了媒人，两家订下婚期。不料我的朋友兼牙人万一帆却从旁提醒，说那张文章实是个衣冠禽兽，以前曾企图勾引过万一帆的女儿以满足他的淫欲。我打算立即取消婚约，不巧就在那时，月仙却生了病，贱荆说是得了相思症，要是我改变主意，月仙定会一病不起。并且张文章也不愿眼看着到手的猎物飞走，坚决不肯毁约。"

刘飞波说到此处，恨恨地瞪了张文章一眼，接着又道："尽管我百般不情不愿，还是同意了举行婚礼。就在前天，张家红烛高烧，一对新人在祖宗牌位前正式结为夫妻，本地名流纷纷前去参加婚宴，足有三四十位之多，也包括昨晚在花船上赴宴的各位在内。

"今日一大早，张文章忽然慌慌张张奔到敝宅，道是昨天发现月仙死在洞房之中。我问他为何不立即告知，他答曰新郎也不见了踪影，心想先找到儿子的下落再说。我又问月仙因何而死，他支支吾吾说不出个所以然来。我想与他一起去张家看一眼女儿的尸身，他却面不改色地说是已经收厝入棺，并送去佛寺了！"

狄公闻言坐起，正欲发问，转念一想，还是决意先听刘飞波说完。

"小民心中不禁生出疑团，赶紧跑去与邻居王掌柜商议。他听说之后，立时同意我的猜测，即小女遭

刘飞波状告张文章

遇到不知什么难与人言的罪孽之后不幸身亡。我对张文章道是要去官府告他，王掌柜又去找来万一帆同作证人。如今小民跪在此处，恳请老爷将这恶贼依法惩办，以告慰小女的在天之灵！”刘飞波说罢，伏在地上连连叩头。

狄公缓缓捋着长髯，思忖半晌，开口问道：“你的意思是说张虎彪谋杀新妇后又自行潜逃？”

“小民突闻噩耗，心乱如麻，一时叙说不清，还请老爷见谅！”刘飞波连忙答道，“那张秀才不过是个唯唯诺诺的软弱后生，想是清白无辜，真正的罪魁祸首乃是其父，这人面兽心的好色之徒！他对月仙垂涎已久，多喝了几杯黄汤下肚，于是壮起色胆，就在月仙的新婚之夜对她伸出毒手，害得我那可怜的女儿愤而自尽。张秀才被自己父亲的兽行吓得半死，心灰意冷之余离家出走。第二天一早，这淫贼一觉醒来，狂性退去，看见小女的尸身，心中不免惧怕，于是立即派人将尸体收厝入棺，以此掩盖小女自杀身死的实情。小民在此控告张文章对小女月仙行为不轨，并致使她自寻短见。”

狄公命主簿大声读出所录口供，刘飞波听罢同意句句为实，并在笔录上按过指印。狄公接着又道：“被告张文章，你且来说说事情的前后经过。”

“小民遇事处置不妥，恳请老爷宽宥容谅！”张文章略带学究气地开腔说道，“如今只想说深知自己在先做下蠢事，皆因一向埋头诗书、不问世务，家中突遭此变，一时惊慌失措没了主张，不知该如何应对才是。不过要说小民对犬子的新妇心怀邪念，甚或行止不端，在此仍须断然否认。小民这就将所有情形原原本本道来，保证句句是实。”

张文章略停片刻，理理思路，然后叙道：“昨日一早，小民在花园凉亭中用饭时，侍女牡丹前来报曰方才去新房敲门，叫了几声前来送早饭，里面却无人应答。我只说小夫妻新婚燕尔不便打扰，命她过半个时辰再去。

“又过了大半日，小民正在园中浇花，牡丹又来报说新房内还是不见动静，我这才觉得有些不妙，便亲自走到专为小夫妻隔出的别院中大力叩门，里面仍无动静，又连叫几声犬子的名字，还是悄无声息。

“这时小民心想定是出了麻烦，连忙跑到邻居孔掌柜家里讨主意。孔掌柜是个茶商，也是小民的好友。他说我应该设法破门而入，于是我就叫来管家，命他用斧子劈开门锁。”

张文章略停片刻，喉头咽了几咽，闷声叙道：“小民进屋一看，只见月仙躺在榻上，浑身是血，一丝未挂，犬子不见了踪影。我赶紧上前拿了一床被褥盖在月仙身上，又摸摸她的脉，却是脉息全无，手脚冰凉，早已断气了。

“孔掌柜立刻去请了住在附近的华大夫来。此人医术颇高，查看过尸身后，道是由于新婚初合、流血不止而死。小民这才想到犬子定是被这景象吓到，一时悲痛心惊，便逃出家去，想必跑到哪个无人之处准备自寻短见，于是决定立时出去寻找，免得他做出不智之举。华大夫又道是如今天气炎热，最好将尸体赶紧收殓入棺，于是我便命人找了一个收尸人来，将尸身擦洗干净，又放入一口薄棺中。孔掌柜提议将棺木送到佛寺内，以俟定了地点再正式下葬。我又恳请所有在场之人姑且守口如瓶，无论犬子是死是活，等我找到他的下落再说，然后小民就与孔掌柜和管家一道出去寻人。

“我们三人在城内城外四处打听，走了整整一天，直到黄昏也没能找到一丝线索。回到家中，却见一个渔夫正在门口等候，给我看一条腰带，说是他在湖中打鱼时捞到的。小民不必看绣在衬里上的名字，一眼认出正是犬子随身之物。我委实经受不住这又一打击，立时昏倒在地。孔掌柜与管家将我扶到床上，我只觉浑身无力，一头睡去直至今早。

“起床之后，我想起理应将这桩惨事告知亲家公，于是赶紧去刘府报信。没承想刘飞波竟如此狠心无情，不说与我一起悲悼痛失儿女的不幸，反而妄加指责，威胁曰要拉我去见官。恳请老爷主持公道，小民一天之内痛失独子与儿媳，家中香火已断，日后惨淡可知！”说罢连连叩头。

狄公朝主簿递个眼色，主簿大声念出录下的口供，张文章确认无误后按过指印。狄公说道：“本县还想听听原告与被告的证人有何说辞。原告证人牙人万一帆上来！”

狄公记得昨晚康氏兄弟口角时曾提起过万一帆的大名，朝下一看，只见那人四十左右年纪，脸上刮得干干净净，只留着短短的漆黑髭须，衬得面色格外煞白。

万一帆道是张家正房与三房夫人早已故去，两年前二房夫人也撒手人寰，张文章从此孤身一人，曾经自行跑到万家，说是想纳万一帆的女儿为妾。万一帆见连个像样的媒人都没有，于是愤而回绝。张文章未能遂愿，心中不满，从此四处散播谣言说万一帆是个骗子，整天做些见不得人的生意。由于自己深知张文章人品卑劣，因此自忖理应警告刘飞波不该将女儿嫁给这等人家。

万一帆刚一说完，张文章便怒不可遏地大声叫道："老爷千万不要听信他的一派胡言！实是真伪混杂、荒谬已极！小民对万某人确实从无好评，即使此时此地，也敢直言曰此人确是个骗子无赖。小民的二房亡故后，是万一帆自己跑来，主动提出要将女儿许给我做妾，还说自从妻子死后，他没法妥善照管女儿，显然是想榨取一笔钱财，并从此堵住我的口，免得以后再批评他那些可疑的生意。断然拒绝这一提议的人并非万一帆，却是小民本人！"

狄公听罢，拍案喝道："有人竟敢愚弄本县！你二人中显然有一个扯谎！本县将会彻查此事，说谎者下场如何，不妨拭目以待！"说罢愤愤地揪一揪长髯，又叫王掌柜上前来。

王掌柜虽然证实了刘飞波的说法，却极不情愿对张文章行为不轨导致刘月仙身亡一事加以评议，道是当时见刘飞波太过激愤，为了使他平静下来，才略表赞同。至于新婚之夜到底发生何事，仍是不敢妄断。

狄公又听了另外两位证人的说辞。先是茶商孔掌柜，不但证实了张文章的说法，还道是张文章生性节俭、人品高洁。接着华大夫上前跪下，狄公命班头将县衙仵作唤来，对华大夫厉声说道：“你行医多年，理应知道凡是有人猝死，在未将前后情形报知官府并经由仵作验尸之前，不得将尸体收厝入棺。你既已触犯律法，便要受到责罚。如今仵作在场，你须将当日眼见的所有情形仔细讲述一遍，并说明你是如何认定死因的！”

华大夫连忙详述了一番死者的状况，狄公面带疑色看着仵作，仵作说道：“启禀老爷，虽说一个处女因此而死十分罕见，不过医书上确也记载过几例，比起死亡来，更为常见的是长时间不省人事。华大夫口中所述，与医书上的记录完全相符。”

狄公闻言点头，判华大夫缴纳一大笔罚金，又对堂下众人说道：“本县今日本想议论舞姬杏花被害一案，不料突发此事，如今必须前去现场勘察一番。”[1]说罢一拍惊堂木，宣布退堂。

1 “又对堂下众人说道……勘察一番”不见于荷文本。

第六回

书斋内查案寻踪迹
寺庙中验尸惊众人

狄公走出大堂，对马荣命道：“你吩咐衙役备好轿子，即刻便去张宅，再派四个人在佛寺内备好做尸检的一应器具，我从张家出来后，便会径去佛寺。”说罢返回二堂。

洪亮忙去一旁沏茶。乔泰仍旧立在原地，等待老爷落座。狄公却反剪两手，紧皱眉头来回踱步，洪亮送上茶时，方才驻足呷了几口，然后说道：“我想不出刘飞波为何会告得那般离奇！虽说将尸身仓促收殓确实可疑，不过凡是头脑清醒之人，首先会坚持做尸检，而不是跑到官府状告他人犯下如此重罪！昨晚我看他倒是相当冷静自持。”

“回老爷，刘飞波刚才几如发狂一般，”洪亮说道，“我分明瞧见他两手打战、口沫横飞！”

“刘飞波的控告着实荒唐！”乔泰说道，“若是他果真认为张文章人品卑劣，为何又要同意这门亲事？他根本不像是会受制于妻子女儿之人！再说他想要擅自毁弃婚约，自是易如反掌！”

狄公点头沉思道：“这桩婚事的背后，一定还有许多隐情！我须得说张文章遭此横祸，虽然悲恸之情溢于言表，不过看去却要平静得多！”

这时马荣进来报曰官轿已经备好。狄公走入中庭，三名亲随跟在后面。

张宅位于县衙西边，背靠山坡而建，看去颇为引人注目。管家推开厚重的双扇大门，官轿徐徐而入。

张文章恭敬地搀扶狄公从轿中出来，又引着狄公与洪亮走入花厅。马荣乔泰与班头等人留在中庭内等候。

宾主在茶几旁分别落座。狄公仔细打量一下，只见张文章身量颇高，体格健壮，棱角分明的脸上透出一股书卷气，年纪五十上下，从学堂退职未免为时过早。他默默为狄公倒了一杯热茶，然后重又坐下，静候贵客先行开口。洪亮照旧立在狄公的座椅后方。

狄公看了一眼书架，见架上收藏颇丰，便问张文章对哪门学问最有兴趣，张文章道是正在潜心研读古文，应答时措辞文雅、言简意赅。狄公又就某些细处问了几句，张文章亦是对答如流，可见研究得相当精深，提到一段颇具争议的文字到底是真是伪时，不但见解独到，还随口引述了几段生僻的前人评议。此君即使品行可疑，在学问上却显然造诣不凡。

“张先生正当壮年，为何早早便放弃了在孔庙学堂中的教职？”狄公问道，“许多学者常会授业到古稀之年。”

张文章面带疑色瞥了狄公一眼，生硬地答道：“小民更愿将所有工夫都花在自己喜好的学问上。过去三年里，我只收了几个较有功底的学生，在家中开设两班，教授古文。”

狄公站起身来，道是想去案发现场看看。

狄县令查案入书斋

张文章默默点头，引着两位客人穿过敞廊，走入二进庭院，在一扇月洞门前止步，徐徐说道："过了此门，便是小民指给犬子的院落。自从棺木被移走后，我便严命家中仆从谁也不准进去。"

月洞门内是一个小小的花园，中央有一张乡间石桌，旁边种着两丛修竹，微风拂过，飒飒有声，望之顿觉清爽。

张文章走进狭窄的门廊，先推开左边门扇，却是小小一间书房，仅够在窗前放一张书桌和一把旧椅，架上满满堆放着书籍卷册。张文章轻声说道："犬子极爱这间小书房，虽说外面的几竿竹子实难称之为林，他却自取别号为'竹林生'。"

狄公步入房内，张文章与洪亮候在门外。狄公看罢架上的书册，转身对张文章随口说道："从这些藏书，可知令郎兴趣甚广，只可惜居然一路广至绿柳坊的姑娘们那里去了。"

"老爷从哪里听来这等荒诞不经的说法！"张文

章怒道，“犬子一向言行最谨，晚间从不出门。不知是谁编派的如此谣言？”

“本县似在某处听过类似议论，许是会错了意也未可知。”狄公含糊答道，“既然令郎如此勤学，必是写得一笔好字吧？”

张文章指着书案上的一沓纸张，简短说道：“犬子最近正在研读《论语》，那些便是他写下的评注。”

狄公匆匆浏览后走出书房，口中赞道：“真是极富意韵的好书法。”

张文章引着客人转向对面的花厅，看去仍是对狄公方才所发之微词耿耿于怀，面色阴郁地说道：“老爷顺着这条廊道直走下去，便是卧房正门，小民将会在此等候，直至老爷看罢出来。”

狄公闻言点头，与洪亮一起穿过幽暗的廊道，尽头处果然有一扇小门半开半掩。狄公上前推开，站在门口四下打量。只见这卧房甚为狭小，仅有一扇槅窗，日光透过窗纸从外面射入，室内颇显昏暗。

洪亮低声说道："如此说来，张虎彪便是杏花的情人了！

"不过这人已经投水而死！"狄公恼怒说道，"我们总算找到了竹林生，奈何却又痛失其人！还有一个疑点，他的笔迹与那情书上的很不相像。"稍停片刻又道，"你瞧，地上有薄薄一层尘土，张文章所言果然不虚，自从刘月仙的尸身被抬走后，便没人进过房内。"

后墙处摆着一张长榻，狄公审视半晌，只见榻上铺的苇席染有几块暗红色的斑点。右边一张梳妆台，左边一摞衣箱，长榻旁还有一张茶几和两只小凳，室内空气十分闷塞。

狄公走到窗前，想要推开窗户，却发现被一只木闩扣住，闩上积满灰尘。狄公用力推开木闩，透过铁栅，可以望见菜园的一角，周围高墙环绕，还有一扇小门，显然是供厨子进出摘菜之用。

狄公疑惑地摇头说道："洪亮，大门既然从里面锁住，窗上装有铁栅，而且至少好几日未曾打开过，那么在事发当夜，张虎彪又是如何出去的呢？”

洪亮亦是大惑不解，“此事实在古怪！”犹豫片刻又道，“或许这卧房内另有暗门秘道？”

狄公立时起身，与洪亮合力将长榻从墙边推开，一寸一寸仔细检视墙壁与地板，又查看过其他几面墙，却是一无所获。

狄公重又坐下，掸掸膝头的尘土，说道：“洪亮，你这便去花厅内，命张文章写下他们父子二人各自的好友名单。我在此处再坐一阵，四处看过便出去。”

洪亮离开卧房后，狄公袖起两手，心想如今又添了一桩待查的疑案。杏花被害一案至少还有些明确的线索，起码动机十分清楚，即凶手想要阻止杏花透露有关一桩密谋的消息，还有四名嫌犯，一旦逐一细查过他们与杏花的关系，真凶自会水落石出，正在策划的阴谋也会暴露无遗。然而这桩突发的奇案却是完全不同，两名事主都已身亡，如今看来竟是全无头绪！

张文章虽然有些古怪，但是看似也并非是个登徒子，然而外表常常并不可靠，万一帆又怎敢在公堂上关于女儿一事供述不实。不过张文章断言其子张虎彪不曾去过绿柳坊，同样应是不敢扯谎，他定会想到官府轻易便会查出实情。没准是张先生自己与杏花有私情，却用了儿子的别号来写情信！他虽说已不再是翩翩少年，却仍然别具风骨，更何况女子的心思向来甚难猜度。不过必须留意一下张文章的笔迹，洪亮命他写下的好友名单正好可当作样本，用来与那些情书做一比较。不过张文章绝无可能杀死杏花，因为他并未前去花船赴宴！或许杏花的私情与被害身亡根本无关。

狄公在座中动了一动，心里忽觉不大自在，似是有人正在盯着自己，不禁回头望向窗户。

只见一张苍白憔悴的脸面，两眼睁得老大，正朝这边看觑。

狄公一跃而起，不慎在另一只小凳上绊了一下，踉踉跄跄奔至窗前时，只来得及看见菜园角门砰然关闭。

狄公出门直奔前院，命马荣乔泰立刻去外面街上搜寻一个光头男子，中等身材，貌似是个和尚，然后又命班头将张宅一应人等全都召集到花厅内，再四处查看是否有人藏在宅院中，吩咐完毕后独自缓缓踱回，一路紧皱眉头。

洪亮与张文章听到外面一阵骚乱，跑出来欲看到底是何情形。狄公并未理会二人的追问，冲张文章劈头说道："你为何不曾提过新房中装有一扇暗门？"

张文章直盯着狄公，目瞪口呆地说道："一扇暗门？如我这般生活恬淡的退职文士，为何需要如此机关？我一向亲自统管家中房舍，敢说根本没有这种东西！"

"既然如此，你倒是解释一下，令郎如何能从房内出去。"狄公冷冷说道，"那洞房内只有一扇装有栅栏的窗户，门也从里面上了锁。"

张文章抬手一拍前额，惊呼一声："我竟然从未想过此事！”

“那就给你一个机会好好想想，眼下你不得离开此宅，直到有人前来传话为止！”狄公断然说道，“如今本县要去佛寺中主持刘月仙的尸检，如此行事全是为了公正起见，你也可省得再费口舌替自己分辩！”

张文章闻听怒极，不过仍是遏住火气，一言不发转身离开大厅。

班头将十来个男女召入厅内，大声禀道：“老爷，人都在这里了！”

狄公迅速打量一番，未有一个与刚才见到的窗外那人面貌相像，又叫来侍女牡丹问话，结果牡丹口中所述与张文章的说法完全相符。

狄公打发众人出去后，只见马荣乔泰回来。马荣揩揩额上的湿汗，开口说道：“回老爷，我二人已在整片街巷里查过，却是一无所获。正逢午时酷热，街上不见一人，只看见一个卖茶水的小贩坐在推车旁打瞌睡。我们在菜园角门旁发现了两捆柴火，显然是有人放在那里，不过本人却不知去向。”

狄公对马荣乔泰讲述一番在窗外曾有怪人出现，又命班头去刘飞波和王掌柜宅中，召他二人到佛寺内旁观尸检，并派马荣前去监督衙役们备好一应用具，最后对乔泰说道：“你与两名衙役留在这里，看住那张文章不得离开宅院！留神瞧瞧有没有我见过的那个怪人！”说罢恼怒地甩甩衣袖，与洪亮一道上了官轿，朝佛寺而去。

狄公走上佛寺山门前的宽阔石阶，只见阶上野草丛生，门前的朱漆大柱漆皮剥落，不禁想起曾听人说过早在几年前，寺内僧众便已四散而去，如今只留下一个老头儿在此看守。

顺着一条荒废破败的长廊，狄公与洪亮行至寺内侧殿，马荣与仵作并衙役正在那里等候，另有三人则是收尸人及其帮手。右边立着一座高高的佛坛，上面空无一物，佛坛前有一口放在支架上的棺材。在大殿另一边，众衙役已经摆好了一张大桌作为临时公堂，旁边另有一张为书办所设的小桌。狄公命收尸人及其帮手过来，三人跪在地上。狄公问道："你们可还记得当日擦洗尸身时，卧房的窗户是开着还是关着？"

收尸人面露惊愕，抬头瞧瞧两个帮手，年纪较轻的一人立即答道："回老爷，窗子是关着的！因为房内十分闷热，小民想要打开窗子，不过窗闩卡住了，我没能推得动。"

狄公点点头，又问道："你们擦洗尸身时，可否见到有什么暴力痕迹？比如创口或是瘀青之类？"

收尸人摇头答道："回老爷，小民见出血甚多，很是吃惊，因此检查尸身时格外仔细，不但未见有任何伤口，连擦伤的划痕都没有一处！那女子浑身上下浑圆结实，与其他年轻小姐相比，算得十分健壮。"

"你擦洗过后将尸身裹起，是不是立即放入棺内？"

"确是如此，老爷。孔掌柜命我等带了一口临时棺木过去，只因家中长辈尚未定下何时何地正式下葬。棺材用几块薄板制成，不消片时便将棺盖钉上。”

仵作已在棺木前方铺开一张厚厚的苇席，又端上满满一盆热水。

这时刘飞波与王掌柜走入，对着狄公行礼如仪。狄公在桌案后的扶手椅上坐下，用指节在案上连敲三下，说道：“本县在此特开一堂，召集众人前来，只为澄清关于张刘氏死亡一案的某些疑点，此棺将会打开，再由县衙仵作进行尸检。鉴于此举只是例行公事，而并非掘墓发棺，因此不必征得死者父母同意。不过本县仍然要求死者之父刘飞波作为证人到场，另有行会首领王掌柜亦作见证。张文章被禁闭家中，故此无法前来。”

狄公示意一下，衙役点起两束香柱，一束放在狄公的桌案一侧，另一束放在棺木旁的一只花瓶里，浓重的灰烟不断冒出。待大殿内充满了刺鼻的香味时，狄公方才下令开棺。

收尸人将凿子插入棺盖下，两名帮手撬起铁钉，又将棺盖抬起。收尸人忽然倒吸一口凉气，踉跄后退几步，两名帮手也吓得将棺盖失手掉在地上。

仵作疾步上前，朝棺内一瞧，出声叫道："真是见鬼！"

狄公起身奔至棺前，一看之下，不禁也后退几步。只见棺内躺着一具男尸，穿戴齐整，头上有一大片干凝的血迹。

第七回

现男尸又增新谜案
探内情连访旧乡绅

THE
CHINESE
LAKE
MURDERS

众人围着棺木默默看觑，个个目瞪口呆。死者的前额遭到致命一击，头上满是暗红的凝血，看去十分可怖。

“我女儿在哪里？”刘飞波突然叫道，“我要我的女儿！”王掌柜见他忽忽如狂，连忙上前扶住肩膀将他推到一旁。刘飞波失声痛哭起来。

狄公迅速转回桌旁，拍案喝道：“人人都站回原位！马荣，你出去在寺内四处搜查一番！收尸人，让你的手下将尸体抬出来！”

二人从棺内缓缓抬出僵硬的尸身，又置于苇席之上。仵作跪在地下，小心除去外面血迹斑斑的衣衫。死者的外褂和长裤皆是用粗棉布缝制而成，缀有几处针线粗陋的补丁。仵作将一应衣物叠起摆好，抬头看着老爷。

狄公提起朱笔，在一张公文格目的开头处写下“无名男子”四字，然后递给书办。

仵作将毛巾在铜盆中浸湿，揩去死者头上的血迹，露出一道深深的创口，接着又擦洗全身，一寸一寸细细查看过后，起身禀道：“此乃一具男尸，身体健壮，年纪大约五十左右，两手粗糙，指甲参差不齐，右手拇指上生有老茧，留有短须和灰白髭须，头顶光秃。前额正中有一道伤口，宽一寸，深两寸，似是被一柄砍刀或大斧劈后致死。”

书办记下所有细节后，仵作在公文上按下指印，然后呈给狄公。狄公又命他检查死者的衣物，仵作从外褂袖口中摸出一把木尺和一片沾有污迹的纸片，统统送到案上。

狄公扫了一眼那把木尺，伸手将纸张抚平，一看之下，不禁扬起两道浓眉，将其纳入袖中，说道：“所有人排成一列，从尸体前依次走过，看看能否辨认得出到底是谁，以刘飞波和王掌柜为先。”

刘飞波草草打量一眼那张变形的脸面，摇头迅速走开，面色愈发苍白。王掌柜本想依样而行，却突然惊呼一声，强压嫌恶弯腰细看一下，叫道：“小民认得此人！他名唤毛源，是个木匠！六七天前曾去小民家中修理过桌子！”

“他住在何处？”狄公连忙问道。

“回老爷，这个小民不知。”王掌柜答道，“不过可以回去问问管家，他与此人相识。”

狄公捋着颊须，默默思忖半晌，忽然冲收尸人喝道：“你既然操此营生，总该晓得事体，看见棺材被人动过手脚，为何不赶紧报知本县？莫非这并不是你在张家收殓女尸时用的那一口？还不如实招来！”

收尸人吓得魂不附体，勉强说道：“回老爷话，小民……小民发誓确是同一口棺材！半月前亲自买下后，还在木板上烫了一个火印，不过轻易便可打开。由于只是一口临时棺木，我等并未将棺盖钉得十分结实，而且——”

狄公不耐烦地扬手示意他住口，命道：“将这具男尸用尸布仔细裹起，然后放回棺内。至于丧葬事宜如何办理，本县须得先问过死者亲属。两名衙役留在此地看守，免得回头连这具也失踪不见！班头去将寺庙看守带来见我！这狗头到底在做甚？早该过来才是！”

“回老爷，看守此庙的是个上了年纪的老头儿，”班头连忙答道，“住在山门旁的小屋里，全靠几个虔心信佛之人每天送去两顿饭食，方可勉强过活，已是又聋又瞎。”

“又聋又瞎，简直岂有此理！”狄公恼怒地咕哝一句，又对刘飞波说道，“本县将会立即着手勘查此案，并寻找令嫒尸身的下落。”

这时马荣转回大殿，开口禀道：“卑职已搜遍了整个寺庙，包括后花园内，未见有任何藏尸或埋尸的痕迹。”

“你与王掌柜一同回去，”狄公对马荣命道，“问明那木匠家住何处，然后立即跑一趟，本县想知道他最后几天都做了些甚事。如果家中有男亲属，立即带来县衙问话。”说罢一拍桌案，宣布退堂。

狄公走到棺木前仔细查看，见里面未有丝毫血迹，又俯看周围的地面，虽则满地尘土、足印杂沓，却没有任何污点与血渍被擦去的痕迹。显然这木匠是在别处遇害，待鲜血凝固之后，才被挪入此间并放入棺内的。狄公离开大殿，洪亮跟在后面。

回衙的路上，狄公默默无语，进入二堂中，由洪亮襄助换上舒适的家常衣袍，方才稍稍振作，坐在书案后笑道：“洪亮，这下可有一堆难题待解了！幸亏我命令张文章禁闭家中，你且看看那木匠袖子里揣了什么东西！”说罢将纸片推到洪亮面前。

洪亮一看，不由惊叫一声：“这上面居然歪歪扭扭写着张文章的名字与住处，老爷！”

“一点不错，”狄公满意地说道，“那位学养深厚的张先生显然忽略了此物！洪亮，给我瞧瞧你让他写下的亲友名单。”

洪亮从袖中取出一张折起的白纸呈上，沮丧说道：“老爷，就我看来，他的笔迹与那情书上的大不相同。”

“你说得不错，确实毫无相似之处。”狄公看罢，将名单撂在案上，“洪亮，你吃过午饭后，去公廨中试着辨认一下刘韩王苏四人的笔迹，他们几个将会有书信送到县衙。”又从抽斗内取出两份大红名帖，“再将这两份名帖分别送到韩咏翰与梁大人府上，就说今日午后，我会前去拜访。”说罢站起身来。

洪亮问道：“老爷，关于张刘氏的尸体，到底出了何事？”

“在所有消息尚未搜集齐全之前，凭空揣测都是无济于事。”狄公答道，“如今我暂且将此难题搁下，不去费神思虑，先回内宅用饭，看看夫人与儿女们近来如何。前几天听三夫人说，两个小儿已经会写像样的文章了，不过仍是一对淘气的小鬼头！”

午后多时，狄公走回二堂，见洪亮和马荣正立在书案前，弯腰细看几页字纸。洪亮抬头说道：“老爷，四名嫌犯的手迹如今都在这里，不过看去与那情书皆不相类。”

狄公坐下仔细比较一番，说道：“并非如此！刘飞波的运笔顿挫，是唯一一个与竹林生略有相似之人。我能想象得出他在写情书时如何掩饰笔迹。毛笔是一种非常微妙的工具，即使书写另一种完全不同的字体，也难以隐藏本人惯有的运笔方式。”

“刘飞波从他女儿那里一定听说过张虎彪的别号，老爷！”洪亮兴冲冲地说道，“顺便拿来自用，当然是再好不过了！”

“不错，”狄公沉思说道，“我必须多多了解刘飞波其人，这亦是前去拜会韩咏翰与梁大人时预备谈起的话题之一，他们想必会说出更多有关此人的情形。马荣，至于那死去的木匠，你打问得如何？”

马荣颓然摇头道："回老爷，没能打问出多少消息来！毛源住在湖边的一个小窝棚里，靠近鱼市附近，家中只有一个老婆，管保你们从未见过那般又老又丑的恶婆娘！自家丈夫失踪不见，居然毫不在意，还说毛源以前时常出门做活，一去就是几天不回。我也不好怪罪那死去的木匠，讨了这么个老婆真是倒霉透顶！三天前的早上，毛源离家出门，说是张文章家要办婚宴，去帮忙修理家什，这桩活计一做就得好几天，到时候自会在张家下人的住处随便找个地方过夜。那婆娘最后见到毛源时便是如此！"

马荣无奈地撇一撇嘴，接着说道："我对毛源的老婆道出亲夫被人杀死的凶信，她却说这老不死的经常和堂兄弟毛禄跑出去吃酒赌钱，早就料到会有此下场，然后便问我索要官府赔偿！"

"好个没有心肝的女人！"狄公怒道。

"我对她讲明如今凶手还未逮住，一时无钱可给，她一听这话，便破口大骂起来，还说是我私吞了这笔钱！我赶紧从那婆娘家里脱身出来，又去左邻右舍中打听，众人纷纷道是毛源心底厚道、手脚勤快，偶尔也会多喝几杯，但却没人责怪他，娶了这么一个老婆，哪个汉子能不自己找点安慰。不过都说他的堂兄弟毛禄是个恶棍，此人也以做木匠活为生，却是居无定所，整日在城里四处游荡，在有钱人家设法揽些零活儿，手脚还甚不干净，总是顺手牵羊，挣来的银子都花在喝酒赌钱上。最近没人在附近见过他。有传言说是他曾经醉酒打架，动刀子砍伤了另一个木匠，从此便被逐出行会。除了毛禄之外，毛源再无其他男亲戚。”

狄公慢慢呷了一口茶，揩揩髭须说道：“你这一趟探得不少消息，马荣！我们至少知道了毛源衣袖里的纸片有何用意。你再跑一趟张文章家，乔泰正在那里，你二人打问一下毛源何时去过张家，做了些什么活计，又是何时离开的。留神看看周围街巷，不定还会碰上那个从窗外偷看我的怪人。”起身又对洪亮说道，“洪亮，我出门以后，你去刘府周围走走，在附近店铺中打听些关于刘飞波及其家人的消息，他既是刘张两家讼案的原告，还是杏花被害一案的主要嫌犯！”说罢将茶水一饮而尽，穿过中庭走到门口，官轿果然已经备好。

外面街中依旧酷热，好在韩宅与衙院相去不远。

韩咏翰站在高大的院门内恭迎狄公。二人寒暄过后，韩咏翰引着贵客步入大厅，厅内光线幽暗，摆着两只盛满冰块的铜盆用以镇暑。韩咏翰请狄公在茶几旁的一张宽大扶手椅上坐下，又忙命管家端茶送点。狄公四下打量一番，心想这房舍建成至少已有百年，粗大的木柱与雕花横梁都已日久发黑，墙上挂的书画卷轴亦是旧物，纸面泛出一抹淡淡的柔和的象牙色，整个厅堂看去古雅端庄、格调不凡。

一时管家献上香茶，捧出两只蛋壳瓷[1]古董茶杯。

1　亦称“薄胎瓷”或“脱胎瓷”，特点是瓷胎薄如蛋壳、透光，胎质用纯釉制成，是中国江西景德镇传统艺术名瓷之一。

韩咏翰清清喉咙，庄重矜持地说道：“小民昨晚举止失当，在此向老爷深表歉意。”

“当时情势非常，你我无须再提！”狄公微微一笑说道，“不知韩先生有几位公子？”

“小民膝下无儿，唯有一女。”韩咏翰冷冷答道。

二人尴尬沉默片刻，如此开场着实有些晦气。不过狄公心觉自己并无多少过错，以韩咏翰的身家地位，总以为宅内定是妻妾成群、子嗣众多，因此泰然自若接着说道：“不瞒韩先生说，本县对花船上的人命案以及刘飞波之女的奇案，实在一筹莫展，关于牵涉其中的人物及背景，还望韩先生不吝惠示一二。”

韩咏翰拱手一揖，彬彬有礼地答道：“小民愿为老爷倾力效命。刘张二位皆是小民的知交好友，两家忽起争执，实在令我深感惊异。他二人均为本地名士，相信老爷定会将此事圆满平息，并且——”

“在考虑进行调停之前，本县先得断定刘月仙是否死于自然原因，”狄公插言说道，“如果不是，则须抓获杀人凶手并将其法办。不过先来说说这杏花被害一案。”

韩咏翰抬手一挥，含怒说道：“老爷明鉴，这两起案子可是有着天壤之别！杏花虽说年轻貌美、才艺出众，不过总归是个以卖艺为生的当行舞姬而已！那些姑娘们时常卷入种种见不得人的丑事之中，天知道曾有多少死于非命！”又倾身凑近狄公，悄声说道，“如果官府审理此案时稍稍……轻描淡写一些，小民敢说当地的头面人物绝不会持有异议，州府想必也不会对一个无足轻重的烟花女子之死表示多少兴趣。不过说到刘张两家的讼案——这可是非同小可！势必会影响到本城的声誉，还请老爷明察！若是老爷能说服他二人和解，我等汉源人士都会感激不尽，或许可以提议——”

“关于如何执法持正，你我的意见显然相去甚远，即使谈论下去，想也收效甚微。”狄公冷冷说道，“本县在此只问几件事，第一，韩先生与舞姬杏花的私交如何？”

韩咏翰面上涨得通红，极力压住怒气，声音颤抖着问道：“老爷真想听到小民的答复？”

“当然！”狄公殷勤说道，“否则我根本不会发问！”

“那么小民拒绝回答！”韩咏翰冲口说道。

“此时此地，你自然有权如此行事，”狄公平静说道，“不过本县日后会在县衙大堂上再次问起，那时你非得回答不可，否则便是藐视公堂，将会判罚五十记重鞭。此时相询，只是为了顾全韩先生的体面。”

韩咏翰两眼喷火瞪着狄公，努力自持一下，语调平板地答道：“舞姬杏花姿色出众，擅长歌舞，谈吐也颇为得体悦人，因此小民心想请她来献舞侍宴，总还堪当此任。除此而外，我对她根本视若无物，不论是死是活，我都毫不关心！”

“你刚才不是说过你有一个女儿么？”狄公厉声说道。

韩咏翰听狄公突发此问，显然以为老爷意欲转移话题，先命站在几步之外的管家出去拿些蜜饯果脯来，然后和缓说道："不错，老爷。小女名叫柳絮，虽说为人父母者不当夸耀自家儿女，小民却敢说她真是样样出色，不但擅长书画，还——"话一出口，却又自觉收住，"小民的家事想必老爷不会太有兴趣。"

"如今本县再问一事，你对王掌柜、苏掌柜二人的品性有何评议？"

"数年以前，王苏二位由各自行会中人一致推选出来，从此做了行首，旨在保护本行利益。"韩咏翰正色说道，"之所以被选出，自是由于二人品行端正、无可指摘。除此而外，小民再无话说。"

"关于刘张两家讼案，本县还有一问，"狄公又道，"为何张文章早早便辞去教职？"

韩咏翰颇不自在地动了一动，恼怒说道："何必非得旧事重提呢？皆因曾有一个女学生对张先生口出怨言，后来确认此女根本就是神志错乱。不过张先生一向认为在孔庙学堂中为人师者必须无可非议，因此虽被证明全无过失，却仍是执意提出辞呈，实在令人赞叹敬服。”

“本县将回去查证有关此案的记录。”狄公说道。

“老爷在存档中不会找到任何文书案录。”韩咏翰连忙说道，“幸好此事从未诉诸公堂。当日我们几个本地人物出面，连同县学教谕在内，听过各方陈词后，便予以调停了结。我等向来将此视为己任，无意给官府增加额外的麻烦。”

“本县已经留意到了！”狄公冷冷说罢，起身谢过主人的殷勤招待。韩咏翰一路恭送贵客至官轿前，狄公心想此次晤面真是话不投机，要想与这位汉源名士结下友情，只好日后再徐徐图之。

第八回

入梁府观鱼听鸟语
招亲随论案讲疑情

THE CHINESE LAKE MURDERS

狄公坐入轿中，听轿夫道是梁府就在前面街角处。比起方才与韩咏翰的会面，狄公唯愿此行能收获更丰。既然梁大人与自己一样同为外乡人士，一旦谈及汉源本地名流，想必不会如韩咏翰那般顾忌多多。

梁府大门颇为富丽堂皇，左右两旁各竖着一根粗大木柱，上面刻有精美繁复的云纹与飞鸟图样。

庭院内植有几棵古树，布下一片荫凉，只见一个青年后生上前恭迎，一张容长脸面上满是忧戚之色，自称姓梁名芬，乃是梁孟光的侄子，如今担任书记一职，正要为伯父不能出来亲迎贵客而张口致歉时，却听狄公说道："本县深知梁大人身体欠佳，若不是有要事相询，断乎不敢前来搅扰。"

梁芬深深一揖，引着狄公走上一条宽敞幽暗的穿廊，四周却不见有男女仆从往来走动。

二人正要穿过一个小花园时，梁芬蓦然止步，局促不安地搓搓两手，开口说道："小生情非得已，现有一事相求，还望老爷恕我唐突，不知老爷与家伯见过之后，可否与小生私谈片刻？只因处境实在艰难，却又想不出——"似是不知该如何说下去。

狄公闻听此言，冲着梁芬定睛打量一下，随即点头应允。梁芬看似长出了一口气，引着贵客穿过花园，走上一处宽阔门廊，推开厚重的门扇，口中说道："家伯他老人家稍后便来！"说罢迈步退出，并轻轻掩上房门。

室内十分阔大轩敞，光线却格外幽暗。狄公眨眨两眼，起初只能望见后墙处有一大块白色的四方形，细看却是一扇低窗，上面糊有浅灰色窗纸。

狄公在厚密的地毯上小心翼翼朝前走了几步，唯恐腿脚碰到家具，待两眼终于适应了暗处，才发觉自己的担忧纯属多余。室内只设有寥寥几件家什：窗前

梁芬恭迎县令驾临

一张高桌，桌后一把扶手椅，旁边靠墙处摆着四把高背座椅，下面一排书架，架上堆满了书籍卷册，四下空空荡荡，仿佛无人居住一般，显得清冷怪异。

桌旁有一只硕大的彩瓷鱼缸，放置在乌木雕花底座上。狄公走过去正要细看，忽听一声刺耳的尖叫："坐下！"

狄公连忙后退几步，这时从窗边又传来尖利的笑声。狄公大惑不解地转头一望，不禁哑然失笑。原来那边挂着一只小巧的银丝鸟笼，里面一只八哥正拍着翅膀跳上跳下。

狄公走上前去，轻拍鸟笼，出声斥道："你这淘气的小鬼，着实唬了我一跳！"

"淘气的小鬼！"八哥跟着吱吱学舌，扬起乌黑光滑的小头，一只亮晶晶的圆眼狡黠地冲人一瞟，复又叫道："坐下！"

"好，好！"狄公随口应道，"不过我想先去瞧瞧那些金鱼再说！"

狄公弯腰看去，只见鱼缸中有五六条小金鱼，玄黄二色相间，摆动着长长的鱼鳍和尾巴浮向水面，一双双硕大而凸出的眼睛朝着自己肃然凝望。

“只可惜我没有鱼食喂给你们，实在过意不去！”狄公口中念道，又见鱼缸中央竖着一座小小的花神像，立在一块状如石头的底座上。神像高出水面，用彩瓷制成，看去甚是精美，仙女面上含笑，双颊晕红，头上的草帽几可乱真。狄公伸手刚想碰触，却见鱼群忽然躁动起来，在水面附近拼命拍打不休。狄公深知这些金鱼十分名贵，需要精心喂养，见它们惊惶不安，唯恐如此动作会伤到鱼鳍，于是赶紧移步走到书架前。

这时房门开启，梁芬搀扶着一位腰背佝偻的老者进来。狄公连忙深深一揖，立在一旁，恭候那老者一步一挪朝座椅走去。只见他左手抓住梁芬的前臂，右手握着长长一根朱漆手杖藉以支撑，身穿一件宽大的褐色锦袍，硕大的头颅上戴着一顶高高的绣金黑纱帽，前额系一条月牙形的黑眼罩，两眼几乎全被遮住，蓄着浓密灰白的髭须和长长两缕颊须，一副雪白长髯分作三绺垂在胸前，终于在桌案后的扶手椅上缓缓落座。这时银笼中的八哥忽又振翅叫道：“五千两现钱！”老人刚一转头，梁芬连忙掏出手巾覆在鸟笼上。

梁孟光两肘据案，头朝前伸，厚硬的锦袍在肩部展开，如同两片翅翼，佝偻的身形映在窗前，令狄公不由想起一只正在栖息的巨大猛禽，开口讲话时声音微弱、吐字含混：“世侄请坐！想必你就是老朽的同仁，当年的尚书左丞狄大人之子吧？”

“正是，大人！”狄公恭敬答道，在靠墙的一张椅子上斜着坐下。梁芬仍旧立在梁孟光身侧。

“世侄，老朽年已九旬了！”梁孟光又道，“眼力不好，且有风湿症……不过到了这把年纪，还能有何指望呢？”说罢深深垂下头去，下颏没入胸口处。

“晚生前来搅扰大人，实在过意不去，”狄公开口说道，“简而言之，只因出了两桩疑难命案，汉源本地士绅又出言过于谨慎，大人无疑也深知这一情形，是以——”

狄公忽见梁芬拼命朝自己摇头示意，又疾步走上前来，低声说道：“家伯已经睡过去了！近来他常常如此，一睡就是个把时辰，老爷最好去小生的书房内，我会叫用人前来侍候。”

狄公怜悯地望了梁孟光一眼，只见他正伏在案上，头颅埋在手臂之间，发出长短不匀的呼吸声。梁芬引着狄公一路出门，走到后宅一间小小的书房内，房门洞开，正对着一个齐整的小花园，四周围着高高一圈篱笆。

房内摆着一张书案，上面堆有账目簿册等物。梁芬请狄公在书案后的扶手椅上坐下，急急说道：“小生这就去叫照料伯父的老夫妻过来，他们自会送他回卧房内。”

狄公独坐在安静的书房里，缓缓捋着长髯，想到今天事事不利，不觉颇为沮丧。

一时梁芬转回，先去茶几旁倒了一杯滚烫的热茶来端给狄公，自己在一张小凳上坐下，方才郁郁说道："老爷前来造访，不巧正赶上家伯头脑昏沉，实在深感歉疚！老爷若是有事，不知小生可否效力一二？"

"不必了，"狄公说道，"不知从何时开始，梁大人常是这般情形？"

"回老爷，大概已有半年光景。"梁芬叹息一声，"伯父的长子家居京城，八个月前打发我来此做了私人文书。不瞒老爷说，对小生而言，这实是一个天赐良机。我原本属于梁家已经败落的一支，在这里不但衣食无忧，且有足够的闲暇可以用来温书，预备参加院试，博个秀才的功名。头两个月里一切顺遂，伯父命我每天早上去他书房内，花上半个时辰口述书信让我录下，赶上心情畅快时，还会将几十年仕宦生涯中各种有趣的奇闻逸事讲给我听。他眼力很坏，因此命人搬走了屋内几乎所有家什，免得走路时不慎绊倒，还时常抱怨风湿痛，不过头脑相当清晰，亲自经管名下田产，将偌大一份家业打理得井井有条。

“然而大约半年之前，他想必是在夜里犯过一次中风，忽然变得口齿不清，整日看去昏昏沉沉，不但每隔六七天才召我一次，而且每每正说话时就昏睡过去，独自在卧房中一连数日闭门不出，只喝茶水吃松子，还服用自己熬的药汤。那对老夫妇认定他是在寻求长生不老的秘方哩！”

狄公不觉摇头叹息道：“能够如此高寿，果然并不总是幸事一桩！”

“回老爷，简直就是大不幸之事！”梁芬说道，“正是因此，小生才心想非得跟老爷讨个主意不可！伯父不顾有病在身，执意自行经管所有钱财事务，写下一些书信不给我看。刘飞波先生介绍了一个掮客与他相识，名叫万一帆，他与万一帆时常密谈多时，并且不许我参与其中。不过我总得经管账簿，从中发现伯父最近做了几宗匪夷所思的交易，以极低的价格卖掉了大片良田！实话对老爷说，他在出售这些田产时损失甚巨！梁家日后定会向我追责，但我又能如何？他们从未冀望我应对伯父指手画脚主动献策！”

狄公听罢点头，心想这情形确实微妙难解，思忖半晌后说道：“梁公子，此事着实有些棘手，不过你理应据实告知梁大人之子，不妨提议他来这里住上一月，种种情状到时自会看在眼里。”

梁芬看似并不十分赞同。狄公为他颇觉抱憾，身为一个显赫人物的落魄亲戚，如果将这关于家中长老的令人不快的消息报知族人时，完全可以想见将会何等尴尬难堪，于是说道：“若是梁公子能给本县看些梁大人理财不善的切实凭证，我很乐意为你写下一纸文书，说明我身为汉源县令，已经确信梁大人不再能够管理家中事务。”

梁芬立时面上一喜，感激说道：“多谢老爷，如此一来将会大有助益！小生这里有一份最近几笔交易的概录，记下来也是为自己留个地步。这一本是家中账簿，伯父亲自在边角处写下指令，由于眼力很差，写的全是蝇头小字，不过意思却十分明白！老爷定会看出那一片田地的售价远远低于其实际所值，虽说买家付的是金条，不过——”

狄公盯着梁芬递上的概录，一时竟至出神，不过非是因为内容字句，却是由于笔迹看去极似竹林生写给杏花的情书，半晌后抬头说道：“本县带回去仔细看看。”说着将纸张卷起纳入袖中，又道，“张秀才自寻短见一事，想必对你打击不小。”

“为何会对我打击不小？”梁芬惊问道，“小生倒是听说了此事，不过从未见过其人。不瞒老爷说，我在本地几乎谁都不认得，平时绝少出门，只去过孔庙的书房内查阅文献，闲暇时间全都用来温书备考。”

“不过你却有时间去绿柳坊中游逛，可是如此？”狄公冷冷说道。

“是谁散播的这等无耻谰言！”梁芬恼怒地出声叫道，“老爷明鉴，小生在晚间从不出门，宅内的一对老夫妻可以作证！我对那些轻浮女子从无一点兴趣，再说……再说哪里有闲钱去做这些勾当？”

狄公未置一词，起身走到门口，说道：“当初梁大人身体尚健时，是不是常常在这园中散步？”

梁芬迅速瞥了狄公一眼，答道：“非是如此，老爷。这只是个后花园，那边的小门通向宅后街巷，大花园在宅院的另一边。据小生想来，老爷大概只是听到些恶毒的传言，却未必信以为真吧？想不出究竟是何人——”

“这并无关紧要，”狄公插言道，“本县有闲暇时，自会细看你写下的概录，并适时告知于你。”

梁芬满口称谢，又引路走回前院，并搀扶狄公坐入轿中。

狄公回到衙院，见洪亮和乔泰正在二堂中等候。洪亮兴奋说道：“启禀老爷，乔泰在张家发现了一件要紧的东西！”

“这倒是个好消息！”狄公在书案后坐下，“乔泰说来听听，到底发现了何物？”

“其实也算不得什么，”乔泰腼腆说道，“老爷吩咐的正经事，我们仍是毫无进境！关于老爷在洞房中见过的那个怪人，我在张家又查了一通，马荣从佛寺回来后，也帮忙一道四处搜寻，仍是没能找出一丝消息。关于木匠毛源，也没能问出什么特别的情形来。在举行婚宴的两天前，管家将毛源召去，头一天他为乐工搭了一个木头平台，晚上在门房中过夜，次日修了几件家什和洞房内漏水的屋顶，又在门房里过了一夜，第三天早上修理过一张大宴桌，然后在厨房中打下手，婚宴开始后，还跟着仆人们一起吃喝剩下的酒水，喝得烂醉后便又去睡下！转天清早，众人发现新娘已死，毛源出于好奇还多耽搁了一阵，直等到张文章出门寻子不得又回家后方才离开。管家曾看见他站在外面街上，与那个寻到张秀才腰带的渔夫说话，临走时随身带着他的工具箱与斧子。那几日里，张文章与毛源从未说过一句话，都是管家指派毛源做这做那，最后又付了工钱打发他出门。”

乔泰捻着短短的髭须，接着又道：“今日午后，当张文章午睡时，我去翻看他的藏书，发现了一本关于射箭的古书，里面还有附图，让我很感兴趣，看完放回时，瞧见后面有一本棋书，翻到最末一页，发现竟是杏花衣袖中所携的那一页棋局。”

“好得很！”狄公叫道，“你可曾将那书一并带回？”

“没有，老爷。我心想万一张文章发现书不见了，不定会起疑心，于是便让马荣留下，自己跑到孔庙对面的书肆内，对掌柜说出书名，那掌柜道是他手中还有一册，接着就滔滔不绝地说起那最后一局来！据说此书刊印于七十年前，由韩咏翰的曾祖父所作。他这人性情十分怪僻，被当地百姓称为韩隐士，不过棋艺高超，写下的这本棋书至今流传甚广。两代棋手曾经苦苦研究过那最后一局，却无人能解开其中的奥秘。由于书中没有解说，因此如今被认为是印书时误入的一页。当年棋书正在刊印时，韩隐士便突然亡故，他本人并未审看过校样。我已将那书买了下来，老爷请看。”乔泰说罢，递上一本边角卷折、纸面泛黄的书册。

“听去好生有趣！”狄公口中赞罢，将书打开，先迅速浏览一遍序言，说道，“韩咏翰的这位先祖定是学问深厚，此序写得不仅极有创见，而且文字上佳。”然后从头至尾翻了一遍，又从抽斗中取出那一页棋局来从旁并列，“不错，杏花果然就是从另一本同样的书中撕下的这一页。不过到底所为何来？一张七十年前印出的棋局，与如今汉源城内策划的阴谋又会有何关联呢？实在古怪得很！”说罢摇了摇头，将棋书与散页都收回抽斗中，对洪亮问道，“你可曾打听出什么关于刘飞波的消息？”

“回老爷，并无与两桩命案直接相关的消息。”洪亮答道，“刘家小姐突然身亡，尸体又失踪不见，左邻右舍对此自然议论纷纷。他们道是刘飞波一定早有预感，知道这门亲事不会有好结果，因此才萌生过退婚的念头。在刘府旁边的一家酒肆中，我与刘家一个轿夫一道喝了几杯，听他说刘飞波是个颇有人望的东家，甚得一众手下爱戴，虽说稍稍严厉了些，不过时常外出，因此众人仍可自在过活。不过他还道出一桩怪事，一口咬定刘飞波有时会玩神出鬼没的隐身术！”

“隐身术？”狄公惊问道，“此话怎讲？”

“听去似是刘飞波曾有几回在书房中歇息，管家有事前去禀报，却发现室内无人，找遍了整个宅院也不见主人的影子，也没人曾见过他出门，到了晚饭时候，忽又迎头撞上刘飞波正在廊道或花园内踱步。此事头一次发生时，管家对刘飞波道是自己刚才四处看过，却未能找到老爷，不料刘飞波听罢大怒，叱骂管家是个有眼无珠的蠢货，坚称自己一直坐在花园凉亭中。后来又出此事时，管家就不敢再多说一句了。”

“那轿夫怕是贪杯太过吧！”狄公说道，“我也来说说今日午后的两番见闻。韩咏翰一时说漏了嘴，道出张文章之所以早早退职，是由于曾被一个女学生控告德行不谨。韩咏翰坚称张文章清白无辜，不过在他看来，汉源的所有名流士绅，无一不是品德高尚之人！如此说来，刘飞波控告张文章对其女行为不轨，或许不像初听起来那般匪夷所思。还有，梁孟光有个侄儿住在梁府内，他的笔迹看去极似我们正在一力追查的竹林生！将那些书信拿来给我！”

狄公从袖中取出梁芬手写的概录，与洪亮递上的情书放在一处，细细比较半日，[1]一拳击在书案上，恼怒地低声说道：“又是如此！此案实在恼人，勘查时总是遇上这般情形！[2]笔迹其实并不相合！你们看，这虽是一样的字体，用的毛笔和墨汁也都一般无二，

---

1 在荷文本中，此处还有“乔泰从后方伸头打量，出声叫道：‘看去一模一样，老爷！’”

2 “又是如此……这般情形”不见于荷文本。

不过笔画顿挫却不一样，并不完全相同！”摇一摇头，接着又道，“说起来倒是事事合榫。梁孟光年老昏聩，偌大的宅院中，除了一对老夫妻之外，别无其他家仆。那后生梁芬独自住在后宅的一个小院中，房后还有一扇角门，可以通往后街，他若是想与外头的女子幽期密约，真是占尽天时地利，杏花每隔一阵便独自出门，没准就是去他那里消磨光阴！梁芬可能是在某个店铺中得识杏花，他还坚称并不认识张虎彪，不过既然张虎彪已经身亡，他自有十足的把握确信我们没法查出此事来！洪亮，张文章写下的名单中，可有梁芬的名字出现？”

洪亮摇一摇头。乔泰从旁说道：“老爷，梁芬即使与杏花真有私情，也不可能杀死杏花，因为他并不在花船上！张虎彪也是一样。”

狄公抱臂低头，沉思半晌后说道：“说实话我真是全无头绪！你二人现在出去用饭，过后乔泰去张家与马荣换班。洪亮，你出去时，吩咐衙吏将我的晚饭送到二堂中来。今晚我要重读一遍这两案的所有文书，看看能否找出线索。”说罢恼怒地揪一揪长髯，接着又道，“迄今为止，我们的设想看去皆非十分完善！其一，凶手就在花船上，由于惧怕杏花向我泄露一桩阴谋，于是将她谋害。嫌犯共有四名，分别是韩咏翰、刘飞波与苏王二位掌柜。这桩阴谋居然还与七十年前一盘未解开的棋局有关！杏花有一个秘密情人——此事或许与她被害无关，她的情人或是熟知竹林生这一别号的张虎彪，或是同样熟知这一别号且字迹相似的刘飞波，或是字迹相似且有着极佳便利条件可与她幽会的梁芬。

“其二，张文章有才无德，对其儿媳行为不轨，致使刘月仙自尽身亡，新郎张虎彪也自寻短见。张文章企图不经尸检便将尸体下葬，却引起了木匠毛源的疑心，因为他与那渔夫说过话——洪亮，我们须得找到那渔夫不可！——并且毛源旋即被杀，凶器便是他自己的斧子！新娘刘月仙的尸身失踪不见，显然是张文章刻意为之。

“说来就是这些！你二人可否觉察出有什么事即将发生？看来似是没有。此城如此宁静祥和，什么事都不会发生——这正是韩咏翰亲口所言！好了，你们这就下去吧！”

第九回

独登露台凭栏赏月
夜访韩府惊闻遇劫

狄公用过晚膳，吩咐衙吏将热茶送至平台，然后缓步登上宽阔的石阶，坐在一把舒适的扶手椅中。晚风习习吹散了云彩，天上一轮圆月洒下清辉，照耀在广阔的湖面上。

狄公呷了一口热茶，衙吏悄悄退下，毡底鞋走动时没有发出一点声响。狄公独坐在此，满意地长吁一口气，解开衣袍前襟，靠坐在椅背上，一边仰望当空皓月，一边试图回想着两日内发生的种种事端，思绪却总是散乱无定，不禁有些沮丧灰心。一幅幅不连贯的画面在眼前迅速掠过，死去的杏花从水下直直凝望的双眼，毛源变形可怖的头颅，以及洞房窗外那张苍白憔悴的脸孔——所有这些都在脑海中反复闪现。

狄公颇觉不耐，于是起身离座，立在汉白玉石栏边。汉源全城就在脚下，到处生气勃勃，各色人物正在其间奔走忙碌，甚至还能隐约听到从孔庙前的集市中传来的喧闹声。这便是自己治下的小城，数千百姓的安危都交托在自己手中，然而心狠手辣的凶犯也在暗中活动，正策划着不知什么罪恶勾当，身为一县之令，自己却仍是不能阻止他们。想到此处，狄公只觉烦躁无已，反剪两手在平台上来回踱步。

忽然，狄公止住脚步，凝神思索片刻，转身迅速走下平台。

二堂内空无一人，狄公打开一只衣箱，里面全是废旧衣物，从中拣出一件寒酸破旧的褪色蓝布袍换上，套了一件缀有补丁的旧外褂，拿一根麻绳系在腰间，摘掉纱帽并将发髻弄散，再用一根肮脏的破布条缠在头上。收拾停当后，狄公又取出两串铜钱纳入袖中，悄悄出了二堂，蹑手蹑脚穿过漆黑的庭院，推开角门溜出衙院。

在县衙后的窄巷中，狄公掬起一捧尘土抹在长髯上，然后穿过大街，顺着台阶一路下行，直朝城里走去。

行至集市附近，狄公忽觉自己已身在熙攘的人流之中，推推搡搡走到街边小摊上，买了一块气味刺鼻的油糕，勉强吃了一口，又将手上的油腻全都涂抹在髭须与两颊上。

狄公漫无目的地四处游荡，想要与周围的无赖闲汉们搭讪，奈何人人都忙于各行其是。正想与一个卖肉丸的小贩攀谈几句，还没来得及开口，那小贩已抓出一枚铜板塞入狄公手中，只顾大声叫卖："香喷喷的肉丸子，一个只卖五文钱！"

狄公心想去一家小饭铺中，或许更易与下九流之辈结交，便拐入一条狭窄的后街，看见一家面馆门口挂着大红灯笼，于是掀开油腻脏污的门帘走入。

一股热油与劣酒的气味扑面而来。十来个苦力正坐在木桌旁，稀溜稀溜大口吃着面条。狄公在一张角桌旁的长凳上坐下，过来一个形容邋遢的伙计。狄公要了一碗面条，自恃曾对底层人物颇多研究，俚语粗话也能脱口而出，应该不至露出破绽来，不料伙计仍是怀疑地斜眼一瞟，问话时口气颇为不善："你这厮看去面生得很，到底从哪里来的？"

狄公顿悟自己忽略了一事，这汉源城地方不大，且又颇为闭塞，凡有初来乍到者，极易被人一眼认出，心中不禁七上八下，连忙说道[1]："老子从江北过来，午后刚刚进城，与你又有甚么相干！只管把我要的面条端来，付你饭钱便是，还不快去！"

伙计闻听耸一耸肩，冲后面的灶房内吆喝一声。

门帘突然被人猛地掀开，却见两名男子直走进来。一人身高体壮，穿一条肥大的阔腿裤，上身套一件无袖外褂，筋肉结实的胳膊露在外面，一张三角脸上留着粗硬的络腮胡与一撇髭须。另一人身形瘦长，穿一件缀有补丁的长袍，左眼蒙着一条黑油膏布，用

---

1 "狄公顿悟……连忙说道"不见于荷文本。

手肘轻推同伴并指指狄公。

二人快步走到桌前，一左一右坐下，将狄公夹在中间[1]。

“谁许你们两个狗头坐在这里的？”狄公怒道。

“给我闭嘴，你这下三滥的外乡佬儿！”高个男子喝道。狄公觉出有刀尖顶在自己身侧。独眼汉子凑得更近，浑身散发出一股刺鼻的蒜臭与汗酸味，轻蔑地笑道：“我刚才亲眼看见你在集市里私吞了一文钱。一个外路货竟想跟我们抢饭碗，你当丐帮是好欺负的！”

狄公脑中一闪，心想自己真是愚不可及。依照不成文的规矩，以乞讨为生的叫花子如果不加入丐帮，便是大大地犯忌。

这时刀尖刺得愈深。高个男子大声叫道：“随我二人出去！后面有一块清静地方，你能不能留在此地，让手里的刀子说了算！”

---

1 在荷文本中，此处还有“狄公试图抬肘推开二人”。

狄公肚内迅速一轮，自己虽说精通拳术与剑术，但是对于下九流常耍的刀子却十分生疏。至于亮出汉源县令的真实身份，则根本不在考虑之列，自己宁可死在当地，也断乎不能成为四方的笑柄！最好的应对之法，莫过于就在店内挑逗这些无赖动手，那群苦力没准也会加入混战，如此一来，便对自己更加有利。想到此处，狄公用力将那独眼汉子推倒在地，同时举起右肘朝后一击将刀子打飞，只觉身侧猛然吃痛，仍是一跃而起，挥拳打在持刀者的面门上，又抬脚踢开板凳，闪到桌子对面，顺手抓起一张小凳，扳下一条凳腿来充当棍棒，又举起凳身作为护身盾牌。那二人爬起来咒骂一声，抽出长刀逼上近前。一众苦力纷纷转过身来，不过并未加入混战，而是饶有兴致地坐观这场不花钱的好斗。

高个男子手举长刀朝前猛刺，狄公用板凳挡开，紧接着抡起凳腿打在另外那人的头上。独眼汉子挨打后，踉跄倒退几步，这时只听门边有人恶狠狠地叫道："谁在这里惹是生非？"

只见一个干瘪老头儿走上前来，形容枯槁，腰背略显佝偻。两个无赖连忙收起长刀，躬身行礼。那老者双手拄着一根木棍，灰白的浓眉下目光狡黠，冲着三人打量几下，虽然身着一件敝旧褐袍，头戴一顶油腻腻的便帽，却是自有威仪，盯着高大壮汉阴沉说道："毛禄，你在这里做甚？你明明知道我不喜欢在城里弄出人命来。"

"行规里有一条，遇见抢生意的外乡佬儿，就得动手干掉！"毛禄低声咕哝道。

"那也得我说了才算！"老者粗声粗气地说道，"身为丐头，我做事自有分寸，从来不会不问一句就打发谁去见阎王爷。嗨，你有什么话讲？"

"我进城不过才个把时辰，只想先吃上几口，然后再去求见你老人家。"狄公愠怒答道，"要是连吃碗面都不得安生的话，还不如哪来哪去，回我的老地方罢咧！"

“这话倒是不假，掌柜的！”伙计凑过来说道，“小的方才与他搭话时，他确实说过是从江北而来。”

掌柜审慎地打量狄公几眼，问道：“你身上可带有现钱？”

狄公从袖中取出一贯铜板。掌柜将钱串子一把攫去，动作极其敏捷，然后满意说道：“虽说入门费是半贯铜钱，不过看在你一片诚心的份上，我就将这整整一贯全都收下了。每天晚上，你就来这红鲤饭庄，从白天挣的钱里缴上一成给我。”顺手将一块肮脏的木板扔在桌上，板上写着数字，还有几个鬼画符一般的记号，“这是给你的会牌，以后多交好运吧！”

毛禄不满地瞥了掌柜一眼，开口说道：“要是你问我……”

“我才不会问[1]！”掌柜叫道，“当初你被木匠行

---

1 此处在 1960 年美国 Harper & Brothers 版里是 I don't scare，意为“我不怕”，在 1959 年荷文初版里意为“我不问你”，似有不合。再查 1959 年英国初版，则为 I don't，联系前文考虑，与荷文本中的语意相同，因而以此为准。

会一脚踢出来时，还不是我收留的你！如今还在这里做甚！我明明听说你已经去了三橡岛！”

毛禄低声咕哝几句，似是说要先去见一个朋友。独眼汉子冲他斜眼一瞟，开口说道：“却是个穿裙子的朋友！他回来是为了接一个小娘儿们，可惜人家佯装生病，所以才会气性恁大！”

毛禄咒骂一声，怒道：“你这蠢货还不赶紧过来！”二人随即冲着掌柜拱手一揖，出门而去。

狄公本想与掌柜再攀谈几句，不过那大人物看去已是兴致索然，转身欲走，伙计连忙恭敬地一路送出。

狄公重又回到原位坐下，伙计送上一碗面与一只杯子，和气地说道：“这位兄弟，方才全是误会！这杯水酒是掌柜送你喝的，不用你破费，以后有空常来！”

狄公安安稳稳吃着面条，发觉竟然十分可口。方才的历险确是一场好教训，下次再要乔装改扮出门，定要扮成一个走江湖的郎中或是算命先生，此类人物若是路过某地暂住几日，不必被收编入当地的行会中去。狄公吃罢饭后，发觉身上的伤口仍在流血，于是付了几个铜板，起身离去。

集市中的药铺内，管事上来为狄公清洗伤口，口中说道："你老兄算是走运！只不过伤了皮肉而已，想必对手被你打得更惨！"洗过后又拿一块膏药贴上。狄公付了五文钱，出门朝高处走去，缓缓登上通向衙院的台阶，只见左右两旁的店铺皆已关门闭户，一路行至衙院前的大街时，才算松了一口气。狄公看清四周没有一个守卫，于是迅速穿街而过，拐进角门所在的小巷中，忽又停住脚步，将全身紧紧贴在路边的墙上。只见前方有一个黑衣人立在角门前，弯腰勾背，显然正在看觑门锁。

狄公紧紧盯住那人，却见他忽然直起身来，转头朝巷口张望，头上裹着一条黑布，因此看不见脸面，一眼瞧见狄公，转身拔脚欲逃。狄公三步并作两步追上前去，一把揪捽住那人的胳膊。

“放开我！”黑衣人叫道，“你再不放手，我可要喊人了！”

狄公听出是女人声音，不禁大为惊异，于是松手说道：“不必惊慌！我正是衙里做公的，你是何人？”

那女子迟疑片刻，颤声说道：“你看去活像个拦路的劫匪！[1]”

“我有要务在身，因此才乔装改扮出去！”狄公有些着恼，“你又在这里做甚？还不快讲！”

女子放下面巾，原来竟是个妙龄女郎，生得十分聪慧俏丽。“小女子有要紧事，非得见县令老爷一面不可。”

“既然如此，你为何不走正门？”狄公问道。

“我来见县令老爷，不能让衙里其他人知道，”女子急急说道，“本想招呼一个女佣过来，让她带我去

---

1 在荷文本中，此处还有“若是你不立即走开，我就要擂门了！”

老爷的内宅中。”上下打量狄公一眼，又问道：“我怎么知道你就是衙内之人？”

狄公从衣袖中摸出钥匙，打开门锁，说道：“我便是汉源县令，你随我来！”

女子倒吸一口凉气，走到近前，低声说道：“老爷在上，小女子名叫韩柳絮，乃是韩咏翰之女。家父派我前来，只因今日遇袭受伤，求老爷快去家中！还嘱咐我只能对老爷一人说出此事，千万不可疏忽大意！”

“令尊遇袭，却是何人所为？”狄公惊问道。

“正是谋害了舞姬杏花的凶手！还请老爷立时便去，敝宅倒是离此不远！”

狄公走进衙院，从花园墙边的灌木丛中折下两朵艳红的蔷薇，又退步出来锁上院门，将两枝花交给韩柳絮，命道：“你将这花插在头上，然后前头带路！”

韩柳絮依言而行，转身朝巷口走去，狄公稍稍拖后几步跟在后面。若是被更夫或其他夜行者撞见，自会以为是烟花女子正引着客人往家里去。

二人一前一后走了没多远，便已来到富丽堂皇的韩府大门前。韩柳絮引着狄公迅速绕过院墙，行至灶房的入口处，从胸前摸出一把小钥匙开门进去，狄公紧跟其后，穿过一个小花园，走到一座房舍前。韩柳絮推开门扇，示意狄公入内。

屋子虽然不大，陈设却十分华丽，里面摆着一张高大的檀香木雕花长榻，占去了几乎整个后墙，韩咏翰躺在榻上，身前身后垫着几只硕大的丝绸靠枕，窗边一张茶几上点着银烛，烛光正照在他苍白憔悴的脸面上。韩咏翰看见狄公穿戴古怪，不觉吓得惊叫一声，挣扎着想要坐起。狄公连忙说道："不必害怕，我乃汉源县令是也！不知韩先生哪里受了伤？"

"回老爷，家父被人在太阳穴上打了一下，于是便昏厥过去！"韩柳絮说道。狄公在长榻旁的小凳上落座，韩柳絮走到茶几前，从热水盆里取出手巾，替父亲揩揩脸面，然后伸手一指右边太阳穴。狄公倾身过去一瞧，果然有一片青紫瘀伤，看去颇为触目惊心。此时韩柳絮已脱去披在身上的黑斗篷，将热手巾仔细敷在伤处，狄公这才看清她果然姿态娴雅、容貌秀丽，看着韩咏翰时面色焦灼不安，足见对父亲十分敬爱。

韩咏翰双目圆睁，惊恐地瞪着狄公，与午后会面时几乎判若两人，原先的傲慢之气荡然无存，两眼恍惚无神，眼袋毕现，嘴边也显出几道皱纹，声音嘶哑地低声说道："老爷大驾光临，小民感激不尽！就在今晚，我竟被人绑了去！"紧张地朝门窗方向看看，才又接着说道，"是白莲教的手下！"

狄公一听这话，不由坐直起来，难以置信地说道："白莲教！真正岂有此理！此教明明许多年前就已被剿灭了！"

韩咏翰缓缓摇头。韩柳絮走到茶几前倒水沏茶。[1]

狄公谨慎地看了韩咏翰一眼。多年以前，白莲教

1 此句不见于荷文本。

曾在全国上下结党密谋，意欲推翻前朝皇室。一些对朝廷不满的高官显宦成为教中头目，宣称自己天赋异禀，能看破某些征兆，说当今皇权气数已尽，理应由白莲教取而代之云云。后来有很多人陆续加入，包括野心勃勃的官吏、山贼土匪头子、军中逃兵与多年惯犯等等，其组织遍布大江南北，不过这场阴谋却在举事之前先行败露，朝廷立时采取断然措施予以清剿。众头目及其家眷全被处死，教中成员一旦被抓后立斩无赦。虽说这场密谋叛乱发生于前朝，却仍然令天廷为之震动，时至今日，白莲教仍是一个危险而可怖的名字，无人敢轻易提及。狄公心想还从未听说过有人企图再次谋反，便耸耸肩头问道："你且说来，到底出了何事？"

韩柳絮为狄公献上一杯热茶，又端了一杯送给父亲。韩咏翰一气灌下，开口叙道："小民每天用过晚饭后，总要在佛寺山门前散步一回，独自享受晚间清凉，并且从不带家仆侍从。今晚出去时，那里和往常一样，几乎不见一人，经过佛寺山门时，我瞧见有六人抬着一乘严严实实的小轿。就在这时，忽然从背后飞来一条布匹，将我的头蒙住，我尚不知出了何事，只觉两条胳膊被人扭到背后，全身被抬起塞入轿中，两腿被一根绳子缚住，然后轿子便起动飞跑起来。

"由于头上蒙着厚布，我几乎听不见声响，也差点被闷得昏死过去。我伸腿朝轿子一侧用力踢去，有人过来将厚布略略松开，我方能顺畅呼吸。不知走了多远，大概至少有半个时辰，轿子忽然停下，两人将我一把拽出，又架着走上一段台阶，听见开门之声。他们将我放下，割断了腿上捆的绳子，命我朝里面走，我被按在一张座椅中，头上蒙的布被人扯下。"[1]

韩咏翰深深吸一口气，接着叙道："我发现自己身处一间小室内，坐在一张四方形的乌木桌案后方，对面则是一个身穿绿袍的男子，戴着一顶白兜帽，从

1 在荷文本中，本段开头还有："韩咏翰迅速瞥了狄公一眼，见狄公只是点一点头。"

头至肩遮得严严实实，只剪了两个小孔露出眼睛。我犹自惊魂未定，正想开口说话，那人恼怒地一拳击在桌案上，并且——”

“他的手看去什么样？”狄公插话问道。

韩咏翰迟疑片刻，方才答道：“回老爷，这个小民不知！他戴着厚厚的猎装手套。没有任何东西可以用来推断身份，身上的绿袍十分宽大，竟至完全看不出身形如何，头上蒙的兜帽也盖住了声音。我询问这是何处，他却打断我的问话，开口说道：‘韩咏翰，这是为了警告你一下！前几天有个舞姬对你说了些不该说的事，你也知道她下场如何。你没把听到的话告诉县令老爷，倒是十分聪明，确实聪明得很！白莲教神通广大，看你那姘头杏花是怎么死的就知道了！’”

韩咏翰用指尖轻抚头上的瘀伤，韩柳絮连忙走上前来，却见韩咏翰摇摇头，接着哀哀诉道：“不瞒老爷说，那人到底是何意思，小民真是完全摸不着头脑！我的姘头杏花，简直岂有此理！老爷也知道在晚宴之中，杏花根本没同我讲过几句话！于是我生气地说这纯属无稽之谈，那男子大笑起来，笑声隔着面罩听去十分吓人，又说道：‘姓韩的，你休想扯谎！狡辩也是无用！要不要我说出她当时对你讲的原话来？仔细听好了！她说过后非得见你一面不可，有人正在图谋不轨。’我听罢目瞪口呆，全然不知此话从何而来，那人冷笑一声，又道：‘姓韩的，这下没话可说了吧！白莲教一向无所不知，而且无所不能，你今晚也算是知道了。老实听我的命令，最好忘记她说过的话，彻底忘记才是！’说罢示意一下，想必是有人一直站在我的身后，又道：‘你来帮这老色鬼一把，切记下手不可太轻！’我只觉头上挨了重重一击，立时便不省人事了。”

韩咏翰深吸一口气，最后说道：“当我睁眼醒来时，发觉自己正躺在自家宅院的后门口，所幸四下无人，于是从地上挣扎着爬起，勉强走到这小书房中，派人叫来小女，又命她立即去求见老爷。还请老爷千万莫让旁人知晓！小民不但命在旦夕，而且确知白莲教的奸细无处不在——甚至还有人混入了县衙之中！”说罢朝后靠在枕垫上，闭目不语。

狄公捋着颊须若有所思，此时开口问道：“那房间看起来是何模样？”

韩咏翰睁开两眼，蹙眉深思半晌后答道：“小民只能看见眼前的情形，似是一间六角形的小室，起初还以为是花园亭阁，不过室内十分闷塞。除了面前的四方桌外，唯一一件家什便是靠墙放置的一口黑漆橱柜，摆在那蒙面人的椅子背后。我还记得墙面上似是悬有褪了色的碧绿帷幔。”

“韩先生被绑去后走了一路，可否知道是朝哪个方向而行？”

“只有一点模模糊糊的印象，”韩咏翰答道，“刚刚遇袭之后，小民心中乱作一团，并未十分注意，不过大致可以肯定一直朝东而行，顺坡而下后，后面一大半路程都是走在平地上。”

狄公只觉身上的刀口隐隐作痛，急欲立时归家，于是起身说道："韩先生一番及时相告，本县十分感激，据我想来，或许是有人故意恶作剧，不知你可有什么仇家会行事如此鲁莽？"

"小民从无仇家！"韩咏翰恼怒地大声说道，"恶作剧？那人可是一心要置我于死地哩！"

"本县之所以认为是有意捉弄，是因为我曾想过杏花可能被一名桨手害了性命。"狄公和缓说道，"当初在花船上问话时，我留意到其中一人面色紧张、言语吞吐，看来最好召至公堂严审一番。"

韩咏翰面上一喜，得意说道："小民何尝没跟老爷说过这话？当初一听说出了人命，我与众友便立时想到应从那些桨手中去追查真凶！老爷说得不错，如今小民也有几分赞同此次被劫只是个玩笑而已，并会仔细寻思一番究竟是谁对我如此不善！"

"本县也将查办此事，当然会十分小心谨慎，"狄公说道，"到时自会告知与你。"

韩咏翰面露喜色，对韩柳絮微笑说道：“此时看门人定已睡去，女儿，你送老爷走正门出去！堂堂县令离开我韩家，若是如同贼人一般从后门溜走，未免太过失礼了！”说罢长吁一口气，两手交叠靠坐在枕垫上。

第十回

俏佳人引路见古迹
小佛堂叙话论今人

韩柳絮示意一下，狄公跟着她出门而去，走到外面一条漆黑的廊道上。

“小女子不敢拿蜡烛照亮，因为家中女眷都住在附近，”韩柳絮低声说道，“不过我自会引着老爷出去！”

狄公只觉一只纤手抓住自己的手，然后被牵着一路走去，引路人的丝绸衣裙蹭在自己的外褂上沙沙作响，并且飘来一股怡人的兰花香露气味，心想这情形可真是太不寻常。

二人行至一个砖石铺地的阔大庭院中，韩柳絮松开狄公的手，此处月光如水，足可看清道路。狄公见右边有一扇门半开半掩，透出一线光亮，四周弥漫着一股浓重的天竺熏香气味，不由站定低声道：“要是从那里经过，会不会被人看见？”

“不会，老爷！”韩柳絮答道，“那是家中佛堂，由小女子的高祖父修建而成。他虔心信佛，留下严命曰佛堂无论昼夜都得点灯，并且从来不许关门。此时堂内无人，老爷可想进去一看？”

狄公虽然颇觉疲累，还是欣然应允，既然想对那神秘棋局的始作俑者知之更详，如此良机岂可错过。

小小的佛堂中，一座高大的四方形佛坛建在后墙处，由砖石筑成，占去了大半地方。佛坛前方有一块超过四尺见方的翡翠玉铭，上面刻有铭文。佛坛上立着一座辉煌耀眼的镀金佛像，盘腿坐于莲花宝座上，狄公抬头看去，昏暗之中，只能依稀瞧见微微含笑的庄严宝相。四周墙面上绘有关于佛陀生平的壁画，佛坛前方的地面正中摆着一只圆形蒲团，一盏油灯立于铁制底座上。

“这佛堂当年由家中先祖亲自督建而成，”韩柳絮不无自豪地说道，“不瞒老爷说，这位先祖不但聪明绝顶，且又心地仁厚，真是韩家的一位传奇人物。他一生从未下场应试、求取功名，更爱隐居此处，一心钻研自己喜爱的各种技艺与学问，因此被当地人称为韩隐士！”

狄公见韩柳絮说得兴致勃勃，不禁深感兴味，如今很少有年轻女子能对家族掌故这般稔熟，于是开口问道：“本县记得韩隐士似乎还精通棋艺，不知韩小姐与令尊可否也爱下棋？”

“非是如此，老爷。”韩柳絮答道，“我与家父更爱抹骨牌。下棋费时太多，且一次只能二人对弈。老爷看见那铭文了没？韩隐士有一双巧手，是个篆刻行家，这铭文便是由他亲自刻成！”

狄公走近佛坛，出声读道：

如是我聞倘若汝欲
隨我往汝須宣此大
法以濟眾生令其明
吾意一切痛並悲諸
壓迫實為虛妄以此
語傳諸世間則汝將
普救眾生且自入此
門得脫享太平永吉

狄公读罢，点头赞道，“韩隐士果然手艺非凡，刻得实在漂亮，选的这段经文也颇有高旨。我虽是一个坚定的孔门儒生，不过也承认佛家教义中确有不少值得赞赏的说法。”

韩柳絮恭敬地望着翡翠玉铭，又道：“要找到如此硕大的一整块翡翠，自是绝无可能，因此韩隐士将每个字分别刻在一小块四方翡翠上，然后再将它们拼

小佛堂叙话论今人

合于一处。他真是一个出类拔萃的人物！虽然曾经富甲一方，但是突然亡故后，那些曾经藏有金银财宝的地方却是空空如也，看来他在生前便已将家中钱财悄悄散给了穷苦百姓。再说韩家也并不需要那些东西，韩隐士名下还有许多田产留给子孙，由此得来的收益，已经远远超过我们日常所需了。”

狄公深有兴趣地打量着韩柳絮，发觉这女子着实风韵动人，面庞端丽，眉目灵秀，天生一种超逸不凡的气度，于是说道：“既然你对旧事这般有兴，想必也认识刘飞波的女儿刘月仙了？听刘飞波道是她也转而好读诗书起来。”

“不错，我与月仙十分相熟。”韩柳絮轻声说道，“她常来这女眷内宅中看我，因为父亲时常出门在外而颇觉孤单。她身材丰壮，又颇具胆量，擅长骑马打猎，真该生成男儿才是，她的父亲一向鼓励有加，对她非常钟爱。我实难想象为何她年纪轻轻竟会骤然亡故！”

“本县正在尽力勘查此案，”狄公答道，“若是你能说说与她有关的情形，也算是助我一臂之力。既然她十分热衷骑马打猎，为何又要去张文章先生那里读书受教？”

韩柳絮微微一笑，“此事如今告诉老爷倒也无妨，这是闺阁之中人人皆知的秘密！月仙自从偶遇张秀才的那天起，便对诗书文章忽然起了兴趣！张秀才对月仙也是一见钟情，因此月仙说服父亲让她去入学受教，以便能与张秀才时常见面。他二人彼此情深意笃，只可惜如今双双——”说到此处郁郁摇头。

狄公等待片刻，又问道：“刘月仙样貌如何？你想是已经听说过她的尸身失踪不见了。”

“她生得十分俊秀！”韩柳絮说道，“不像我这般纤弱，是个精力充沛的女子，说起来倒是与那可怜的舞姬杏花形容相仿。”

“你也认识杏花姑娘？”狄公惊问道。

“不不，我从未与她说过话，”韩柳絮答道，“不过家父常常召她来家中献舞侍宴，就在大厅之中。她的舞艺实在出色，因此只要有机会，我便会去窗外窥看。杏花与月仙一样，也生了一张鹅蛋脸，弯弯两道蛾眉，同样身形妩媚，简直就像是一对姊妹！只是杏花的眼睛完全不同，实话对老爷说，看去真是有些怕人哩！我曾经站在外面漆黑的廊道中，确信不会被她瞧见，但是她跳舞时每每经过窗前，两眼总像是直勾勾地盯住我一般，眼神锐利而古怪。这可怜的姑娘，一生过得实在凄惨！总是迫不得已将自己展现在那些男子面前……如今又死得这般可怖。莫非老爷也觉得那大湖里……有什么东西作祟不成？”

“我并没这么想过。”狄公答道，“杏花之死想必对苏掌柜打击甚重，他看去对杏花十分爱慕。”

“回老爷，苏掌柜一向只是默默倾心，却不敢上前靠近！”韩柳絮微笑说道，“自打我记事起，苏掌柜就常来家中。他为人太过腼腆，总是因为自己力气太大而深感难堪。家父曾有一只精美的古董茶杯，竟被他一不留神给生生捏碎了！他至今尚未娶妻成家，实则是对女人怕得要命！至于王掌柜——却是性情迥异！听说非常喜欢有女人陪伴左右。聒噪了这许多，老爷定会觉得我太爱搬弄是非了，还是闭嘴的好！况且也不该耽搁老爷太久。”

“哪里哪里！”狄公连忙说道，“这番言语令我十分受益。凡有凶案发生，我总想尽可能搜集有关所有人物的消息。我们还未说起过刘飞波，在你看来，他会对我道出关于杏花的更多隐情吗？”

“回老爷，我可不这么想。刘先生当然也认得杏花，因为杏花常常在宴席上献舞，不过他这人非常严肃沉静，对轻狂作乐从无一丝兴趣。刘先生来汉源建造消夏别墅之前，曾在我家暂住过六七日。我留意到凡有宴席时，他只是坐在一旁，一脸兴味索然的样子。除了生意之外，他唯一有兴趣的是古书与字画，听说在京师的家中收藏颇丰；当然还有他的爱女！家父只要一问起月仙，刘先生便会面露喜色，他二人倒是有种默契，因为家父也只有我一个女儿。月仙之死对于刘先生定是一个可怕的打击，听家父说他简直像变了个人似的……”

韩柳絮走到灯台前，提起摆在台下的一只陶罐来给灯内添油，行动间越发显得轻盈妩媚。狄公看在眼里，心想这女子显然与父亲十分亲密——不过韩咏翰定是小心隐藏起自己的罪恶图谋不让她知晓。听过韩咏翰的诉说后，狄公怀疑他不仅就是凶手，并且狡猾地企图恐吓自己，不觉深为抱憾，想要喟叹一声忙又抑住，问道：“最后还有一事，你以前可曾见过梁大人或是其侄梁芬？”

韩柳絮闻听此言，面上忽然飞起两朵红晕，立即答道：“没有。家父出于礼数，曾经亲去梁府拜访过一次，不过梁大人却从未赏光驾临过敝宅，当然也是不必，想想他已经做官做到了那般高位……”

“我还听说其侄梁芬年纪轻轻，却是生活放荡，颇不检点。”

“那些都是恶毒的谣传！”韩柳絮怒道，“梁芬是个十分正派端严的青年公子，隔几日便去孔庙书房中埋头攻读！”

狄公审视地看她一眼，又问道：“你如何知道此事？”

“哦，我有时会与家母同去孔庙花园中散步，曾在那里遇见过梁公子。”

狄公点头说道：“韩小姐，多谢你一番相告，本县甚为感激。”说罢转身朝门口走去。

不料韩柳絮迅速走到狄公面前，轻声说道：“小女子真心希望老爷能查出究竟是什么恶人绑去了家父。我并不相信这是一场玩笑。家父虽说有些古板拘谨，不过心地却十分仁厚，从不恶意揣测他人！我很是为他担忧，一定有人暗中与他为敌，但他自己却从未起过疑心。这些人肯定不会就此罢手的，老爷！”

“韩小姐尽管放心，本县定会全力追查此事。”狄公说道。

韩柳絮感激地望了狄公一眼，[1]又道："我还想送给老爷一样东西，作为老爷光临家中佛堂的小小纪念。不过还请不要让家父知道，因为此物只能赠给韩氏族人！"说罢快步走向佛坛，从旁边的壁龛内取出一卷纸来，揭下最上面一页，深深一拜呈给狄公，却是佛坛前所刻经文的拓片。

狄公将纸张折起纳入袖中，感激说道："得此馈赠，本县不胜荣幸！"

狄公瞧见韩柳絮的发间仍然戴着那两朵蔷薇，看去十分妩媚，不觉心中甚喜，于是又被她引着穿过一道长长的回廊，一路行至正门前。韩柳絮掏出钥匙打开门锁，又推开厚重的门扇，狄公默默一揖，闪身出去，走到外面寂静无人的大街上。

1　此句不见于荷文本。

第十一回

探消息马荣连失意
离县城狄公查舆情

次日清早，天光乍亮，两名仆人前去二堂中打扫，却见狄公躺在长榻上熟睡，连忙退步出来，并告诫欲去沏茶的衙吏暂且不要入内。

半个时辰过后，狄公醒转过来，坐在榻边，揭起膏药的一角查看，见刀口已然愈合，这才直直站起，草草洗了一把脸，坐在书案后拍手唤人。一个衙吏应声而至，狄公吩咐送上早饭，并叫三名亲随即刻前来。

一时洪亮、马荣、乔泰走入，各自坐在小凳上。狄公一边用饭，一边听洪亮报曰刚刚从那姓孔的茶商处归来，听孔掌柜道是当日他与张文章看到张秀才的腰带后方寸大乱，竟至忘了询问发现腰带的渔夫姓甚名谁，如今再想找到那渔夫，可是大非易事。

马荣又报曰自己在张宅过了一夜，仍是一无所获，今日一早与乔泰离开，只留下两名衙役看守。

狄公投箸在案，喝了几口热茶，对三人讲述一番自己昨晚在面馆中的遭遇。话音刚落，马荣失望地叫道："老爷为何不带我一起去？[1]"

"不可如此，马荣，我独自一人已经够惹眼了！你与毛禄必定后会有期，我正想派你去捉他回来，以便问明在毛源被杀的当晚，他二人是否见过，并且是否知道关于刘月仙之死的某些隐情。你现在便去红鲤饭庄，向那丐头打问毛禄的住处，然后将人逮住并带回衙院。记得将这两锭银子交给那白胡子老头儿，昨晚多亏他一番厚待，就说这是县衙给的赏钱，因为我已得知他对帮内一众乞丐管束得甚为严格。"

马荣听罢转身欲走，不料狄公扬手说道[2]："慢

1 在荷文本中，此处还有"那地方就在张家的巷子前面！"

2 "马荣听罢……狄公扬手说道"不见于荷文本。

着！我的话还没说完！昨晚实在遇事多多！”接着又讲述一番与韩咏翰的会面，不过只字未提白莲教，这令人闻之色变的名字还是不可轻易道出，只说绑去韩咏翰之人自称是一个匪帮头目。狄公刚刚说罢，乔泰便冲口叫道：“我还从未听说过这般离奇的故事！那歹人口中所言，想必老爷一个字也不会相信！”

狄公缓缓说道：“韩咏翰生性冷酷，且又狡诈多端。在花船的晚宴上，他假装睡去时，无疑偷听到了杏花对我所说的话，因此得知杏花意欲将他们一伙的密谋透露与我。昨日午后，我前去韩府拜访，他试图劝说我将杏花一案不作声张草草了结，见我不为所动，便又打定主意要恐吓一番，昨晚不但果真做了出来，而且做得十分聪明！他有意编造出一个最为匪夷所思的离奇故事，倒不是为蒙骗于我，却是想要掩盖对我的威胁之意，且又让我抓不到任何把柄。若是我呈文上告韩咏翰并述及此事，你们不难预料上峰看罢会作何感想！他们定会质疑韩咏翰若是当真想要欺骗的话，理应编造得更高明一些才是！他对我讲述事情经过时，还有意安排女儿在场，并给我和韩小姐看过头上的瘀伤——当然是他自己弄出来的，着实策划得十分精心。这人真是个危险的对手！”

“我去将这恶棍捉来如何？”马荣恼怒地叫道。

“可惜我们并无一丝一毫的直接证据！”狄公反驳道，“若是对其罪行没有掌握真凭实据，便不可对其人进行严刑逼供。在我们搜集到确证之前，查案将会越发艰难！我听过之后，让韩咏翰明白我已知晓了他的用意，还说曾经怀疑过一个桨手可能是杀人真凶，但愿韩咏翰自以为此计得逞，以后不定会放松警惕，并因为粗心大意而露出破绽来。”

洪亮一直从旁倾听，此时发问道：“当日杏花对老爷说话时，老爷真能肯定身后并无一人？没准会有侍者或是其他歌姬站在那里也未可知！”

狄公肃然注视着洪亮，半晌后方才徐徐答道：“此事我不能断定，至少不敢说一定没有侍者。只能说不会有歌姬立于身后，因为其余五个女子都在眼前。不过要说侍者，总是免不了对他们视而不见……”说着揪一揪髭须，沉吟不语。

“若是如此，我们就得考虑韩咏翰所言可能确实不虚。”洪亮接着说道，“或有侍者偷听到杏花说的话，但是误以为是对韩咏翰所发。当时杏花站在老爷与韩咏翰之间，挡住了那人视线，使其从后方看不到韩咏翰已然睡去。此人很可能参与了杏花口中所言的阴谋，听到后立即告知头目，于是那头目便下手谋害了杏花。凶手为了确保韩咏翰不会将此事告知老爷，便又做下了一起劫人事件，并对韩咏翰加以威胁。”

“你说得有理，洪亮！”狄公称赞一句，但是随即又道，“且慢！那侍者应该不会弄错，我分明记得杏花叫了一声‘太爷’！”

“那人不定是没能从头至尾听得齐全，”洪亮又道，“想必听见前半句便匆忙离去，未曾耳闻杏花后来关于围棋的话，因为绑去韩咏翰的人并未提起。”

狄公未置一词，心中忽觉十分不安。如果韩咏翰所言不虚，那么白莲教死灰复燃也就确是实情了！即使最为胆大鲁莽的罪犯，也断乎不敢凭空冒用这一可怕的名目，如此说来，杏花已经发现了有人在暗地里密谋造反！这不仅是一桩人命案，还是影响到举国安危的绝大阴谋！想到此处，狄公努力自持一下，从容说道："只有一人能证实当时是否有人站在我身后，便是歌伎银莲花。马荣，你先去将毛禄捉拿归案，然后去一趟绿柳坊面会银莲花，也算是对你的奖赏！让她详述一番当时如何注意到韩咏翰昏昏欲睡，又是如何去端了一杯酒来给他，包括前后所有情形。在说话当中，你可随口问问当时有谁站在我们身后，记得见机行事！"

"知道，老爷！"马荣欣然应道，"趁着毛禄还未曾离开他的老巢，我最好现在就去！"

马荣开门出去时，正遇上主簿抱着一堆卷宗进来，二人差点撞了个满怀。主簿将卷宗搁在案上，洪亮和乔泰将座椅挪至近前，开始分门别类，又从旁襄助老爷一一检视。不少文书涉及当地事务，狄公花了不少工夫，方才悉数看过。

狄公靠坐在椅背上，等洪亮送上一杯热茶，开口说道："韩咏翰被劫一事总在我脑中挥之不去。除了派马荣去银莲花那里打探消息之外，还有一个查证的法子。洪亮，你去公廨中，取一张上好的全县舆图来。"

一时洪亮挟了厚厚一个纸卷转回，乔泰帮忙将其展开，又平铺在书案上，却是着了色的汉源县全图，画得十分精细。狄公细细看视半日，伸手一指说道："你们瞧，这座佛寺正是韩咏翰遭劫的地方，他说之后似是朝东而行，看去倒是相符：先顺着平路走一段，穿过上城的一片别墅，然后顺着山坡而下，进入一片平坦地带。如果韩咏翰所言不虚，这便是唯一可能的路径。如果曾经路过下城，韩咏翰定会注意到轿子顺着陡峭的台阶一路下行。如果朝北或朝西而行的话，定会走入深山之中。不过韩咏翰说过经过一段下坡之后，后来一大半路程都是走在平地上，听去倒像是这一段横贯稻田的官道，正在汉源县东边，直往前去便是桥头的军塞关卡，这桥正架在作为汉源与邻县江北分界的河流上。如果汉源如其他县城一样四面建有城墙，这难题早已迎刃而解了，只需问问看守东门的守卫便可知道！无论如何，我们总得尽力追查才是。韩咏翰昨晚被人劫去后走了半日，又被带入一幢神秘的宅院中，与劫匪谈话没费多少工夫，想来应是大致走了半个时辰左右。乔泰，要是抬着轿子，从城里沿着此路一直走上半个时辰，你觉得大致会走到哪里？”

乔泰弯腰看看地图，说道：“晚间比较凉爽，轿夫可能会走得稍快，我猜大概能走到这里，老爷。”说着伸手在平原中的一个村庄周围画了个圈。

“好得很！”狄公说道，“如果韩咏翰未曾说谎，我们定会在那一带找到一座乡间田庄，很可能建在一个缓坡上，因为韩咏翰说过上了一溜台阶，然后走到门口。”

这时房门开启，却是马荣走入，看去一脸垂沮，重重坐下后开口怨道：“实话跟你们讲，今天真是事事不顺！”

“看你面色便已知晓！”狄公说道，“究竟出了何事？”

“方才出门后，我先去了鱼市，”马荣叙道，“在那一片七拐八弯、臭气熏天的胡同里问了不知多少人，总算找到了红鲤饭庄，却是比墙洞大不了多少的地方，居然还叫什么饭庄！那老糊涂虫正坐在屋角里打盹儿，我塞给他两锭银子，并将老爷吩咐的话说给他听，你们以为他会喜滋滋地收下么？根本没有！这怪老头子满心以为我不怀好意要给他下套，结果我只好掏出官文来给他看过。为了确认那银子不是假货，他竟张开嘴左啃右啃，也不怕崩坏了一口烂牙！最后总算是勉强收下，然后告诉我说，毛禄与他的女人暂住在旁边一个窑子里。我听罢出门而去，那老头儿兀自放心不下，觉得自己定是上当受骗了！

“我去那家窑子一看，老天爷！真是脏污透顶！专为招待那些苦力轿夫之流。我从老鸨口中只打听到一件事，就是毛禄与他那小娘儿们今日一大早动身去了江北，还有一个独眼汉子同行，再无其他。

“然后我又转去绿柳坊。还傻呵呵地以为跑这一趟能让自己高兴高兴哩！谁承想银莲花姑娘喝得大醉，尚未醒来，发了老大一通脾气！我只打听出没准儿真有人站在老爷身后，不过至于那人到底是端酒送菜的，还是为官作宰的，那一脸阴沉的小娘儿们可就全说不准了！就是这些！”

“据我想来，”狄公沉思道，“或许你还顺便去见了一回你那相好。”

马荣责怪地瞥了狄公一眼，郁郁说道：“那姑娘醉得比银莲花还厉害哩！”

“且罢，”狄公眼中闪过一丝笑意，“俗话说天无日日晴！马荣，来看这里，我们这便出门，去汉源县东边跑一趟，看看能否找到韩咏翰所说的那座宅院。如果不能，就可证实韩咏翰扯谎，并可趁此机会查看一下当地情形。那一带是全县的粮仓，我还从未有空去过。我们一直走到汉源最东头的县界处，就在村庄里过夜，至少看看乡间是何景象，也可令头脑清爽一下！马荣，你去挑选三匹好马，再去通告今日暂停升堂理事。这两起案子尚无进境，我对百姓也无甚可说！”

马荣稍稍振作，与乔泰领命而去。狄公又对洪亮说道：“如今天气酷热，又是长途跋涉，对你来说太过疲累，不如留在这里照管公廨，先去存档文书中搜集有关王苏二位掌柜的所有记录，吃过午饭后，想让你跑一趟万一帆住的地方，他不但与刘张两家的讼案有涉，而且还与挥霍无度的梁大人过从甚密。如刘飞波这般富有的当地名士，居然会袒护一个行迹可疑的掮客，让我觉得颇为古怪。你尤其要打问打问有关他女儿的事情！”

狄公轻捋长髯，接着又道：“我很为梁大人担忧，洪亮！自从听梁芬说过他的情形后，梁家从此便指望我担起责任，并且采取必要手段阻止这位老大人荡尽所有家财。不过我一时尚且无可措手，除非事先查明梁芬是否正在侵吞伯父的财产，以及他是否与杏花之死有涉。”

“老爷，今日午后我去会会那后生如何？”洪亮问道，“还可与他一起查验所有账目，看看能否探明万一帆在这其中究竟扮演何种角色。”

“好个主意！”狄公赞道，随即提笔书成一封引介短笺，让洪亮带给梁芬过目，又取了一张官文用纸，振笔疾书写下数行，一边盖上县衙大印，一边说道，“这封官书特为写给山西平阳县令，请他派人送来关于范家的所有官府记录，尤其是有关范鹤仪的部分，也就是那杏花姑娘。她执意要被卖到汉源为伎，这件事十分古怪，或许她被害的根源正在其家乡故里！命特使将此信尽快送出。”临了起身又道，“将我的轻便猎服取出，还有一双马靴。我此刻便动身上路，哪怕藉此换换心境也好！”

第十二回

遇险情官差驱暴众
知根底游民述隐吏

THE CHINESE LAKE MURDERS

马荣乔泰牵着三匹坐骑，立等在中庭内。

狄公查看过马匹后，三人分别蹬鞍上去，待守卫推开厚重的大门，便驰出衙院，一路朝东而行，出城后随即踏上乡间高地，下面是一眼看不到头的万顷良田。

前方地势忽而转为下坡，三人驱马行至田间。狄公望着左右两旁绿油油的麦浪，欣慰说道："景象如此喜人，看来必是一个丰年！不过我却没见到有一座田庄！"

午时左右，三人在一个小村庄前停下，走入村中饭铺，吃了一顿便饭。村长前来拜见时，狄公问起周围可有田庄，那老者摇头答道："回老爷，周围这片地方并无一座砖砌的房屋。地主们都住在山间，那里更为凉爽。”

“我不是早就说过姓韩的是个骗子么？”马荣咕哝道。

“你我朝前再走一程，不定会交好运。[1]”狄公说道。

三人又走了两刻钟，驰至另一座村庄内。狄公经过一条两旁皆是窝棚的窄道时，忽闻前方传来叫嚷声。只见一群农夫正簇拥在集市中央的一棵古树下，挥动棍棒高声叱骂不休。狄公骑在马上居高临下看去，却见一个男子浑身是血躺在树下，被团团围在当中，正受着众人的拳打脚踢。

“赶紧住手！”狄公断喝一声，见众乡民毫不理会，转身对马荣乔泰怒道，“让这帮乡下人散开！”

马荣一翻身跳到地上，拔脚朝前奔去，乔泰紧随其后。马荣伸手擒住离自己最近一人的脖领与裤裆，

1　在荷文本中，此处还有“这些乡民往往只知道本地情形”。

村民见官细述骗局

将其横过头顶，直朝人群当中掷去，接着左推右挡杀出一条路来，乔泰护在后面。不过片刻工夫，二人便已冲到树下，将行凶者驱至一旁，那挨打的男子正在不停呻吟。马荣叫道："你们这些乡巴佬还不停手！县令老爷来了都浑不知道？"说着朝后一指。

众人齐齐转头看去，只见狄公端坐于马上，威仪凛凛，气度慑人，连忙放下手中的棍棒。一个老者走上来，跪在狄公马前，恭敬说道："小民便是这里的一村之长。"

"到底出了何事，本县命你即刻报上！"狄公说道，"那人几乎被你们活活打死，若是作奸犯科之徒，理应扭送到汉源县衙去。身为村长，你总该知道滥用私刑可是大罪一桩！"

"小民求老爷饶过这一遭！"村长说道，"我等虽说行事急躁了些，但实在是气愤不过。我们庄户人家，整天起早贪黑挣几个辛苦钱，还不是为了养家糊口，结果却被那外路歹人给诓骗了去！他在骰子里事先做下手脚，被这里一个后生看穿。还请老爷开恩！”

“让那识破骗局的后生过来！”狄公命道，又对马荣说道，“将那受伤者也带过来！”

只见一个身材粗壮的农夫走到近前，还有一个上了年岁的男子，衣冠不整，形容狼狈。二人双双在道边跪下。

“你说此人行骗，有何证据？”狄公问道。

“回老爷话，证据就在这里！”农夫说着，从衣袖中摸出两粒骰子，捧在手里正要献上，不料旁边那人也站起身来，从农夫掌中一把抓过骰子，动作十分敏捷，又握在手里摇晃几下，大声叫道：“这两粒骰子若是做过手脚，就让老天罚我不得好死！”说罢深深一揖，自行呈给狄公。

狄公将骰子放在掌中转了几转，又前后左右仔细看过，朝地上那人怒目而视。只见他身形枯瘦，年纪大约五十上下，发中已现出缕缕银丝，一张容长脸面上满是深深的皱纹，额头处一道伤口兀自鲜血涔涔，左颊生有一块铜钱大小的黑痣，上面冒出三根长约数寸的乌黑长毫。狄公对那农夫冷冷说道：“这两粒骰子没有灌铅，也未做过其他任何手脚！”说罢将其掷于村长面前。

村长从地上拣起骰子，与旁边几人一起仔细打量，面带惊诧低声议论个不停。

狄公对众人厉声说道：“望你们个个以此为戒！以后若是受到歹徒逼迫，或是遇上地主行事不公，尽可前来县衙申诉，本县听后自会慎断。不许再随意动用私刑，否则必将严惩不贷。如今回去各自劳作方是正经，切莫在赌博上虚度时日、浪费钱财！”

村长跪地叩头，谢过县令老爷宽大为怀。

狄公命那受伤的男子与马荣同乘一骑，就坐在马荣身后，一行人继续朝前赶路。

四人行至下一个村庄时，在一口水井边收缰勒马，让那男子洗过手脸，又将衣袍拾掇干净。狄公命人叫来村长，问他周围可有建在缓坡上的乡下庄园，村长答曰并不知晓，又问田庄是何模样，主人姓甚名谁，一路下去走到远处，或许会有类似房舍。狄公只说无关紧要，就此搁下不提。

那受伤的男子走到狄公面前深深一揖，道是意欲离去。狄公见他走路时一瘸一拐，且又面色灰白，便断然说道："你还是先与我们同去汉源县界的关卡处，非得找个大夫看看不可。我虽对行走江湖招摇撞骗之举不以为然，但也不能让你这副模样留在此地。"

午后多时，四人行至位于边界处的村庄。狄公命马荣带那男子去找本地大夫，自己与乔泰则骑马前往桥头的军营关卡。

关卡统领是个军中什长，喝令手下十二名兵士列队出迎，人人披挂齐整、盔甲锃亮，看去十分英武矫健。狄公去军械库中查看时，什长道是黄河从邻县江北流过，桥下这条河道虽然只是黄河的支流，但是往来交通很是快捷，此岸一向平安无事，彼岸江北县内却有几伙山贼劫匪出没，驻在那边的军营不久前刚刚增兵添械。

公事完结后，什长将狄公乔泰亲自送至一家小客栈中，管事满脸堆笑出来恭迎，马夫将三匹坐骑牵去照料。管事亲手帮狄公脱下沉重的马靴，又换上舒适的草编便鞋，然后引到楼上的客房中。房内虽然陈设简陋，却打扫得干干净净。管事推开窗户，狄公朝外望去，只见一片屋顶前方便是开阔的河面，此时正值夕阳西下，水上映出万道红光。

一名伙计送来几枝点燃的蜡烛和一只水盆，盆中放着几条热手巾。狄公正在揩擦手脸，马荣乔泰走入。马荣为狄公倒了一杯热茶，然后说道："老爷，那老赌客着实有些古怪！对我道是年轻时候曾住在岭南，做过一家丝绸行里的文书，掌柜看上了他的老婆，诬告他偷窃财物，于是被衙役捉去打了一顿，后来总算设法逃走。就在他背井离乡时，掌柜趁机将他老婆纳为小妾。等到风声过后，他又悄悄回去，苦求老婆随他一道离开此地，却被那女人嘲笑了一通，还说更中意如今过的日子。从此他便在大江南北四处漂泊，说起话来文绉绉的，活像个教书先生，却自称是牙人，不过我看他纯是个江湖客而已，说白了就是走江湖的骗子！”

“这些人随口便能讲出一段辛酸故事来！”狄公议论道，“我们与他算是就此别过，再无后会之期了！”

这时响起叩门声，只见两名苦力提着四只大竹篮走入，一只篮中盛着三条上好的姜汁烧鱼，另一只里则是一大碗米饭与腌鸡蛋，并附有一张大红名帖，可知由军中什长送来。还有两只篮子，装有三只烤鸡，三盘红烧肉与菜蔬，一罐热汤，乃是村长与众乡翁送的见面礼。又有一名伙计捧进三坛水酒，却是客栈管事孝敬的一点心意。

一应吃食悉数摆好后，狄公将几锭银子包裹在一张红纸内，作为回礼交给两名苦力，然后对马荣乔泰说道："既然大家出门在外，自不必太过拘泥礼数！你俩过来坐下，我们三人一同用饭。"

马荣乔泰坚辞不受，然而拗不过狄公执意如此，终于对面坐下。长途跋涉了一天之后，三人胃口大开，吃得好不痛快。狄公兴致甚高，如今可知韩咏翰的一番说辞确是谎话，可见此人便是罪魁祸首，迟早会设法将他捉拿归案，并且足证白莲教死灰复燃一事也纯属子虚乌有，终于可以抛诸脑后、不再悬心了。

三人酒足饭饱，正在喝热茶时，一名伙计进来送上一封书信，措辞文雅，字迹工整，信中道是一个姓陶名干之人求见县令老爷一面。

"一定是村中某位老者，"狄公说道，"请他进来！"

一时门扇开启，来者非是别个，却是白日里遇见过的干瘦赌徒，狄公与两名亲随不禁吃了一惊。此人看过大夫后，显然又去村中店铺采买了衣物，虽然前额缚着一条绷带，浑身上下却是装束一新，身着一件简素的蓝袍，腰系黑绦，头戴一顶高高的黑纱便帽，正是老年士绅们喜好的家常式样，看去神采奕奕，上前深深一揖，恭敬说道：“小民姓陶名干，特来拜会老爷，纵有千言万语，亦不足以表达——”

“无须多言！”狄公冷冷说道，“你也不必谢我，还是谢过救你一命的老天吧！不要以为我是对你心怀恻隐，你吃的那一顿皮肉之苦，恐怕尚不足以赎清所有罪孽！我虽确信你定是施展手段欺骗了那些农人，不过总不能让治下百姓无法无天，只因有此一念，才出手将你救下！”

那枯瘦男子听到这一番严责，却仍是面不改色，从容说道：“即便如此，小民仍愿为老爷略效绵薄之力以报此深恩。据我推测，老爷正在勘查一桩劫人绑票案。”

狄公大吃一惊，好不容易才未曾形诸颜色，直截问道：“足下何出此言？”

“小民既然操此营生，则非得练就一副鉴貌辨色、以一推十的本领不可。”陶干哂笑一下，“我偶然听到老爷问起一座田庄，却又说不出外观形制与主家名姓。”说着抬手轻轻把玩颊上的三根长毫，徐徐又道，“劫匪定是将肉票的眼睛蒙住，带到很远的一处地方，然后施以威胁恐吓，迫使那人写下书信，让家人送上一大笔赎金。一旦赎金到手，劫匪或是撕票，或是将那人蒙上眼睛重又送回原地。若是后一种情形，那可怜虫对于方向位置便只会有个模糊的印象，自然不会知道房子是何模样，主人姓甚名谁。我推测应是有人遭劫后将此事报官，故此不揣冒昧，主动前来献计一二。”说罢复又一揖到地。

狄公心中暗叹此人真是机敏逾常，于是说道：“我们不妨议论一番，就算你说得不差，又将做何计较？”

“其一，小民在贵县各处都已走遍，这片平原上并无类似房舍。其二，听说在汉源北边和西边的山间地带，倒是建有几幢别墅。”

“若是受害人分明记得一大半路程都是走在平路上，又该如何解释？”

陶干闻听此言，惯于冷嘲的面上露出狡黠的一笑，“回老爷，若是如此情形，那宅子必定就在汉源城内。”

“简直荒唐透顶！”狄公怒道。

“却也未必，老爷，”陶干从容说道，“这伙劫匪只需有一所宅院，里面有大花园和建在高处的平台即可。他们将肉票塞入轿中，抬进院内，再慢慢绕着圈子走上半个时辰。那帮人极有经验，要想让人以为经过山地，便在平台处上上下下，口中再不时咕哝几句，比如‘留神那边的山涧’之类。老爷有所不知，那些家伙都是精心操练过的熟手，足可做到以假乱真，不会露出半点破绽。”

狄公缓缓捋着颊须，若有所思盯着面前的枯瘦男子，半晌后说道：“听去着实有趣！我自会记在心里，以俟日后查证。临走前还请听我一句，足下如此机智过人，大可谋个正经营生体面过活，还是趁早改弦更张的好！”正想将他打发走，忽又问道，“还有一事，你是如何骗过那些农人的？我只是好奇而已，并非想要对你有所不利。”

陶干淡淡一笑，叫来一个伙计，对他命道：“你这就去楼下，将老爷右脚穿的靴子拿来！”

一时伙计依言送上，陶干从马靴的折边内轻轻巧巧夹出两粒骰子，呈至狄公面前，“那乡佬儿正要将这两粒灌了铅的骰子献给老爷时，被我一把抓去。我早已将两粒平常骰子藏在掌中，调包之后再送给老爷过目。老爷仔细查看时，众人的眼睛全都盯在这边，我便趁机将灌铅骰子塞入老爷的靴内，暂且寄放一时而已。”

狄公听罢，终于掌不住大笑出声。

“小民非是自吹自擂，”陶干又侃侃说道，“对于江湖上的各种坑蒙拐骗之术，敢说当今世上，并无几人能如我这般精通。我不但擅长伪造官牒印玺，草拟模棱两可的合同与虚假文书，还能溜门撬锁，所有大小门窗与钱箱银柜统统不在话下，对于暗门密道等各种机关也是了如指掌。除此之外，我远远看见有人说话，从其口唇开合，便能知晓其意——”

“且慢！”狄公连忙说道，“你适才所言的诸般技艺中，最后一句可是当真？”

“千真万确，老爷！至于这读唇术，须得说用在妇孺身上，比起那些上了年岁并蓄有长须的男子来，要更为容易些。”

狄公听罢未予置评，心想若是真有此事，杏花的言语就可能被宴席上的其他人暗中窥破，抬眼一瞧，只见陶干低声又道：“小民如何沦落到这般田地，在先已对老爷的随从亲口讲过了。自从经历过那般不堪的遭遇后，我对世人彻底心灰意冷，从此漂泊四方，专以欺诈蒙骗他人为乐，迄今已近卅载。不过我发誓从未害得谁伤筋动骨，也从未骗得谁倾家荡产过。老爷今日一番善举，令我豁然开朗，只愿今后改弦易辙，不再做漂泊四方的江湖客。我藉以为生的诸般手艺，想必在刑侦办案、缉拿罪犯时或可派上一点用场，因此恳请老爷能将我收下。我并无家人亲眷——当年他们全都站在我老婆一边，从此便恩断义绝，并且我手中也略有积蓄，唯愿洗心革面，得聆老爷教诲，并效犬马之劳。”

狄公定定注视着眼前这位古怪人物，那一脸冷嘲中着实有几分真情流露。此人不但提供了两条十分重要的线索，且又阅历丰富、见多识广，远胜其他三名亲信，若是调教有方，或可成为又一名得力随从。想到此处，狄公开口说道：“陶干，你须得明白，本县此时尚不能给你一个明确答复。不过我相信你确是一片诚心，因此准许你在汉源县衙中暂时做公，至于是否长远留下，日后再做定夺。”

陶干跪倒在地，叩头三下，以示感激之意。

“这二人是我的随从，”狄公又道，“以后你便出力协助他们做公，他们也会教你如何处置县衙庶务。”

陶干与马荣乔泰一一施礼见过。乔泰对着他上下打量几眼，面上未置可否，马荣却上前一拍陶干的枯肩，欣喜叫道：“我们这就下楼去，老兄！赌钱时要的那些花样，你且给我教上几招！”

乔泰独留一支燃着的蜡烛，将其他几支统统吹熄，向老爷请过晚安，跟在马荣陶干后面出门而去。

狄公仍旧独坐在桌前，漫漫注视着一群细小蚊蚋围着烛火嗡嗡营营上下飞旋，心中思前想后，久久难平。

此番远行，虽然没能找到韩咏翰被劫后所抵的房舍，但是陶干的说法证实他可能并未说谎，因此自己也得再度思量一番白莲教是否当真在各地招兵买马、图谋不轨。汉源虽是个狭小闭塞的县城，却又处于战略要地，与京师长安相去不远，作为密谋反叛的中心，最为适宜不过，难怪自己一到此地，便隐隐觉察出似有一股迫人的狞邪之气。

再说杏花一案，既然花船上所有宾客都可能会读唇解语，那么人人都有可能加入白莲教并杀人害命。韩咏翰要么清白无辜，要么正是教中头目！当然还有刘飞波，此人不但富甲一方，且又时常外出，并对官府心怀怨尤——所有这些情形都十分可疑。不定正是宴席上的众宾合谋杀死了杏花也未可知！狄公想到此处，恼怒地摇一摇头，白莲教的莫大威胁已然发生效力，使得自己无法冷静深思，看来必须从头至尾再度回想一番不可……

烛焰噼噼啪啪爆了几爆。狄公长叹一声，起身脱下外袍与帽子，在木头长榻上直直躺下。

第十三回

探家事洪亮遭误会
设陷阱陶干捉伪僧

THE

CHINESE

LAKE

MURDERS

次日黎明，狄公与三名随从离开村庄，一路快马加鞭，不到午时，便已返回汉源县城。

狄公径去内宅，先洗了一个热水澡，换上薄薄的蓝布长衫，然后回到二堂，将陶干介绍给洪亮认识，这时马荣乔泰也一道进来，四人分别在书案前的小凳上坐定。狄公留意到陶干举手投足甚为得体，既有初来乍到者的恭谨，但也并无过分谦卑。这个怪人显然在任何地方都能应付裕如。

狄公对洪亮道是此次远行没能寻到田庄房舍，不过陶干的说法颇可思量，又问洪亮有何发现。

洪亮从袖中取出几页纸来，开口说道："关于王掌柜，县衙档房中只有几份例行文书，诸如家中子女、缴税记录等等。不过主簿对他知之颇详，道是其人家资甚富，名下拥有汉源城内最大的两家金银珠宝店，虽说喜好酒色，做生意却很是精明，并深得各方信任，只是近来似乎有些周转不灵，为了几笔数目很大的款子，不得不向供应黄金的卖家提出延期支付，不过对方深知他过不多久自会弥补亏空，至少对此事并不担忧。

“苏掌柜也是名声颇佳。然而对于他深深迷恋舞姬杏花一事，众人都觉得十分惋惜。当初苏掌柜被杏花一口回绝，终日沮丧不已，如今杏花死去，众人以为未必不是好事，并希望他悲伤平复之后，会娶个端庄稳重的良家女子为妻。”

洪亮翻看一下，接着又道：“之后我又去了万一帆家住的地方。这人名声可不大好，邻里都说他做生意十分苛刻，行事又鬼鬼祟祟，常为刘飞波跑腿效力，偶尔也代收过几笔小额欠账。我不想在周围店铺中打问有关他女儿的事情，免得毁人清誉。正巧看见有个老妇在街角处售卖头梳花粉，我心想她们常在周围人家的女眷内宅中出入，向来消息灵通，于是便上去搭讪，问她可否认识万家小姐。”

洪亮说到此处，颇不自在地瞥了狄公一眼，惴惴述道：“那老妇听罢立即答道：‘先生都这把年纪了，竟然还是人老心不老哩！万小姐的开价是一晚两贯，过夜四贯，不过保管服侍得老爷们心满意足就是！’我自称替人做媒，皆因城西有个小店主听人说起万家小姐，托我前来打问一番。不料那老妇撇嘴说道：‘城西的住户们真是浑不晓事！万小姐自打没了亲娘后，就再也没人拘管，日子过得逍遥自在，街坊邻里无人不知的。万老爹想将她说给一个教书先生，人家倒还深知底里！如今万小姐自有进项，万老爹也是睁一只眼闭一只眼，生意人本来就爱财如命，不定还暗自高兴省了一笔开销哩！’”

“如此说来，万一帆果然是个无耻之徒，竟敢在公堂上扯谎！”狄公怒道，“不日便会让他晓得厉害！梁大人那边情形如何？”

“梁芬看去倒是聪慧机敏，”洪亮答道，“我与他一道查看过账簿，花了大约一个时辰，从中分明可见梁大人正在抛售家产，为了换得大量黄金而不惜损失惨重，不过没能查出他拿了那些现钱后又派何用场。梁芬因此忧心忡忡，实在很可体谅。”[1]

陶干一直凝神静听，此时开口说道：“老爷，常言道数目总不会说谎，不过事事皆可造假，全看手段如何了！没准是梁芬自己侵吞挪移了家产，为了掩人耳目，而在账簿上做过手脚也未可知！”

“我们也曾经想过这一层，”狄公说道，“如今情形着实棘手得很！”[2]

“今早在回程途中，我听马荣讲了刘张两家的讼案。”陶干又道，“那佛寺内除了看门老头儿，果真再

1 在荷文本中，此处还有“‘此事非同小可！’狄公忧心说道，‘既然万一帆在公堂上说谎，我大可立时将他捉来，再盘问有关他与梁大人的事宜，不过先得查明梁芬与杏花被害一案并无干系。’”

2 “如今情形着实棘手得很”不见于荷文本。

无一个和尚？”

狄公疑惑地瞧了马荣一眼，马荣立即答道：“确实没有！我搜查过整个寺院，连花园也看过了。”

“那就怪了！”陶干说道，“几日前我就在这汉源城中，碰巧路过佛寺，看见一个和尚站在山门前的大柱后，正伸着脖子朝里张望。我这人生性好奇，于是走上前去与他一同窥看。那和尚似乎吃了一惊，转身便溜走了。”

“那人是否面色惨白、形容憔悴？”狄公急忙问道。

“不是，老爷。”陶干答道，“那厮身强力壮，神气颇为傲慢，实话说看去一点不像是个正经吃斋念佛之人。”

“如此说来，肯定不会是我在张家洞房里见过的那人了。”狄公说道，“陶干，我这里有件差事派你去办。如今已经查实，木匠毛源在离开张文章家时手中拿着工钱，此人一向喜好喝酒赌博，当日发现尸体时，浑身上下却没见一文钱，想来不定是有人见财起意，然后行凶杀人。我虽疑心张文章与此案有关，不过仍须查证所有可能的情形。你这就去城内的大小赌馆走上一遭，打听关于毛源的消息，想必你自会寻到那些秘密所在！马荣，你再跑一趟红鲤饭庄，问那丐头毛禄去了江北何处。当日在面馆中，丐头曾提过一次，不过我记不起名字了。洪亮，午衙开堂时，可有什么必须办理的公事不曾？”

洪亮闻听此言，与乔泰一道将几卷文书在案上展开，那边马荣陶干已出门而去。

二人行至中庭，陶干说道：“老爷派我勘察木匠被杀一案，令我十分高兴。消息在底下总是传得飞快，不久人人便会知晓我已转而为官府做事。那红鲤饭庄又在何处？我自以为对汉源城了如指掌，却是从未去过。”

“不去也罢！”马荣答道，“那里又脏又臭，就在鱼市后面。祝你走运！”

陶干顺阶而下，行至城西，穿过一大片兔洞也似的窄巷，停在一家小菜铺门口，小心绕过满地的泡菜坛子，对掌柜咕哝着打个招呼，朝屋后台阶走去。

二楼一片漆黑，陶干手扶布满蛛网的墙面，摸索着走到一扇门前，推开门扇后站立半晌，朝四下环顾。只见房内低矮幽暗，两名男子坐在一张圆桌旁，桌子正中凹陷下去一块，正为掷骰子之用。一人身材肥胖，满脸赘肉，表情木然，头皮剃得精光，正是此间管事。另一人瘦骨嶙峋，两眼明显斜视，天生有此缺陷之人，在赌馆中倒是十分吃香，常被雇来负责监场，使得意欲作弊的赌客分辨不清是否有人正盯着自己。

"原来是陶老兄，"胖管事懒懒地招呼道，"别光站在那边，进来进来！要想玩上两把的话，如今时辰尚早，不过很快便会有客人光顾。"[1]

---

1 在荷文本中，此处还有一句"陶干仍旧立在门旁"。

“不不，我有急事在身，”陶干说道，“只是进来看看木匠毛源可在这里，想问他讨回欠我的银钱。”

那二人闻听此言，放声大笑起来。

“老兄若是为了此事，只怕你有的等哩！”胖管事吃吃笑道，“将来到了阴曹地府再去讨回吧！莫非你没听说老毛已经一命呜呼了？”

陶干咒骂几句，坐在一张摇摇晃晃的竹椅上，[1]恼怒说道：“真是倒霉透顶！我这会子正急等着用钱呢！那厮出了什么事故？”

“汉源城里早就传开了，”斜眼汉子说道，“在破庙里发现了他的尸首，头上开了一个窟窿，足足有拳头大小！”[2]

“是谁干的好事？”陶干问道，“我非得痛骂那人一顿不可，还要讹他还我的钱来，顺便多要几文讨个

1 “坐在一张摇摇晃晃的竹椅上”不见于荷文本。

2 在荷文本中，此处有“陶干坐下，管事推过一只裂口的茶杯，陶干端起陶制茶壶，自行斟满一杯，开口问道”。

吉利！”

胖管事抬肘戳戳同伴，二人复又大发一笑。

“何事这等好笑？”陶干悻悻问道。

“好笑的是毛禄可能与此有关，”管事答道，“陶老兄，你不妨去三橡岛上讹他一回！”

斜眼汉子咧嘴笑道：“老大，你又来打趣他了！”

“胡说八道！”陶干叫道，“毛禄明明是毛源的堂兄弟！”

胖管事朝地上啐了一口，“陶老兄，你仔细听我说完，没准儿就会明白过来！三天前，毛源曾经到过这里，当时天色将晚，他刚刚收工回来，袖筒里揣着不少银钱，挤进人群中赌了几把，居然十分走运，赢回不少钱来。这时又进来一人，非是别个，正是他那堂兄弟毛禄。虽说毛源近来对这位亲戚不甚待见，不过已经喝了几杯下肚，又袖着不少银子，正在兴头上，竟如遇见了失散多年的亲兄弟一般热络。他二人一同喝了四坛上好的水酒，毛禄说是请毛源出去吃饭，从此之后，我等就再没见过他俩一面。我可没说一句毛禄的不是，只是讲出当日情形而已！”

陶干会意点头，悔恨说道：“真是太不走运！且罢，我最好即刻出门上路。”正要起身时，却见房门开启，进来一个膀大腰圆之人，身穿一件破旧僧袍。陶干看在眼里，忙又坐回椅中。

“啊哈，这不是和尚么！”管事叫道。

来人哼了一声坐下，管事将一杯茶水推至他面前。和尚冲地上啐了一口，怒道：“这玩意儿实在没法入口，就不能给点更好喝的东西？”

胖管事抬起右手，拇指与食指环成一个圆圈示意一下。

和尚摇头恨恨说道：“不中用！那小畜生硬是不肯开口，等我好好揍他一顿，然后再拿现钱来给你！”

管事耸耸肩头，冷冷说道：“那就只能上茶了！”

“我好像曾经见过这位师父，”陶干搭话说道，

“是不是在那破庙门前？”

和尚怀疑地瞥了陶干一眼，冲着管事问道：“这瘦鸡猴是谁？”

“这位老兄姓陶，人倒不错，只是不爱说笑。”管事答道，“你去那破庙做甚？莫非真想当个正经和尚不成？”

斜眼汉子笑出了声，和尚冲他喝道：“少在那里傻笑！”见管事投来不满的一瞥，忙又稍稍和缓说道，“我此刻心中烦闷，说出来倒也无妨。前天我曾见过毛禄那厮，就在……哪家店铺的背后来着？对了，是在鱼市附近，一眼看见他袖子里沉甸甸地揣着一兜铜钱！我客客气气上前问他：‘老兄哪里寻到的摇钱树？’他说：‘就在那破庙里，你只管自个儿去瞧上一瞧。’于是我就去了。”

和尚将茶水一气灌下，撇一撇嘴，接着又道：“你们猜我在那里寻到了什么？一个比我还穷的老棺材瓤子，还有一口棺材！”

胖管事哈哈大笑起来。和尚两眼喷火，却是敢怒不敢言。

“好，好，”管事说道，“不如你跟这位陶老兄结伴去三橡岛！他也想找那毛禄理论一番哩。”

“这么说来，你也中过他的圈套不成？”和尚面上略显出几分喜色。

陶干含混应了一声，淡淡说道：“我只想从你方才说的那后生身上榨出几个钱来，比起对付毛禄来可要容易多了。”

“原来老兄在琢磨这事！”和尚嫌恶说道，“我遇见那后生是在一天夜里，只见他跑得飞快，就像阎王爷在后面追命一般。我一把掐住他的脖子，问他要去哪里，他却嚷着，‘休要管我！’看去像个娇生惯养的富家少爷，整天拿着镶金带银的筷子吃饭，如今这般狼狈，定是做了什么见不得人的事。于是我冲他兜头猛拍一下，又打横扛在肩上，一路带到我的住处去了。”

和尚大声清清喉咙，冲地上啐了一口，想拿茶壶却又缩回手来，接着叙道：“谁承想我费了这许多气力，那小子居然不肯说出一个字来！我分明已犯下了劫人的勾当，却没能榨出一个子儿来。这厮死活不肯吐露实情，并且我也不是没有好好劝过他！”说罢狠狠地冷笑一下。

陶干喟叹一声，起身说道：“这位师父看开些，你我常会遇到如此情形，只是霉运当头而已！要是我像你这般身强力壮，今晚定能弄到三十两纹银。无论如何，且祝你交好运吧！”说罢朝门口走去。

“喂喂，何必这般着急！”和尚叫道，“你是说三十两纹银？”

“与你什么相干！”陶干抢白一句，开门欲走。

和尚跳上前去，揪住陶干的衣领，将他拽回屋内。

“你且把手放开，和尚！”管事厉声喝了一句，又对陶干说道，“陶老兄何必这么不近人情？既然你独自一人做不了这差使，何不带上和尚同去？事成之后，自己也能得些好处。”

“我当然想过这一层！”陶干暴躁说道，“不过你也知道我初来乍到，还没弄清众人碰头的地方叫什么名字。既然听说要找一个身强力壮能跟人动手的汉子，我便没再多打听。”

“这狗娘养的蠢货！”和尚叫道，“想想足有三十两银子哩！”

陶干眉头一拧，耸耸肩头说道：“说也无用，我只记得好像叫什么鲤鱼！”

“一定是红鲤饭庄！”管事与和尚齐声叫道。

“算你们说中了！”陶干说道，“不过我不记得到底是在哪里。”

和尚站起身来，一把抓住陶干的胳膊，“老兄且随我来！我知道如何走法！”

陶干抽出胳膊，掌心朝上摊手示意。

“分你半成！”和尚粗声说道。

陶干一听，直朝门口走去，转头说道：“一成半！不然拉倒！”

“一成银子，你七我三，就这么说定了！”管事插言道，“陶老兄，你带和尚过去，就说由我担保他一定得力！快快去吧！”

陶干与和尚双双出门，行至城东鱼市附近。和尚领路走入一条浊臭逼人的小巷中，指着一幢破败的木头棚屋，低声说道：“你先进去！”

陶干推门一看，放心地长出一口气。只见马荣与丐头坐在屋角，里面空空荡荡没有几件家什，也并无他人在旁。

“老兄一向可好？”陶干亲热地对马荣说道，“这便是你家老爷要找的人物！”

和尚满脸堆笑，冲着马荣拱手一揖。

马荣起身走到和尚面前，上下打量几眼，说道：“这么一个丑和尚，老爷要他何用？”

“关于佛寺里那桩人命案，他知道不少有关凶手的情形。”陶干连忙说道。

和尚一听退后几步，只可惜脚底仍不够快，还没来得及出手，心口处早已吃了马荣一记重拳，朝后倒在一张小桌上，不过到底是经历过各种阵仗的老手，倒下后并未起身，飞快地抽出一把匕首，直朝马荣咽喉处刺去。马荣闪身躲过，只听一声钝响，匕首扎在一根门柱上。和尚刚要抬头时，马荣提起小桌冲他兜头砸下，于是和尚应声倒地，再不动弹。

马荣解下缠在腰间的细铁链，将和尚翻过身去，转为脸面朝下，捉住两手牢牢缚在背后。

陶干欣喜说道：“这厮不但知道不少关于毛源毛禄的事，还加入了一个专做绑票生意的匪帮！”

马荣咧嘴一笑，赞道：“干得漂亮！你如何将他引到这里？我本以为你不知道这地方！”

“这有何难，”陶干轻松说道，“我编出一套话来说给他听，他就乖乖带我来了。”

马荣斜眼一瞥陶干，思忖说道：“你看去手无缚鸡之力，不过倒是自有一套，手段还颇为毒辣哩！”

陶干并不理会，接着说道：“这厮刚刚绑去了一个富家公子，很可能就是加入了韩咏翰所说的匪帮！让他领我们去那老巢，定会有些斩获！”

马荣点头称许，将不省人事的和尚一把提起，扔在靠墙处一张椅子上，又叫丐头帮忙取些线香，丐头立时转去后房拿了两把出来。

马荣拽起和尚的头，将燃着的线香置于其鼻孔下方，气味十分浓重，和尚很快便被呛得猛咳起来，抬起充血的两眼瞧着马荣。

“你这蛤蟆眼，带我们去老窝里走一趟！”马荣说道，“快说如何走法？”

“今天的事若是被管事知道了，定会叫你好看！”和尚咬牙说道，“非把你的心肝活活掏出来不可！”

“这个不劳你费神，我心里自然有数！”马荣笑道，“问你的话还不快说！”说罢抓起线香凑到和尚脸上。和尚面露惧色，连忙咕哝着和盘托出，说是顺着佛寺后面一条羊肠小道一路出城。

“这就行了！”马荣说道，“至于后头的话，过会子再说不迟！”又叫那丐头拿一条旧毯子，再唤两个苦力抬一副担架过来。

马荣陶干将和尚从头到脚严严实实裹进毯子里，和尚挣扎说太过闷热，陶干冲他肋上踹了一脚：“你这泼皮，莫非不知道自己正在发烧？”

两名苦力将和尚抬起放在担架上，起身出门，马荣对那二人叫道：“小心一点！我这朋友病得很重哩！”

一行人走到佛寺后面的松林里，马荣命苦力放下担架，付过钱后打发他们离去，等二人走得不见了踪影，方才揭开毯子。和尚费力地站起身来，陶干从袖中取出一条油膏布贴在他嘴上，命道：“等我们走到了地方，你就停下来用手指指！”又对马荣说道，“这些歹人常会吹口哨或是发出其他响动以警告同伙。”马荣点点头，冲着和尚腰腿处不偏不倚踢了一脚，和尚立即踉跄着朝前走去。

三人顺着一条羊肠小道上了山，又拐入一片密林之中。和尚止步伸头示意，只见前方树丛中隐约露出一道山崖。陶干撕下他嘴上的油膏布，厌恶地说道："我们可不喜欢荒山野岭！要找的是住人的房子！"

"我没有房子可住！"和尚阴沉说道，"就住在那边一个山洞里。"

"山洞？"马荣怒道，"你存心想骗我们不成？要是不带我们去你那同伙聚集的老巢，非掐死你不可！"说着一把捏住和尚的喉头。

"我说的句句是实！"和尚喘息叫道，"我只加入过一伙赌客！自从来到这该死的汉源城，就一直独个儿住在那山洞里。"

马荣命和尚继续前行，抽出他曾经用过的匕首，冲陶干使个眼色，问道："我们要不要修理他一顿？"

陶干耸耸肩头，"先看过那山洞再说不迟！"

和尚引路走到崖下，两腿直打哆嗦，分开脚下的灌木丛，露出一道黑黑的岩缝，大约有一人高低。

陶干将匕首咬在齿间，趴在地上匍匐进去，过了半晌却直走出来，沮丧说道："里面除了一个哭哭啼啼的小后生，再无旁人！"

马荣一手拽着和尚，跟在陶干身后钻入。三人在漆黑的岩间走了十来步，马荣看见里面有一个巨大的洞穴，从头顶的岩缝中透下些许光亮。右边摆着一张粗糙的木床和一只破旧皮箱，左边一个后生躺在地上，身上只裹着一条缠腰布，手脚皆被麻绳捆住，口中呻吟道："让我走！求求你们放了我吧！"

陶干割断麻绳，后生勉强坐起，背上道道血痕清晰可见。

"是谁打得你这样？"马荣怒道。

后生默无一语，抬手指向和尚。马荣缓缓转身看去，和尚连忙跪倒在地，口中叫道："求老爷饶命！这小无赖全是扯谎！"

马荣轻蔑地瞥了和尚一眼，冷冷说道："我把你留给衙役班头去收拾好了，他一向专爱干这活计！”

陶干扶着后生坐在床上。他看去二十上下年纪，头发被人草草剃去，面上由于疼痛而不时抽搐，不过仍可看出是个知书达理的良家子弟。

“你究竟是谁？怎会把自己弄到这步田地？”陶干好奇问道。

“我是被那人劫到这里来的！求求你们带我离开此地！”

“不止离开此地！”马荣说道，“我们还会带你去见县令老爷！”

“不不！”后生叫道，“让我走吧！”说着作势欲起。

“罢了罢了，居然被折磨到这个地步！”马荣说道，“这位小爷，你得随我们一道去县衙！”又冲和尚喝道：“你给我过来！既然你并未加入过什么匪帮，我也就不在意被人瞧见！这回你可不会被裹起来抬着走了！”

马荣将那虚弱的后生从床上拽起，不顾他连声反对，将其双腿分开，架在和尚的脖颈两侧，拿起旧毯子披在后生肩头，又从角落里拣起一根血迹斑斑的柳条，扬手抽在和尚的腿肚上，口中喝道：“你这狗头，还不快走！”

第十四回

张秀才细述奇遭遇
狄县令严审恶鸨母

将近午时，狄公在衙院内升堂理事。堂下观者人满为患，皆因升堂的时辰非同寻常，百姓们以为定是那两桩轰动一时的案子有了重要消息将要公之于世。

不料县令老爷开堂后却另说他事，令众人大失所望。有一桩渔民与鱼市之间关于如何定价的纠纷案，狄公方才与洪亮乔泰商议过一阵，此时先命双方代表各自陈词，然后提出一个折衷方案，经过几番议论后，终于得到双方同意。

狄公正要言及一项税收难题时，忽听外面一阵喧闹，只见马荣陶干一人拽了一个案犯进来，后面跟着一大群沿途追随的百姓，观审者纷纷上前询问，大堂内一片喧嚣混乱。

狄公猛拍三下惊堂木，声如洪钟地喝道："肃静！要是再有一人出声，本县便要下令清场了！”

堂下众人立时住口不语，齐齐盯着跪在高台前形容迥异的二人，谁也不想错过这场审问。

狄公不动声色望向二人，一眼认出了眼前的年轻后生，心中不觉暗吃一惊。

马荣先走上前，禀告一番如何与陶干一道捉住这二人的经过。狄公轻抚长髯听罢后，对那后生说道：“报上你的姓名、生业！”

“小生名唤张虎彪，”那人低声说道，“乃是一名秀才。”

堂下响起一片低低的惊呼声。狄公怒目而视，一拍惊堂木，又断喝道：“本县最后警告一次！”然后对张虎彪说道：“本县得到案报，道是张秀才已在四天前投水自尽了！”

“回老爷，都怪小生一时糊涂，致使众人有此误会，实在羞愧难言。”张虎彪胆怯说道，“如今自知当日行事极其鲁莽，着实应受严谴，只是事出有因、情非寻常，但求老爷听过后，将会开恩宽宥一二。”

张虎彪略停片刻，堂下一片寂静。只听他接着叙道：“新婚当夜，洞房花烛，本是人生极乐之时，不料转眼却乐极成悲，不知还有谁经历过这般令人肝肠寸断的惨事！我与爱妻初历人事不过片刻工夫，便发现竟然害得她送了性命！”

张虎彪费力地吞咽一下[1]，又道：“我见爱妻已然气绝身亡、一动不动，不由惊恸骇绝，心中恐惧无已。想到家父一向对我钟爱关怀，身为独子，却不能为他再续香火，更觉无颜面对。悲哀至此，情何以堪，唯一可行之事，便是赶紧做个了断。

“我匆匆穿上薄袍，意欲打开房门，忽又念及此时婚宴未散，到处都是宾客仆从，万难离家而去且不被人知晓。忽然记起前几日木匠来修理屋顶时，留下

---

1 在荷文本中，此句为“张虎彪呜咽出声，狄公示意班头递过一杯浓茶，只见他一气喝下”。

两片天花板未曾钉死，还对我道是可以用来储藏贵重之物。于是我踩着小凳攀上屋梁，钻入阁楼之中，又掀开活板爬到屋顶上，然后顺势滑落到外面街中。

“彼时正值深夜，周围不见一人。我悄然行至湖畔，立在水边的一块大石头上，解下腰间系的丝绦，又担心如此投水的话，会被衣物牵引着漂浮一阵而不得速死，于是预备脱下长袍。可叹我生性怯懦，低头看着水面一片漆黑，却又心生恐惧，想起了以往听过的种种可怖传言，道是常有邪魔之物在水边游走，一念及此，只觉得当真看见似有形状模糊之物正在走动，目露凶光紧紧盯住我。虽然天气酷热，我却站在那里瑟瑟发抖，牙齿格格打战，心知自己无法决然赴死了。

“我见自己的腰带已经落入水中，便裹紧衣袍从湖边跑开，也不知要奔去何处，直到前方出现一座佛寺的山门时，方才回过神来。突然之间，就是那人从暗中跳出来，一把抓住我的肩头。我以为他是个强盗，努力想要挣脱，不料头上被他猛击一下，立时便不省人事。等到醒来时，发现自己已躺在一个可怕的岩洞内。次日一早，那人张口盘问我姓甚名谁，家住哪里，做下了什么不法的勾当。我看出他希图敲诈我或是家父，便不肯道出。他冷笑一声，说我全凭造化好，才会被他带到这山洞中来，因为绝不会被官府衙役发现，又不顾我一力反对，硬是剃去了我的头发，说是从此就做他的徒弟，且剃成光头不会被人认出，命我拾些木柴来煮米粥，然后便扬长而去。

“整整一天我都在思前想后，不知到底该如何行事，后来决意远走他乡，又想不如回家去领受父亲的雷霆之怒。晚上那人回来，已是喝得大醉，又来一力盘问，见我仍是不肯说出，便拿绳子将我捆起，用一根柳条狠命抽打，然后让我睡在地上。我被打得奄奄一息，几乎不曾睡去，好不容易熬过一夜。转天清早，那人给我松了绑，又喂了些清水，见我稍稍恢复，又命我去拣柴火。我暗自打算逃离这心肠狠毒之人。等拣齐了两捆柴禾，我便一路跑回城里，身上穿着破衣烂衫，又被剃成了光头，一路上果然不曾被人认出。我只觉精疲力尽，腿脚后背都酸痛不已，但是一心想再见父亲一面，平白添了不少气力，终于跑到自家所在的街中。”

张虎彪略停片刻，揩揩面上的湿汗，狄公示意班头递给他一杯浓茶。张虎彪一气喝下，接着叙道：“不料我却看见家门前站着几名衙役，心中惊骇万分。看来只能是为时已晚，家父定是承受不住我的玷辱门楣之举而自寻短见。为了确认虚实，我将两捆柴禾放在外面道边，从花园角门悄悄溜进院内，走近自己的卧房，透过窗户朝里望去，不料竟看见一个吓人的鬼影，正是主管阴曹地府的阎罗王，两眼喷火，对着我怒目而视！我既已成为害死自己生身父亲的逆子，必是无常鬼要追来索命了！想到此处，我只觉心神大乱，转身跑到外面街上，见四下无人，又一路奔进树林中去，在林间几经摸索，终于找回了岩洞。

“那人正在等我回来，一见之下便勃然大怒，脱去我的衣服，又是一顿毒打，连声吼叫着命我招出自己犯下的罪孽。我实在受不了如此折磨，再次昏厥过去。

“后来的经历更像是一场噩梦。我发起了高烧，全然不知世事，那人将我弄醒后，只给了一点水喝，接着又抽打一顿，并且从未给我松绑。我烧得头脑昏沉，除了身上疼痛难忍，还有一个可怕的念头始终萦绕不去，便是自己已然害死了两个平生至爱之人，我的慈父与爱妻……”

张虎彪说到此处声音渐低，脚底摇晃起来，终于精疲力竭，一头栽倒在地。

狄公命洪亮将张虎彪送至二堂，又道：“这后生遭遇甚惨，传仵作来将他弄醒，诊治身上的鞭伤，然后开一剂安神药，再换上一身干净的衣帽。一旦稍稍好转，立即报知与我，再询问一事便可将他打发回家去。”然后倾身向前，冲着和尚冷冷说道：“你还有什么话可说？”

那和尚虽然历事颇多，以前却从未踏入过衙门一步，因此尚不明白公堂上的森严律例与残酷刑罚。张虎彪说到后面，和尚听得十分恼火，口中兀自骂骂咧咧起来，被班头狠狠踹了几脚，方才闭口噤声，如今见老爷问话，便傲然答道：“小僧我有一事不服——”

狄公使个眼色，只见班头挥起长鞭的手柄，冲着和尚面上猛击一下，呵斥道：“跟老爷恭敬回话！”

和尚被打后勃然大怒，起身欲朝班头还手。旁边几名衙役早有防备，立时拥上前去棍棒相加。

“等此人学会了出言恭顺有礼，再来报知本县！”狄公对班头吩咐一句，随后便开始整理面前的公文。

过了半晌，传来泼水在地的哗哗声，可知衙役们正提来大桶冷水，浇在和尚身上将他弄醒。班头随即报曰老爷可以继续问话。

狄公朝下一瞧，只见和尚头上开了几道口子，鲜血汩汩流出，左眼紧闭，右眼失神地望向这边。

“本县听说你对几名赌客讲过与毛禄打交道之事，”狄公说道，“当堂从实招来！”

和尚朝地上啐了一口血沫，口齿略显含混地叙道：“那天晚上，一更刚过，小僧打算去城里走上一遭，刚走到破庙背后时，看见有人在一棵树底下挖坑。月亮出来一照，我便认出那人正是毛禄，手拿一把斧子当作锄头，看去急急忙忙。我心想这人八成是有什么鬼名堂，虽说赤手空拳或是拼刀子我都不怕他，但他手里拿着斧子，还是不得不小心一二，于是站在原地观望，并未上前。

“我眼看他挖好了坑，将斧子和一只木箱扔了进去，然后用两手掬土将坑填平。我这才走上去，口中招呼道：‘毛老弟，我来帮你一把如何？’他只是半开玩笑地说道：‘你来得太晚了，和尚！’我说：‘你在地里埋了什么东西？’他说：‘只是几样旧工具而已，再没别的。不过那边的破庙里可是有更好的东西哩！’他甩甩衣袖，我听见里面有钱响声，又说：

‘分一点给我这穷苦人如何?’他上下打量我几眼,说道:‘算你今天走运!我揣了些劫来的钱财,从庙里跑出来,被里面的人看见,追来寻我的晦气,总算在树林里将他们甩掉了。如今只有一人还留在破庙中,你赶快去吧,趁着他们还没回来,能拿多少就是多少,我已经拿得不能再多了!’说完便转身走开。”

和尚抿抿红肿的嘴唇。狄公示意一下,班头上前递过一杯浓茶,和尚一气喝干,朝地上啐了一口,接着叙道:“为了确认他说的都是实情,我先在地上挖了半日。这厮倒真是没说假话,土里埋的果然只是一只木箱,里面装着几件木匠用的旧工具。然后我又去了那破庙里,其实本该想到哪有这等好事!庙里只有一个老秃驴在呼呼大睡,还有一口棺材摆在空空的大殿内!那狗娘养的定是编了一套瞎话专为甩掉我。就是这些,老爷要是想知道更多,还是逮住毛禄那厮去问他好了!”

狄公捋着颊须,断然说道:“你可招认劫持那个青年后生又毒打凌虐之罪？”

“我又不曾帮他从官府衙役的手中逃走！”和尚阴沉说道，“总不能指望我好水好饭地招待伺候，又不图一点好处吧。都是他不肯乖乖听话，我自然得稍稍教训一下不可。”

“休想推诿抵赖！”狄公喝道，“你可承认将他劫到你住的山洞内，又用柳条抽打过数次？”

和尚斜眼一瞥正在摩挲长鞭的班头，耸耸肩膀，口中咕哝道：“好吧，我认罪就是！”

狄公示意一下，书办大声读了一遍和尚的口供，与张虎彪有关的部分供词，措辞要比和尚自己叙述的更为确凿严重，不过和尚仍然承认一切属实，并按过指印。狄公宣道：“本县将对你数罪并罚，严加惩处。不过你与毛禄见面一节尚需证实，姑且不做判决，暂时关入大牢。若是本县查出你的口供有不实之处，你可仔细会有何等下场！”

和尚被带下去后，洪亮上来报曰张虎彪已颇有好转，不一时便由两名衙役带上堂来。只见他换了一身干净的蓝布袍，头戴一顶黑帽，遮住了光光的头皮，虽然面色憔悴，仍看得出是个相貌清俊的青年公子。

张虎彪细听书办念过自己的口供记录，然后按下指印。狄公庄容宣道："张虎彪，你的所作所为十分愚蠢，且又严重妨碍了官府办案。念及你过去几日内遭遇惨苦，算是抵过了应受的责罚。本县这里有个好消息告诉你，令尊不但安然无恙，并且从未责怪过你，以为你自寻了短见，一时五内俱焚、痛彻心扉。由于你新婚妻子暴死，令尊被人控告与此事有涉，因此你才会看到家中出现衙役。你以为卧房中出现的鬼影，其实正是本县。当时你头脑昏乱，看见本县的模样，定是吓得不轻。

"还有一件憾事，便是你那新婚妻子的尸身不知为何失踪不见。官府正在全力勘查此事，待找到后，再妥善入殓下葬。"

张虎彪双手掩面，低声饮泣起来。狄公稍等片刻，接着说道：“在送你回家之前，本县还有一事要问。除了令尊之外，可有其他人知道你用过‘竹林生’这个别号？”

张虎彪木然答道：“回老爷，只有爱妻知道。我与她相识之后，才开始用此别号，并且只是题在为她所作的诗稿上。”

狄公朝后靠坐，说道：“好了！折磨你的恶人已被关入大牢，届时将会受到严惩。张虎彪，如今你可以走了。”又命马荣找一乘小轿来，将张虎彪送回家去，再将看守张家的众衙役召回，并告知张文章解除禁闭，说罢一拍惊堂木，宣布退堂。

狄公回到二堂，在书案后落座，见陶干与洪亮乔泰一道坐在对面，对他微微一笑，说道：“陶干，这件差事你办得甚好！除了刘月仙的尸身尚未寻到之外，刘张两家的讼案就此了结！”

“毛禄定会道出实情来，老爷！”洪亮说道，“显见得正是他杀了毛源又劫去钱财。等我们将他捉拿归案，此人必会供出刘月仙的尸身到底下落何在！”

狄公似是并不赞同，徐徐说道：“毛禄为何要将尸身挪走？据我想来，毛禄在佛寺附近杀死了堂兄毛源，然后进入寺内，想找个地方藏匿尸体，正看见偏殿内有一口棺木。他手里有毛源的工具箱，轻易便可打开棺盖，但是为何不将毛源的尸体放在女尸上面就此了事？为何非要挪走女尸？如此一来，还是要面对同样的问题，即如何处置一具尸体。”

陶干把玩着颊上的三根长毫，一直从旁默默倾听，这时忽然开口说道：“或许在毛禄发现棺材之前，另有一人已将女尸挪走，定是为了某种原因拼命想要躲过尸检。那死去的女子总不会自行走开吧！”

狄公目光锐利地瞥了陶干一眼，将两手笼在袖中，默默沉思半晌，忽地直坐起来，拍案叫道：“正是如此，陶干！刘月仙并没有死！”

三名亲随闻听此言，目瞪口呆地望向狄公。

“老爷，此话怎讲？”洪亮[1]问道，“有大夫查验过她的尸身，宣布已是气绝身亡，还有一个从业多年的收尸人擦洗过她的尸身，随后又封在一口棺材里过了大半天！”

“非是如此！”狄公兴奋说道，“且听我说！你们可还记得仵作讲过，在此种情形下，女子常会昏厥过去，但是死亡却极其少见！没准她是一时昏迷，由于心神悸动而陷入了假死状态！医书上记载有人就是如此，呼吸完全停止，没有脉息，眼中无神，面相也仿佛死去一般。这种情形据说会持续数个时辰。

“如今已知刘月仙被匆忙放入棺内，然后又被立即送至佛寺。万幸用的是一口临时棺木，只用几块薄板钉成，我注意到板上有裂缝，否则她便会窒息而死。棺木被送入佛寺，待众人散去后，她定是恢复了知觉，大声叫喊并敲打棺板，但是偏殿中空无一人，

---

1 在荷文本中，此处为乔泰。

看守寺庙的老头儿偏又是个聋子！

“以上这些只是我的推断，毛禄杀死了堂兄毛源并盗去钱财，他想在佛寺中找个地方藏匿尸体，于是听见了棺材里传出的声音！”[1]

“他听到声音定会吓得半死！”陶干说道，“还不赶紧拔腿就跑？”

“我们猜测他并没被吓跑，”狄公说道，“而是拿出毛源的工具打开棺盖。刘月仙定会对他说出原委，并且——”声音渐低下去，皱着眉头恼怒说道，“不不，这里尚有一处不可解！毛禄听过刘月仙的述说后，莫非没有想过救了张家儿媳的话，张文章定会给他一笔丰厚的酬谢？为何不立即将刘月仙送回张家？”

“回老爷，我想是刘月仙看见过毛源的尸体，”陶

---

1 在荷文本中，此处还有“三名亲随互相看了一眼，洪亮若有所思地点点头，狄公接着说道”。

干说道，“于是她便成了毛禄所犯罪行的证人，毛禄害怕刘月仙会告发他。”[1]

狄公连连点头说道：“定是如此！于是毛禄决意要带着刘月仙远走他乡，先避一阵风头，直到听说棺木已入土下葬，再让她自己拿主意：或是被卖到妓院为娼，或是被送回家去，条件是答应对张文章说些毛禄如何救下自己的好话。如此一来，毛禄横竖都能赚得一笔横财！”

“但是毛禄挖坑掩埋工具箱时，刘月仙又在哪里？”洪亮发问道，“况且和尚分明说过他在寺内到处看过，并没发现有什么女子。”

“等我们将毛禄捉拿归案时，自会真相大白。”狄公说道，“我们还已知道，这几日里，毛禄将刘月仙就藏在鱼市后面的妓院中！独眼汉子口中所说的‘毛禄的小娘儿们’，必是刘月仙无疑！”

---

1 “于是她便成了……会告发他”不见于荷文本。

一名衙吏进来送上午饭，正在桌上摆放碗碟时，狄公又道："关于刘月仙的推断，倒是不难证实。你们三个现在便去用饭，然后乔泰去将那妓院老板带来，他自会道出毛禄带去的女子是何样貌。"说罢举箸欲食，三名亲随一齐告退。

这一餐饭狄公吃得心不在焉，脑中反复思量着刚刚发现的新线索。刘张两家的讼案自是可以告终，只有若干细处尚需澄清，真正的难题在于找出此案与杏花被害一案之间到底有何关联。如今可知张文章清白无辜，不过从整个事件看来，刘飞波却是行止古怪。

一时衙吏进来收拾碗筷，又沏上一杯热茶，狄公从抽斗中取出与花船命案有关的文书，缓缓捋着颊须，重又细看起来。

过不多时，四名亲信一同走入。马荣开口说道："这回我总算看见那张老先生动了真情！见到儿子时好不欢喜哩！"

"他们几个想必已对你讲过，"狄公对马荣说道，

“张家新妇刘月仙很可能还活着。乔泰，你可带了那妓院老板前来？”

“带来了！”马荣替乔泰答道，“我瞧见一个美人儿正在外面廊上等候！”

“叫她进来！”狄公命道。

只见乔泰引着一个妇人走入，身材高挑，瘦骨嶙峋，相貌十分粗陋，上前躬身下拜，张口哀哀诉道：“老爷在上，这位大爷竟不肯给点工夫让我换身体面衣裳，如此模样就来拜见老爷，实在罪过！我对他道是——”

“你且闭嘴，先听本县说话！”狄公喝道，“你既然知道本县随时都可下令关了你的妓院，因此还是小心为上，讲出所有实情。毛禄带去你处的女子，究竟是谁？”

老鸨双膝跪下，口中哭告道：“我就知道那泼皮无赖非得连累我惹上麻烦不可！老爷开恩，一个孱弱的妇道人家又能如何！那厮定会割断我的喉咙，只求老爷大发慈悲！”说罢大哭起来，伏在地上连连叩头。

“不许高声叫嚷！”狄公怒道，“你只说那女子是谁！”

“我哪里会认得那小妮子！”老鸨哭叫道，“毛禄带她去我那里时，已是三更半夜，我指天发誓以前从没见过她！身穿一件古里古怪的单袍，看去吓得面无人色。毛兄弟说道：‘这小妞儿不识好歹，得了我这么一个好汉作夫婿，竟还死活不肯！我非得给她点教训不可！’我看那可怜的姑娘一脸病病怏怏，便对毛禄说不如让她先单独睡上一夜。老爷明鉴，我这人就是如此，向来乐意厚待他人，于是将那姑娘领到一间上房内，端给她一碗好米粥和一壶茶，又说：‘姑娘先去睡吧，不必担心！明早一觉醒来，自会万事大吉！’”

那老鸨深深叹了口气，接着又道：“老爷可是不知道那些姑娘们！总以为第二天一早，她多少总该谢我两句，谁知根本没有！反而踢着房门高声叫喊，把一院子人都吵了起来。等我开门进去时，她破口大骂我和毛兄弟，还说了一堆蠢话，什么自己出身良家，被人绑到此处云云——她们个个口中说出来的都是这一套话，只有一个法子能让她们懂点规矩，那就是尝尝鞭子的滋味。等毛兄弟一回来，她马上乖乖闭嘴，一声不响就跟着出门去了。就是这些，老爷！”

狄公厌恶地看了妇人一眼，意欲以凌虐他人的罪名将她拘捕，转念一想，这老鸨也只是依照自己惯常的路数行事而已，下层妓院从来都是不可或缺的罪恶渊薮，官府只能严加管束，使其不致逾矩太过，却无法保护那些不幸沦落风尘的女子们完全免遭凌虐[1]，于是厉声说道："你明明知道不许收留来历不明的陌生女子，不过本县姑且放过你这一遭，日后自会查证你说过的话，如果胆敢扯谎，必将受到严惩！”

---

1 “狄公厌恶地看了妇人一眼……完全免遭凌虐”不见于荷文本。

老鸨伏在地上再度叩头，口中称颂不已。狄公递个眼色，让陶干带她出去。

狄公肃然说道："我们的推断看来不差。刘月仙果然尚在人间，不过落入毛禄手中，或许真是生不如死！我们必须尽快抓住毛禄，将刘月仙从那无赖手中解救出来。他们去了一个名叫三橡岛的地方，在江北县界内。有谁曾听说过那地方？"

陶干说道："回老爷，我虽然从没去过，不过听人议论不少！那里有一片大小岛屿，或者说是一块沼地，就在大河之中。沼地上生有茂密的灌木丛，树根长年泡在水里，地势较高的地方长着古树密林。一些不法之徒聚集其中，他们不但知道如何沿着水路出入，还向过往船只收取买路钱，并时常骚扰沿岸村庄，号称共有四百多人。"

"官府为何不清剿这伙匪徒的巢穴？"狄公惊问道。

陶干撇一撇嘴，答道："回老爷，这事可不易办！要是动用船只在水上作战，必会伤亡甚众。那片沼地必须驾小舟才能进得去，大型战船吃水太深，在浅滩中派不上用场。匪徒们若是张弓射箭，船上的官兵极易成为靶子。我还听说在河流沿岸设有一连串关卡，还派了军兵在整个地方四处巡逻，本想将沼泽封锁隔绝，逼得匪帮出来投降，没想到那伙贼人已经盘踞多年，并且与外边有了各种秘密往来交通，想要追查也甚为困难。直到如今，那伙人还从不见有过缺粮缺物的迹象。”

“听去着实糟糕！”狄公感叹一声，看着马荣乔泰问道，“你们觉得能否将毛禄和刘月仙从那里弄出来？”

“回老爷，乔大哥与我一定会尽力去办！”马荣欣然答道，“这正是我二人该做的活计！为了打探一下情势，最好此刻便动身出发！”

“好！我这就写一封引介的书信给江北县令，你二人可请他协助一二。”狄公说罢，提笔迅速写下一封官书，盖上县令大印后交给马荣，又道，“祝你们好去好回！”

第十五回

捉头领人去楼已空
审走卒未语身先死

THE CHINESE LAKE MURDERS

马荣乔泰走后，狄公对洪亮陶干说道："那两位好汉去了江北，你我也不能在此无所事事。方才用饭时，我一直在寻思刘飞波与韩咏翰，这二人皆是杏花被害一案的主要嫌犯。如今我不打算再坐视他们有何举动，今日便要下令捉拿刘飞波！"

"老爷，我们不能这般行事！"洪亮惊叫道，"如今只是隐约怀疑而已，怎能——"

"我当然可以下令捉拿刘飞波，而且主意已定。"狄公断然说道，"刘飞波在公堂上控告张文章犯下一桩重罪，如今证明不实。若是我将此事轻轻放过，想必也不会受人指责，尤其是彼时刘飞波满腔悲愤，并且张文章也不曾当场控诉刘飞波造谣毁谤。然而律法规定诬告他人者反坐，即身受与所告罪名相应的刑罚。至于对此如何适用，律法中有着宽泛的界定，但是这次我却决意要以字面作解。”

虽则洪亮面露忧色，狄公仍是提笔签发了拘捕刘飞波的指令，然后又取出一张公文格目，一边书写，一边说道：“万一帆当日在公堂上关于其女与张文章一事供述不实，我也下令将其一并抓获。你二人立时带上四名衙役去刘府，将刘飞波捉来。洪亮，你出门时，顺路命班头带上两人去捉拿万一帆，然后将人犯用两乘密不透风的小轿送至衙院，再关入大牢内，牢房要离得远些，务必使他们同在其中却彼此互不知情！等晚衙开堂时，我将提审这二人，必会问出一些消息来！”

洪亮看去仍是疑虑重重，陶干却咧嘴笑道：“赌博时亦用此法：要是骰子掷得好，就会时常抛出一对好点数来！”

洪亮陶干离去后，狄公从抽斗中取出那幅棋局，纵然并无十分把握能让两名亲随信服，但却深感必须率先出击以取得主动，要达到这一目的，拘捕刘万二人则是唯一能想到的方法。狄公在座中一转，从身后的橱柜里取出棋盘，依照图中所示布下黑白子，心中深信杏花定已窥探出所谓密谋的关键正在其中。此局创制于七十多年前，许多高明的棋手曾试图破解，却都徒劳无功。杏花并不会弈棋，她之所以选中这张，必定意不在棋，而是另有与棋无关的含义，或许是某种画谜？[1]狄公紧皱眉头，重又开始布子，试图解出其中隐含的深意。

与此同时，洪亮吩咐班头去捉拿万一帆，自己则与陶干直奔刘家宅院，为了谨慎起见，另有四名衙役抬着一乘遮挡严实的小轿，稍稍拖后几步跟在后面。

洪亮叩响朱漆大门。只见窥孔打开，洪亮出示官文，说道："县令老爷命我等前来面会刘先生。"

看门人推开大门，请两位官差先在门楼的小客堂

---

1 "此局创制于……某种画谜"不见于荷文本。

内等候，过不多时，便有一位老者出来，自称是宅内管家，“我家老爷此时正在花园内小憩，不可打搅。二位要是有何公干，小民自可效劳一二。”

“我等受了老爷严命，务必与刘先生亲见不可，”洪亮说道，“你最好去唤他醒来！”

“万万不能！”管家惊叫道，“如此一来，非得砸了小民的饭碗不可！”

“那你就带我们进去见他，我们亲自将他唤醒！”陶干冷冷说道，“老兄前头引路，莫要妨碍了官府执行公务！”

管家立时大怒，气得花白山羊胡一抖一抖，转身走入宅内，洪亮陶干紧随其后，穿过五彩地砖铺成的阔大庭院和四道弯曲回廊，朝一个大花园而去。只见四面围墙环绕，宽阔的汉白玉平台上摆着成排的瓷盆，盆内植有珍稀花卉。花园布局精巧，地中央有一莲池，管家引路绕池而行，后方一座假山，许多形状色彩各异的大石用石灰浆黏合在一处。假山旁边有一间竹子搭成的凉亭，上面爬满了密叶青藤。管家伸手一指凉亭，含怒说道："我家老爷就在里面，请二位自行前去，小民留在这里等候。"

洪亮拨开藤条绿叶，见亭内十分凉爽，只有一把藤椅与一张小茶几，却是空无一人。

二人见此情形，迅速走回管家那边。洪亮怒斥道："休要愚弄我们！刘飞波不在里面！"[1]

管家惊骇不已，思忖片刻，方才说道："老爷定是去书斋了。"

"那我们也照去不误！"陶干说道，"前面带路！"

管家引着二人又穿过一道长廊，停在一扇乌木大门前，门上饰有金属制成的繁复花卉纹样。管家连连叩门，里面却无人应答，伸手一推，发现已上了锁。

"你且闪开！"陶干不耐烦地叫道，从阔袖中掏

---

1 在荷文本中，此处还有"管家面上变色，吞吐说道：'这……这怎么可能！我明明……'洪亮斥道：'莫非又要说你家主人失踪不见了！'"

出一个小包裹，从中取出几样铁器，在门锁上捣鼓几下，只听“咔哒”一声，门扇随即洞开。书斋十分阔大轩敞，里面陈设华丽，所有桌椅书架皆是乌木雕花制成，不过仍是不见一个人影。

陶干径直走到书案前。只见所有抽斗皆被拉开，文书字纸散落在厚密的宝蓝地毯上。

“定是有窃贼进来过！”管家出声叫道。

“与窃贼什么相干！”陶干斥道，“那些抽斗全是用钥匙打开的，又不是使蛮力撬开。银柜在哪里？”

管家手指颤颤，指向墙上的一幅古画卷轴，正悬在两排书架之间。陶干上前将画轴推到一旁，露出一个嵌在墙内的四方形铁柜，柜门未锁，里面已是空空如也。

“这银柜也不是撬开的，”陶干对洪亮说道，“我们须得搜查整个宅院，不过恐怕已经迟了一步，叫他逃之夭夭了！”

洪亮叫进四名衙役，命令彻查刘府，就连女眷内宅也不曾放过，却是到处都不见刘飞波的踪影，自从午饭后，便没人再见过他。

洪亮陶干怏怏转回县衙，在庭院内遇到班头，听班头报曰倒是不费吹灰之力就逮住了万一帆，如今已将人带回，并关入大牢之中。

二人进入二堂时，只见狄公仍在一心研究棋局。洪亮开口禀道："老爷，万一帆已被成功拿住，不过刘飞波却遁迹失踪了！"

"遁迹失踪？"狄公惊问道。

"他随身带走了所有的银钱与重要文书！"陶干从旁说道，"定是一声不响从花园角门溜了出去。"

狄公一拍书案，懊悔叫道："我动手太迟了！"说罢从座中跃起，在地上团团疾走，半晌后忽又停下，恼怒地说道，"都怪那蠢秀才张虎彪！我要是早知道张文章清白无辜的话——"用力揪揪胡须，忽又说道，"陶干，你立即去将梁芬带来！在晚衙开堂之前，还来得及问他几句！"

陶干领命匆匆出门后，狄公对洪亮说道："刘飞波逃走对我们十分不利！杀人案固然重大，但是还有更甚于此者！"

洪亮想要开口询问一二，但见老爷双唇紧闭、面色凝重，便不再出声。狄公又踱了几步，反剪两手立在窗前。

陶干很快领人回来复命，梁芬看去比上次见面时更加局促不安。狄公背靠书案，抄着两手，并未让梁芬坐下，目光深沉紧紧盯住对方，开口说道："梁公子，本县就打开天窗说亮话，我怀疑你与一桩罪案有关。只是为了顾及梁大人的体面，才叫你来这里问话，而非是传唤至公堂上！"

梁芬面如死灰，开口欲言时，却被狄公扬手止住，"其一，你所说的梁大人年老昏聩变卖家产一事，虽则听去令人动容，不过也可看作是你趁着梁大人昏聩不明而侵吞梁家钱财。其二，我在舞姬杏花的房中找出几封情书，其中正是你的笔迹。最后几封信里，你意欲断绝来往，想来便是因为移情别恋，转而迷上了韩咏翰的女儿韩柳絮。”

“老爷怎会知道此事?”梁芬冲口叫道，“我们不过——”却被狄公再次打断。只听狄公接着又道：“案发时你不在花船上，因此非是杀死杏花的凶手，但是你二人却有私情，曾在你的房中秘密幽会，让她从小花园的后门进来真是易如反掌。且慢，我还没有说完！我对你的私事毫无兴趣，这一点你大可放心，哪怕你与绿柳坊中的每个姑娘都打得火热。不过你必须原原本本道出与杏花的私情，已经有过一个蠢材妨碍本县办案，我不想再重蹈覆辙！赶紧说出实情！”

“没这回事，老爷！小生可以起誓！”梁芬失声叫道，绝望地绞扭着两手，“我从不认识杏花姑娘，也从没侵吞过主家一文钱！不过有一事须得承认，并且心甘情愿在此承认不讳，我确实对韩小姐十分爱慕，看似她也对我有意。我虽然从未与她说过话，不过时常在孔庙花园中遇见，且又——既然老爷连我最隐秘的心事都已洞悉，定也知道其他说法皆为子虚乌有！”

狄公递给梁芬一封书信，问道：“这信是不是你写的？”

梁芬仔细看了半日，将信还给狄公，平静说道：“这上面确是模仿了小生的笔迹，甚至模仿得颇为精细传神，不过并不是我写的，那人定是拥有许多我手写的字迹以作为参照。[1]小生言尽于此！”

狄公狠狠地瞧了梁芬一眼，断然说道：“万一帆已被官府拿获，晚衙即将开堂，本县自会提他问话。你必须在场听审，现在便可转去大堂。”

梁芬出门后，洪亮说道：“我看梁芬说的俱是实情，老爷！”

狄公未置一词，示意洪亮帮自己换上官服。

---

1 在荷文本中，此处还有“伯父的书案上常堆着许多小生写的文书，我在此地从未与人通信，因此作伪者必是那掮客万一帆！”

只听三声锣响，昭示晚衙开堂。狄公走出二堂，洪亮陶干跟在后面。狄公在案桌后坐定，看见下面只有十来个看众，汉源百姓显然不再冀望会听到什么惊人的消息。不过韩咏翰与梁芬均站在前排，后面还有苏掌柜。

狄公点过一众衙员后，写了令纸交给班头，命他去牢中提万一帆上堂。

万一帆神色自若，对于被官府捉拿全然不以为意，对着狄公放肆地瞥了一眼，双膝跪地后，从容报上姓名生业。

狄公说道："本县已有证据，查明你曾在公堂上供述不实，当日分明是你自己意欲说服张文章娶你的女儿。你是想先听详情，还是痛快认罪？"

"小民知道自己当日言语偏颇，致使老爷有此误会。"万一帆恭敬答道，"皆因刘飞波既是小民的好友，又是生意上的主顾，他上堂状告张文章，小民助友心切，于是行事不当。根据律法，只要交保，小民便可被释放，然后等待缴纳罚金，恳请老爷定下保金数目，刘飞波无疑会乐意为小民担保并缴纳保金。”

“本县亦有证据，证明你利用梁孟光梁大人年老昏聩，为了中饱私囊，撺掇他做下几笔可疑的银钱交易。”

万一帆看去仍是不为所动，泰然回道：“小民可不承认曾在生意上欺诈过梁大人。原是刘飞波介绍我与梁大人相识，建议梁大人出售田产也是他的主意。刘飞波很有远见，看出那些田产很快便会大幅贬值。还请老爷去找刘飞波对证。”

“此事本县无法做到，”狄公说道，“刘飞波已是不告而别，并卷走了所有现款与重要文书。”

万一帆惊跳起来，面色惨白，出声叫道：“他去了哪里？莫非是京师长安？”

班头想要上前摁着万一帆跪下，狄公迅速摇头示意不可，然后说道：“刘飞波失踪不见，连他的家人都不知他去了哪里。”

万一帆顿时失去自持，额上汗出如浆，喃喃自语道："刘飞波已经跑了……"又抬头望向狄公，缓缓说道，"既然如此，小民须得重新想一想方才说过的话。"迟疑一下又道，"还请老爷容我思虑斟酌一阵。"

"本县准许！"狄公立即答道，此时分明看见万一帆眼中流露出求乞之色[1]。

万一帆被带下去后，狄公举起惊堂木，正要拍案退堂，却见苏掌柜与两个行会中人走上前来，一个道是玉工，另一个则是卖玉的商人。那商人卖给玉工一块翡翠，玉工将其切割成小块时，发现竟有瑕疵，于是不肯付钱。由于他是在切割之后才发现玉质不良，因此也无法将其还给商人。苏掌柜试图调解，奈何二人都是执意不从。

狄公耐心听取双方长篇大论讲述始末，四下一望，发现韩咏翰已经离去。待苏掌柜陈词过后，狄公

---

1 "此时分明看见万一帆眼中流露出求乞之色"不见于荷文本。

对那二人说道："本县认为你二人皆有过错。作为行家里手，玉商在购入时，理应注意到货物带有瑕疵，而玉工身为阅历丰富的匠人，亦应在切割翡翠之前便发现上有瑕疵。商人当初花了十两银子买入，又以十五两的价格卖给玉工。本县判商人还给玉工十两银子，切割后的碎块由你二人平分，如此一来，每人赔上五两银子，算是从业不精的代价。"说罢一拍惊堂木，宣布退堂。

狄公回到二堂，对洪亮陶干满意地说道："万一帆有话要对我说，只是不敢在公堂上当众吐露。虽然私下审问犯人有悖律法，不过在这桩案子里，我打算破例一回。此刻便将他带来，你们一定也留意到他曾口称刘飞波跑了。我们将会听到更多——"

这时房门忽然开启，班头急急跑入，后面跟着狱吏。那狱吏喘息说道："启禀老爷，万一帆自寻短见了！"

狄公一听，冲着狱吏拍案喝道："你这狗头，莫非事先没有搜过他身上？”

狱吏连忙跪倒在地，“回老爷，小人将他关入牢中时，担保他身上并没揣着点心！定是后来有人悄悄将那下了毒的糕饼送入他的牢中！”

“这么说是你放人进去看他！”狄公叫道。

“没有外人进过大牢，老爷！”狱吏哭告道，“小人真是一点都摸不着头脑！”

狄公起身出门，洪亮陶干跟在后面。众人穿过庭院，走过公廨后的长廊进入大牢，狱吏提着一盏灯笼在前引路。

牢房中有一张当作床铺用的木榻，万一帆正躺在榻前的地上。狱吏举灯一照，只见他面目扭曲变形，口中满是血沫。狱吏默默朝地上一指[1]，只见死者的右手边有一块小圆饼，上面缺了一线，万一帆显然只咬了一口便毒发身亡。狄公弯腰细看，正是街市上四处

---

1 在荷文本中，此句为“狱吏说道：‘毒药定是放在那块糕饼里。’”

售卖的红豆馅甜糕，不过饼面上并未印有常见的糕饼铺标记，却是一朵小小的莲花图样。

狄公取出手帕，将豆糕包裹起来纳入袖中，转身默默走回二堂。

洪亮陶干忧心忡忡，望着老爷面色凝重在书案后坐下。狄公心知有人将这致命之物送进去时，牢房内十分幽暗，上面的莲花并非是给万一帆看的，而是专为汉源县令所设，这正是来自白莲教的警告！想到此处，不禁疲惫地说道："万一帆被人灭了口，那有毒的豆糕是由衙内某人送去，可知在我手下确有奸细！"

第十六回

闯江北处处惹骚乱
躲暗地节节胜匪徒

再说马荣乔泰，在公廨中研究过全州舆图后，拟出一个远行办案的大致计划来。

二人选了两匹好马，离开汉源城，一路朝东驰去，又顺势下到平地上，沿着官道直走了两刻钟。马荣勒住坐骑，说道："我们要是横穿右边这片稻田，会不会很快走到界河附近？据说从桥头关卡顺流下去，大概还有四十多里水路。"

"大致不差。"乔泰赞同道。

二人顺着田间窄道一路驱马前行，天气十分闷热，看见前方有个小农庄，不禁十分欢喜。农夫从井中汲出一桶水来，二人喝了个满饱，又送上一把铜钱，托付他照管马匹。待那人将马牵走后，马荣乔泰便将头发弄得散乱，用一根布条扎起，脱去脚上的马靴，从鞍袋里取出草鞋换上。乔泰一边卷起衣袖，一边大声说道："兄弟，如今这副模样，倒像是你我当年出没绿林时的光景！"

马荣朝乔泰肩上一拍，二人各自从篱笆上抽出一根粗粗的竹竿，沿着小路朝河边走去。

河边有个老渔夫正在晒渔网，驾船将二人送到对岸，收了两个铜板。马荣付钱时问道："这附近一带没有官兵吧？"

老渔夫惊恐地看了二人一眼，摇了摇头，急忙转身朝自家小船走去。

马荣乔泰穿过高高的芦苇丛，直到走上一条蜿蜒的乡间小路。乔泰说道："这就对了。从那图上看去，这条路直走下去便有村庄。"

二人将竹竿扛在肩头，一边行走，一边兴冲冲地哼唱着一支三流小曲，过了大约两刻钟，果然看见前面出现一座村庄。

马荣走在前头，踏进乡村集市的一家饭铺中，在木头条凳上重重坐下，大叫上酒。乔泰随后走入，坐在马荣对面，开口说道："兄弟，我已四下看过，一切平安无事！"

旁边桌上围坐的四个老农一听这话，朝二人惊恐地望了一眼，其中一个将小拇指一弯做个手势，示意此乃剪径强人，其他三人连连点头。

掌柜跑来送上两壶水酒，乔泰一把揪住他的袖子，大声斥道："你这狗头到底是何意思？将这小壶端走，送一整坛酒来！"

掌柜连忙快步出去，旋即与其子合力抬进一只三尺来高的酒坛，还有两支长柄竹杓。

"这就好得多了！"马荣叫道，"省了那些劳什子酒杯酒壶！"二人一路走来，只觉口干舌燥，于是手持竹杓伸入坛内舀酒，痛快畅饮起来。掌柜又送上一碟腌菜，乔泰舀出一勺，见其中加有不少大蒜和红辣椒，咂咂嘴快意说道："兄弟，比起你在城里弄到的那些中看不中吃的小菜来，这个更有味道！"

马荣口中正塞得满满，只是点头称许。二人灌下半坛酒后，又吃过一大碗面条，喝了几口略带苦味的乡间粗茶漱漱口齿，起身在腰间摸钱。掌柜连忙推辞不受，道是二位客官前来光顾甚感荣幸，马荣仍是执意付了酒饭钱[1]，还加上一笔丰厚的赏金。

二人走到外面，躺在一棵大杉树下，不过片时便鼾声大作起来。

不知过了多久，马荣忽觉腿上被踢了一下，于是猛醒过来，坐起一看，却是五人手持大棒站在旁边，后面围着一群乡民，伸手捅捅乔泰肋间，二人从地上起来。

“我等乃是江北县衙官差！”一个矮胖男子大声叫道，“你们是什么人？从哪里来的？”

“你是瞎了眼还是怎的！”马荣傲然答道，“我乃本州节度使是也，如今微服出行，尔等看不见么？”

众人闻听哄笑起来。那衙役班头举起大棒作势威

1　在荷文本中，此句为“但是马荣执意要付钱，数出几枚铜板放在桌上，说道：‘下次我们兄弟没钱了，再来白吃你一顿！’”

胁，马荣一把揪住对方的衣领，将他提至双脚离地，然后一通猛力摇晃，直晃得那人牙齿格格打颤。众衙役想要上前拦阻，只见乔泰将竹竿一挥，伸到身量最高一人的两腿之间，将他掀翻在地，又舞动竹竿从那几人头顶呼呼掠过，差点打在对方身上。在众人的嘲笑声中，几名衙役抱头鼠窜，乔泰大骂着紧追不舍。

那班头倒是颇有几分胆量，奋力想要挣脱出来，冲马荣腿上狠狠踢了几脚。马荣将他"砰"的一声撂在地上，转手拣起竹竿。班头手持大棒冲马荣头上打来，马荣用竹竿一挡，顺势狠狠打中对方手臂。班头扔了大棒，想要徒手抓住马荣，却见马荣挥着竹竿左右开弓，总是不得近前，头上还险些挨了一下，眼见力不能敌，于是转身拔腿就跑。

一时乔泰回来，喘息说道："这帮鸟人全都溜了！"[1]

1　在荷文本中，本段开头还有"'若是跑去追那狗头，非得热死我不可！'马荣对众乡民说道"。

“二位算是给了他们一顿好教训！”一个老农满意地赞道。[1]

饭铺掌柜一直远远围观，这时走上前来，对乔泰焦急地低声说道：“两位好汉最好快快离开此地！县令手下有官兵在此，不一刻便会前来捉拿！”

乔泰[2]搔搔头皮，懊悔说道：“这我倒是不知！”

“不必担心！”掌柜又低声道，“小犬自会带你们穿过庄稼地去河边，那里停着一条船，划上一半个时辰，便可抵达三橡岛。到时只要说是老邵派来的，那边的人自会助你们一臂之力。”

马荣乔泰匆匆谢过掌柜，跟着那小后生悄悄钻过稻田，在泥泞的地里走了长长一段路。小后生停住脚步，伸手一指前头的一排大树，“二位到了溪边，就会看见藏在那里的小船。水势会送你们正好过去，路

---

1 此段不见于荷文本。

2 在荷文本中，此处为马荣。

上且请放心，只需留神河中的涡流即可！”

在灌木丛中，马荣乔泰果然毫不费力便寻到小船。上船之后，马荣将竹竿伸到树丛底下一撑，小船便离开岸边，一条大河蓦然出现在二人眼前。

马荣放下竹竿划起桨来，小船顺流而下，漂入混浊的河中，很快便远远离开了河岸。

“这船走在如此一条大河里，是不是太小了一点？”乔泰两手紧紧抓住船舷，忐忑说道。

“老兄不用担心！”马荣笑道，“别忘了我可是家在江苏，打小就在船上长大！”

马荣用力划桨，绕过一处涡流，小船行入河中央，岸边的芦苇丛远远望去好似一道细线，不一刻便全然消失不见，触目皆是汹涌翻腾的黄褐色浊流。[1]

“满眼都是河水，看得我直是要睡过去！”乔泰埋怨一句，在船内仰面朝天躺下，从此再未开口，半

---

1 此段不见于荷文本。

闯江北处处惹骚乱

个多时辰静静过去。马荣见乔泰当真睡去，只得专心全力驾船，忽然开口叫道："快看！那边有绿色！"

乔泰坐起身来，只见前方果然显出一块块绿地，仅比水面高出一尺左右，上面水草丛生。又过了两刻钟，小船已划入较大的岛屿之间，岛上灌木密布。此时天色渐暗，周围传来水鸟古怪的鸣声。乔泰侧耳细听，忽然说道："这不是平常的鸟叫，而是军队巡查时用的暗号！"

马荣低声咕哝几句，在弯曲的溪流中驾船很是费力，忽然木桨脱手，船身开始剧烈摇晃，船尾附近的水中冒出一颗湿漉漉的人头，后面紧接着又冒出两颗来。

"坐好别动，不然我们就把这船掀翻！"有人叫道，"你们是什么人？"

说话那人伸手扳住船舷，泥水从头上滴下，看去活像一个怪模怪样的水鬼。

"上游村子里的老邵叫我们来的，"马荣说道，

“只因与官府衙役惹出了一些麻烦。”

“有话对头领说去！”那人将木桨还给马荣，又道，“直朝前去，看见亮光就到地方了！”

在一个草草搭成的高台上，六名手持兵器的大汉正在立等马荣乔泰。领头的手提一盏灯笼，乔泰借着灯光，看见人人身着军服，只是未见佩戴徽识。二人被引着走入一片密林之中。

只见树丛中闪着点点灯火，一行人走入一片开阔地中，约有上百人正围在一堆堆篝火旁，架起铁锅煮着米粥，个个全副武装。尽头处只见三棵巨大的老橡树，树下有四人坐在脚凳上，马荣乔泰被带到近前。

“报告头领，这就是巡兵发现的两个家伙！”领头之人恭敬禀道。

头领看去宽肩阔背，穿一件紧身锁子甲，套一条肥大的黑皮裤，头上扎一块红头巾，一双冷酷的小眼对着马荣乔泰上下打量，大声说道：“你们两个姓甚名谁？从哪里来的？为何要投奔这里？从头至尾说个明白！”

乔泰听此人说话响亮干脆，似是军官口吻，心想不定是个军中逃卒。

“报告头领，小人名叫荣保，”马荣赔笑说道，“我二人本是一对绿林兄弟。”接着讲述一番如何与众衙役大打出手，饭铺老板又如何送他们前来三橡岛，又道是如果能被头领收下，自觉十分荣耀。

“我们先得查证你这一番说法是虚是实！”头领说罢，又对守卫命道，“带他们去那些人待的圈禁地中！”

马荣乔泰各自得了一碗米粥，然后被人带着穿过树林，来到另一片狭小的平地上。火把的光亮中，只见有一座木头搭成的棚屋，一名男子正蹲坐在前方草地上吃粥，另有一个村姑打扮的年轻女子，身着蓝布衣裤，跪在禁地边缘的一棵树下，也正手持碗筷，不停往口内送食。

“你二人不许离开这里！”守卫警告一声，然后抬脚走开。马荣乔泰盘腿坐在男子对面，那人郁郁望了这边一眼。

“我名叫荣保，”马荣亲热地招呼道，“请问老兄尊姓大名？”

“姓毛名禄。”那人不耐烦地答对一句，将吃空的饭碗扔给女子，喝道：“拿去洗了！”

那女子一言不发，起身拣起空碗，又等马荣乔泰吃罢，将他二人的碗也一并收走。马荣赞赏地打量几眼，只见她看去神情惨伤，走路有点艰难，不过显然容貌秀美。毛禄留意到马荣的眼神，不觉拧起眉头怒道：“那是我老婆，与你什么相干！”

“好个俊俏的小娘子！”马荣随口议论一句，“听我说，为何要将我等单独放在这边？让人瞧见，还以为是犯了什么过错！”

毛禄冲地上啐了一口，扭头朝四周看看，方才低声说道：“兄弟，这伙人可不是好相处的善茬！前几天我与一个朋友同来，那人是条好汉子。我二人想要入伙，头领问了一大堆话，我那朋友一时着恼，说话耿直了些，结果你猜怎么样？”

马荣乔泰摇摇头，只见毛禄伸出食指在喉头处一划，酸苦说道：“就是这样！然后将我打发到这里，如同坐牢一般！昨晚有两个家伙悄悄溜过来，差点将我老婆拖走，我不得已跟他们动手打了一架，直到守卫赶来将那二人逮去。虽说军纪严明，不过仍是一群乌合之众，真是后悔投奔了这里！”

“他们都做些什么营生？”乔泰问道，“我还以为这是一群讲义气的绿林豪杰，欢迎与他们同样的好汉入伙哩！”

“你去问他们好了！”毛禄轻蔑说道。

那女子折回这边，将饭碗放在树下。毛禄冲她叫道：“你连话都不跟我讲上一句？”

“你且自寻乐子去吧！”女子冷冷回了一句，转身走进棚屋。毛禄气得涨红了脸，却并未追将过去，口中怨骂道：“这小娼妇，明明是我救了她一命！到头来又得到什么好处？从来只是一张冷脸！她已经吃过一顿鞭子，没准儿还得再来一顿才顶用！”

“你想教一个娘儿们懂事听话，总得抽过许多鞭子才行。”马荣语重心长地说道。

毛禄起身走到一棵大树下，将落叶踢作一堆，然后躺下。马荣乔泰在另一边找了个地方，也躺在一堆干树叶上，很快便睡熟过去。

乔泰忽觉有人拍打自己的面颊，立时醒转过来，只见马荣凑到耳边低声说道：“大哥，我已四处看过，溪流里泊着两只大船，预备明日一早开出去，船上无人把守。我们将毛禄那厮敲晕，然后将他与小娘子放在一只船里。不过我们没法将那船从溪流开到河中去，非得有人熟悉水路不可。”

“你我就藏在船舱里！”乔泰低声说道，“明日一早，等那帮人将船开进河中，我们再跳出来，给他们一个出其不意。”

“好主意！”马荣赞道，“咱们要么制住他们，要么被他们制住，我就中意这简单明了的法子。他们一般不会在天亮前出发，且有工夫再睡上一阵。”过不多久，二人便鼾声继起。

及至天亮前半个时辰，马荣悄悄起身，摇摇毛禄的肩头，将他推醒。待毛禄从地上坐起，马荣一拳猛打在他太阳穴上，毛禄立时昏厥倒地。马荣从腰间解下细绳，将毛禄的手脚紧紧缚住，又从他外褂上撕下一条布来塞入口中，然后唤醒乔泰，二人一同走入棚屋。

乔泰摸出火镰打着了火，马荣去唤醒那女子，“张太太，我们两个专程从汉源县衙过来，受县令老爷之命送你回城。”

昏暗的亮光中，刘月仙面带疑色上下打量着二人，简捷说道：“你们再说明白些！要是过来碰我一下，我可要喊人的！”

马荣叹了口气，从绑在头上的布条底下取出狄公的书信递上。刘月仙看罢点了点头，迅速说道：“我们如何离开此地？”

马荣讲述了一番二人商定的计策，刘月仙说道：“天亮之后，守卫很快便会送来早饭，若是发现我们不见了，定会发出警示。”

“我昨晚忙活了半个时辰，已在林中相反的方向故意踩出一条路来。”马荣答道，“我们心里自然有数，你只管放心吧，妙人儿！”

“你说话时嘴巴放干净些！”刘月仙斥道。

“好个神气活现的小娘子！”马荣对乔泰咧嘴笑道。三人走到外面，马荣将毛禄扛在肩上。他一向擅长在山林间行走出没，此时引着乔泰与刘月仙，穿过黑漆漆的树丛，准确无误地来到溪边，两团巨大的黑影森然出现于目前。

众人登上前头一只大船，马荣直奔船尾的活动板门，让毛禄顺着陡梯自行滑下，随即纵身跃入底舱，乔泰与刘月仙跟在后面。只见这里的灶房十分狭小，前方堆放着许多大木箱，外面捆扎着粗粗的草绳，一直摞到接近天花板处。

“乔泰，你爬上去，试着将第二排上层的箱子稍稍推到一旁。”马荣说道，“那里是个藏身的好地方。我去去就来。”说罢抓起放在墙角处的工具箱，顺着梯子爬上去。

刘月仙四下打量着灶房。乔泰攀上木箱的最高层，匍匐钻进箱顶与天花板之间的狭窄空隙内，一边挪动上层木箱，一边喃喃白语道：“这些箱子重得出奇，里面定是装着一堆石头！”待腾出足够的地方可供四人藏身时，听见马荣回来。

“我已在另一条船上凿出许多洞来，”马荣得意说道，“等到他们发现底舱灌满了水时，也不会轻易找出漏洞到底在何处！”说罢帮着乔泰将毛禄送到箱顶。毛禄此时已苏醒过来，两眼骨碌碌转个不停。

“你可别把自己闷死！”乔泰说道，“千万留下活口，我家老爷还有话要问你哩！”

二人将毛禄妥善安顿在两只木箱之间，马荣也爬了上去，对刘月仙伸手叫道：“快上来！我拉你一把。”

刘月仙却未见动作，只是咬着嘴唇沉思，忽然开口问道：“这船上能坐多少人？”

“六七个人，”马荣不耐烦地答道，“还不赶紧上来！”

“我就待在这里！”刘月仙皱一皱鼻翼，又道，“我可不想跟那些沾泥带土的箱子挤在一起！”

马荣怒骂一声，开口说道：“要是你不——”

就在这时，忽然从甲板上传来沉重的脚步声和号令声。刘月仙推开船尾的活动板门，朝外张望一下，踩着木箱上来低声说道：“大概有四十人正登上后面那只船，个个全身披挂！”

“你赶紧上来，听见没有！”马荣吼道。

刘月仙嘲弄般地一笑，抬手脱下外褂，裸着上身开始洗刷碗碟。

“身段儿还真是不赖！”马荣对乔泰暗赞一声，

“不过这小娘儿们到底想要做甚？”

这时只听粗重的缆绳扔在甲板上，大船开始移动。水手们一边撑船，一边哼唱着一支单调的小曲。

忽听梯子嘎吱作响，一个身材魁梧的大汉朝下走了几步，停在半路，直直瞪着面前的半裸女子。刘月仙冲着来人嫣然一笑，随口说道：“要不要过来帮我一把？”

“我……我得查看船上装的货。”大汉口中说着，两眼紧紧黏在刘月仙丰满的胸脯上。

“罢了，”刘月仙冷笑一声，“你要是乐意跟那些不干不净的箱子亲近，随你自便就是！我一个人也做得来！”

“说哪里话！”大汉叫道，疾步下来趋近刘月仙身边，“你可真是个美人儿！”说着咧嘴嘿嘿直笑。

“你看去倒也不差，”刘月仙说罢，让那汉子稍稍亲热片刻，然后将他一把推开，“先把活计做完！替我打一桶水来！”

“刘大哥，你在哪里？”有人在活动板门上方粗声叫道。

“正忙着查看货物哩！”那汉子大声应道，“一会儿就上来！你去看看开船前的事情都准备好了没！”

“我得给多少人煮饭吃？”刘月仙问道，“船上可有兵士？”

“没有，他们全在后面那只船上。”姓刘的大汉一边将水桶递给刘月仙，一边说道，“你只要为我做些好吃的就行了，美人儿。我是这船上的主事，剩下的饭菜再分给掌舵的和其他四名水手去受用！”

这时甲板上响起兵器撞击的锵锵声。

“你刚才不是说船上没有兵士么？”刘月仙问道。

“那些人是我们最后一道关卡上的守卫，”大汉答道，“在大船下河之前，须得上来查看一番。”

“我就喜欢当兵的！”刘月仙说道，“叫他们也一同下来吧！”

大汉连忙爬上梯子，从活动板门伸头出去，大声叫道："兄弟们，我已查看过了整个底舱！下面热得跟火炉一般！"议论过几个回合之后，大汉复又下来，乜斜着眼，得意地笑道，"我把他们全都打发走了！美人儿，我以前也是当过兵的，一定会使出浑身力气来！"说着一手搂住刘月仙的腰肢，另一只手摸向她裤带的绳结。

"别在这儿！"刘月仙说道，"我可是个正派姑娘。你去那边的箱子上面，没准儿那里会有一块舒服地方，可容我们两人躺下！"

大汉一听，急急过去爬上木箱，马荣伸手一把捏住他的喉头，将整个人拖将上去，手中使力掐紧，直到大汉失去知觉方才松手，随后跳下地来。刘月仙迅速关紧活动板门，重又套上衣衫。

"小娘子干得实在漂亮！"马荣低声赞了一句，然后蹲身藏在梯子后面。只见两只大皮靴穿过活动板门下来，有人怒气冲冲地嚷道："刘大哥，你到底在搞什么鬼！"

马荣抱住来人的两腿，猛地朝后一拽，那人便直跌下来，一头撞在地上，就此一动不动。乔泰从上面伸出手来，二人一道将另一个不省人事之徒挪上箱顶。

“乔大哥，你将那厮捆好后就下来！”马荣低声说道，“我从舱门上去，到甲板上看看，没准儿还会再收拾几个家伙送下来，你且预备接住了！”

马荣从活动板门走上去，顺着船身外面的缆绳攀上甲板，没有弄出一点声响，确定无人看见自己后，方才施施然朝着正在掌舵的舵手走去，口中说道：“在底下真是热得要命！”

马荣见大船已行至河中央，另有一船跟在后面，于是伸伸懒腰，就势躺下。

舵手瞧见马荣，不由大吃一惊，连忙吹起口哨，三名膀大腰圆的水手应声从后面飞奔过来。

“你是何人？”头一个水手喝道。

马荣将两手枕在头下，打了长长一个哈欠，说道："我乃是一名守卫，负责查看货物，刚刚和刘大哥一道查过底下的箱子。"

"主事可从没跟我们说过！"那水手嫌恶地喃喃自语道，"这人一向自行其是！我这就去问问他想要开出去多远！"说罢朝活动板门走去。马荣赶紧从地上爬起，与其他二人跟在后面。

那人走到板门前站定，马荣突然飞起一脚将他踹下梯子，火速转身后，一拳猛打在冲上来的另一人下颚处，对方踉跄后退几步，靠在船边栏杆上，马荣紧跟着跳上前去，又挥拳击中其心口处，直打得那人翻过栏杆落入河里。第三个抽出一柄匕首刺来，马荣矮身躲过，刀刃擦着背后划过，接着一头撞向对方小腹，那人被撞得倒在马荣背后直喘粗气。马荣一挺身站直起来，将第三个也抛出栏杆去。

"全是些喂鱼的好料！"马荣冲舵手喝道，"老实做你的活计，不然也送你一同下去！"又转头望去，只见另一条大船已被远远甩在后面，右舷正一路倾斜下去，众人在甲板上乱作一团。

“那些人定会个个变成落汤鸡！”马荣快意地叫道，然后跑去调整硕大的苇帆。

乔泰从活动板门中伸头出来，说道：“你只给我送了一人下来，其他几个在何处？”

马荣正在将船头朝右转去，伸手指向河中。乔泰走上甲板，说道：“张太太正在下面为我们煮饭。”

这时吹来一阵劲风。大船加速前行。乔泰审视着两岸，冲那舵手问道：“我们几时能到军营关卡？”

“再过一二个时辰便到。”那人阴郁答道。

“你们原本要驶向何处？”乔泰又问道。

“要去六江，顺流而下两个时辰便到。我们的同伴预备在那里大战一场。”

“算你这厮走运！”乔泰说道，“省得跑去跟着动刀动枪了！”

三人坐在阴凉地里吃午饭时，马荣对刘月仙讲述一番其夫张虎彪的遭遇。刘月仙听罢两眼含泪，轻声叹道："可怜见的小后生！"

马荣与乔泰迅速交换一个眼色，低声说道："你可听见这厉害的小娘子刚才如何议论那口是心非的脓包货？"

乔泰似是听而不闻，只顾望着前方，大声叫道："看见那些旗幡了没？就要到军营关卡了，老弟！"

马荣一跃而起，冲着舵手大声发号施令，又跑去降下一段苇帆。过了两刻钟，大船侧身停靠在码头边。

马荣将狄公写的书信交给负责把守关卡的什长，并报曰从三橡岛上抓了四名匪徒，还开回来一只大船，"船上不知载有何物，不过分量却很是不轻！"二人上船查看货物，后面跟着四名兵士。这五人皆是头戴铁盔，披着铁制肩臂护甲，身穿锁子甲，不但佩有长剑，腰带上还挂着沉重的战斧。

"为何你们随身挂着这许多铁家伙？"马荣惊问道。

什长忧心忡忡望了马荣一眼，简短答道：“有传言道是匪帮将要顺流而下、持械来袭。我只留了这四人在此地，其余的全都派去六江协助上峰百长了。”

这时众兵士已将木箱打开，只见里面装有铁盔、皮褂、刀剑、弓弩、羽箭以及其他兵器。所有头盔前方皆印有一朵小小的白莲，还有一只大口袋，里面装有好几百块小银模子，全是同一图样。乔泰抓了一把纳入袖中，对那什长说道：“这船正是要开往六江，还有一条船，上面载有四十人，个个全副武装，不过已经在上游沉入河中了。”

“真是大好喜讯！”什长出声叫道，“不然我那上峰在六江可要遭殃了，他手下只有三十人而已。二位若有用得着小校之处，但说无妨！过了河便是关卡，负责守卫贵县汉源的最南端。”

“赶紧派渡船送我们过去！”马荣说道。

回到汉源县地界后，马荣又要了四匹快马。管事的军官道是如果顺着大湖绕行，一个多时辰便可返回城中。

乔泰将塞入毛禄口中的布条抽出，毛禄想要怒骂几句，奈何口舌肿胀，只得含混嘶哑地叫嚷几声作罢。马荣一边将毛禄的两脚捆缚在鞍袋上，一边对刘月仙说道：“你能不能骑马？”

“我能应付得来！”刘月仙说道，“只是身上还有些酸痛，把你的外褂借我一用！”

刘月仙将马荣的外褂叠好后置于鞍上，然后翻身上马，一行人直朝汉源城驰去。

第十七回

新妇获救细述命案
狄公苦思终解棋局

THE CHINESE LAKE MURDERS

马荣等人快马加鞭一路驰回汉源时，狄公正在主持午衙开堂。

此时天气十分酷热，狄公身着厚重的织锦官袍，只觉汗湿潮热，甚为疲累，性情也变得暴躁易怒起来。从昨晚直至今早，自己与洪亮陶干一道查遍了所有衙员的生平履历与公私记录，却未能发现一点可疑之处，并无任何衙役或是吏员大肆挥霍到远远超出其俸银的地步，人人皆是当差如常，不见有缺勤或是其他可疑举动。狄公在官文中报称万一帆自裁而死，尸身已被收厝入一口临时棺木中，并停放在一间牢房中等待尸检。

开堂耗时甚久，全是一堆例行庶务，没有一桩要紧公事，然而若是不立即办理的话，又会使得公务滞塞积压。由于陶干奉命午后去城内四处走动观望，此时狄公身边只剩下洪亮一人襄助。

狄公办完所有公事，终于松了一口气，宣布退堂。回到二堂后，洪亮助老爷换过衣袍，陶干也已回来，忧心忡忡地禀道："老爷，下城里正在酝酿着什么大事。我走进一家茶坊坐了一阵，百姓们已预感到将要出乱子，却又不知到底会有何事。有谣言传说匪帮聚集在邻县江北，还有人小声道是一众匪徒手持兵器，正打算渡河直奔汉源而来。我一路回衙时，看见许多店铺都已关门闭户，店家早早收摊向来不是吉兆。"

狄公捋着长髯，对二人缓缓说道："此事发端于两月之前。我一到此地，便分明感到有些不对，只是如今日渐昭彰起来。"

"我还发觉有人在身后一路盯梢，"陶干又道，"不过也是意料中事。我在下城里原本结交颇广，和尚被捉一事与我有涉，消息自然早就传开了。"

“你可认得跟踪你的那人？”狄公问道。

“不认得，老爷。那厮身量颇高，体魄魁伟，红脸膛上留着一圈络腮胡子。”

“你回到衙院门前时，可曾叫守卫将他逮住？”狄公急急问道。

“没有，老爷，我没法子办得到。”陶干悻悻说道，“我走过佛寺附近的一条僻静小巷时，又有一人走来加入，于是二人越发逼到近前。我在一家油坊门前停下，身边有一只大油缸立在道旁。那大汉走过来时，被我抬脚一绊，不偏不倚正好跌落在油缸上，立时缸倒油洒，流得满街都是，随即便从店内奔出四个身强力壮的雇工来。那歹人说是我先下手算计他，全是我的过错，结果雇工只朝我二人看了一眼，便认定准是那厮在扯谎诓骗，于是便朝他动起手来。”说到此处，陶干得意地又道，“我最后回头一瞧，只见他们拿了一只石罐正敲在那汉子头上，罐子碎成了几片，另外那人早已如兔子一般撒腿跑开。”

狄公深深打量了对面的干瘦男子一眼，想起马荣说过陶干如何引诱和尚前去红鲤饭庄的经过，心想此人看似手无缚鸡之力，且又生得一副无辜相，实则却会成为极其毒辣的对手。

大门忽然开启，只见马荣乔泰进来，刘月仙走在二人中间。

“启禀老爷，毛禄已被关入大牢！”马荣喜不自胜地说道，“这位便是失踪不见的张家新娘子！”

“办得漂亮！”狄公欣然笑道，示意刘月仙坐下，又和蔼说道：“张夫人，你此刻定是急于回家，过几日还须在县衙作证。本县只想问你在佛寺中经历之事，藉以确证发生在寺内的一桩杀人案。至于你为何不幸陷入如此境地，本县业已知晓。”

刘月仙两颊晕红，稍稍自持片刻，开口叙道：“小女子醒来后，以为棺材已经入土，不禁惊恐万分，后来才留意到从板缝的空隙中透进丝丝微风。我使尽全身力气想要推起棺盖，却是无济于事。我一面大声呼救，一面冲着棺材板又踢又打，直到手脚都渗出血来。棺内愈发气闷，我生怕自己会窒息而死，全然不知在这怕人的地方究竟受困多久。

“后来，我忽然听到有人大笑，连忙高喊救命，并再度伸脚猛踢棺板。笑声立时停止，只听有人嘶声叫道：‘里面有东西！肯定是鬼！快跑快跑！’我大叫起来：‘我是人不是鬼！当初还活着便被放进棺材里，千万救我一命！’很快便听见榔头敲打棺材的声音，棺盖终于被打开，我总算又吸到了外面的清新之气。

“我见那二人像是做力气活的模样，年长之人满脸皱纹，看去颇为和善，另一个则面色阴沉，不过二人皆是脸颊通红，分明刚喝过不少酒，遭遇这一意外后，倒是立时清醒了许多。他们助我从棺内出来，走到外面的花园中，安顿我坐在莲池边的石凳上。年长之人从池中舀出水来让我洗脸，年纪较轻的那个取下随身携带的酒葫芦，给我喝了几口烈酒。我觉得稍稍恢复元气，便对他们道出自己的姓名来历。年长之人自称名叫毛源，是个木匠，今日午后还在张家做活，后来进城遇见了他的堂兄弟，二人一道吃过晚饭，发现已是夜深，于是打算就在这荒废的寺庙中过上一夜，又说：‘我们这就送你回去，然后张老先生自会对你说个明白。’”

刘月仙迟疑片刻，又沉着叙道：“毛源的堂兄弟始终一言不发，从旁直盯着我打量，这时开口说道：‘大哥，莫要鲁莽行事！既然老天爷决意让众人以为这小娘子已经一命归西，你我又是什么人物，岂可从中作梗，妨碍天意不成？’我看出他对我图谋不轨，重又害怕起来，恳求老者保护我并送回家去。毛源厉声责备了堂兄弟几句，对方听罢勃然大怒，于是二人大吵起来。那堂兄弟突然举起斧子，朝毛源头上狠命砍去。”

刘月仙说到此处面色惨白。狄公使个眼色，洪亮立即送上一杯热茶，刘月仙喝罢后，出声说道：“那情景十分可怖，着实吓坏了我！立时便昏倒在地。等我醒来时，只见毛禄站在一旁，一脸冷酷地邪笑着叫道：‘这下你得跟我走了！老实闭上嘴巴！若是敢出一声，我就要了你的性命！’我们出了后门离开花园，他将我捆在庙后树林里的一棵松树上。等他返回时，原先提的工具箱和斧子都不见了。他带着我走过黑漆漆的大街，到了一处似是下等客栈的地方。有一妇人出来相迎，面相十分不善，带我们去了楼上一间肮脏的小屋内。毛禄说道：‘我们就在这里洞房花烛夜！’我求那妇人别将我一人留下，她似乎明白了几分，对毛禄厉声说道：‘别纠缠这小妮子！我保管明天叫你称心如意便是！’毛禄没再言语，一径走出门去。那妇人给了我一件旧衣裙，我这才换下身上裹着的尸布。她又端给我一碗米粥，我倒头便睡，直到次日午时方醒。

“睡醒之后，我自觉大为好转，一心想要赶紧离开这地方，但是房门却被锁住。我又踢又叫，直闹到那妇人闻声进来。我明白道出自己的姓名身世，说是被毛禄劫到此处，她理应让我出去。不料那妇人只是哈哈大笑，还说：‘人人口中都是这一套！今晚你便与毛禄圆房吧！’我不觉动了气，对她斥骂几句，还说要将她与毛禄的所作所为告上县衙，那妇人便对我污言秽语地叫骂起来，从我身上将衣裙扯下。我本就身强力壮，看见她从袖中取出一卷绳子想要捆住我时，猛地推了她一把，打算闪身过去跑到门边，可惜却不是她的对手。那妇人突然挥拳打在我的小腹上，痛得我弯腰喘气，她趁机将我的两条胳膊拽到身后，一眨眼便捆绑起来，又拖着我的头发迫使我跪下，还将我的头按在地上。”

刘月仙喉头吞咽一下，面上气得通红，接着叙道：“那妇人手持松散的绳头，在我的后腰上一阵抽打。我又气又痛，想要爬到一边躲开，不料那恶妇用她骨瘦如柴的膝盖压在我的背后，左手拽起我的头，右手持绳继续毒打，直到鲜血顺着大腿直流。我实在受不了这样的屈辱和折磨，于是大叫饶命。

“那妇人这才停手，喘着粗气将我从地上拽起，让我背靠床柱站立并捆在上面，然后出门而去，顺手锁上了房门，留下我独自在房中痛苦呻吟，如此这般不知过了多久。后来毛禄终于开门进来，那妇人跟在后面，毛禄似乎有些于心不忍，低声咕哝几句，替我割断了绳子。我两腿肿胀支持不住，他不得不扶我到床上，递给了我一块湿手巾，又将衣裙扔在我身上，说道：‘睡吧，明天我们便上路！’他二人出去后，我只觉筋疲力尽，很快便睡了过去。

“第三日一早，我一觉醒来，稍一动弹，便觉得浑身上下痛得如同火烧一般。那妇人又开门进来，吓得我要命，不过这次她却十分和气，口中说道：‘毛禄虽说是个无赖，出手倒很大方！’说罢给了我一杯茶水，又替我在伤口处敷上药膏。毛禄随后进来，让我穿上衣裤，下楼一看，还有一个独眼汉子等在那里。他们带我到了外面，每走一步我都觉得疼痛不堪，但那二人却从旁威胁恐吓，催我赶路不许停下，我也不敢在街上与人搭讪。我们坐上了一辆农家马车，一路颠簸穿过田地，又乘船到了岛上。头天晚上，毛禄想要与我成其好事，我推说自己身上不好，后来又有两个歹人企图将我劫去，毛禄与他们大打出手，直到守卫前来将那二人带走。到了第四天，便来了两位官差——”

“这些便已足够了，张夫人！”狄公说道，“至于后面的情形，我那两名随从自会道出。”又对洪亮示意再给刘月仙倒一杯茶，接着肃然说道，“张夫人面临危境，竟能如此坚毅不屈！短短几日之内，你们小夫妻俩皆是身心受创、历尽折磨，却都是意志坚韧。如今一切磨难皆已过去，你二人经此大难，必有后福，将来定会长命百岁、一生安乐。

“另有一事须得说明，令尊忽然失踪不见，情形颇为可疑。你可知道是何原因会令他突然离去？”

刘月仙面露忧色，缓缓说道：“回老爷，家父从不与我谈论他的生意。我向来以为他经商有道，家中也从不缺银钱使花。家父生性高傲，刚愎自用，与他相处并非易事。我深知家母与其他姨娘姬妾们过得不甚开心，似是——不过家父对我向来十分亲切，实难想象——”

“且罢，”狄公插言道，“我等自会查个水落石出。”又对洪亮命道：“你带张夫人去门房，再叫一乘小轿来，派班头快马先行去张家报信，将此喜讯告知张老先生与张秀才。”

刘月仙跪地叩头谢恩，然后由洪亮带出门去。

狄公靠坐在椅背上，命马荣乔泰报上详情。

马荣详述了一番二人经历，尤其称赞刘月仙有勇有谋、机智过人，然后又叙及后面一条船上满是全副武装之徒，并载有许多兵器，狄公听得不由直坐起来。说到负责关卡的什长提起六江之乱时，马荣并未言及头盔上的莲花图样，只因他并不晓得其中含义。待马荣讲完后，乔泰将几枚印有白莲的银徽放在案上，忧心说道："启禀老爷，我等发现的头盔上也嵌有同样的标记。多年以前，我曾听说过有个自称白莲教的秘密帮会，曾经发动过一场危险的叛乱，如今看来，江北的匪帮又在利用这一早年出现过的骇人名目来蛊惑裹挟百姓了。"

狄公朝那些银徽扫了一眼，从座中一跃而起，在地上团团疾走，并且恼怒地喃喃自语。几名亲随从未见过老爷这副模样，不禁大为惊骇，面面相觑。

狄公忽然止住脚步，立在四人面前，惨然一笑说道："我这里有一疑问，非得静心思索不可。你们几个姑且退下，辛苦多时，着实也该去休息一下！"

马荣、乔泰、陶干默默走到门口，洪亮略停片刻，心下犹豫不决，但见老爷面色憔悴，还是依命随众退下。江北办案成功后的欣喜已然烟消云散，四人分明感到前路更为艰险不易。

此时二堂中再无旁人，狄公重又缓缓坐下，抄起两手垂头深思。依今之势，最担心的事情确已发生

妓院中新妇遭凌虐

了，白莲教不但死灰复燃，且又暗地酝酿着有所举动，汉源便是阴谋策划的中心之一。自己受了圣上委派，前来此地任职，然而却未能察觉此事。一场血雨腥风的战乱即将爆发，不定还会波及全国，无辜的百姓将遭到残杀，富丽繁华的都市亦会毁于战火。自己势单力孤，当然无法阻止这场天下大乱，白莲教定是在各地广有羽翼与据点，汉源只是其中之一，然而汉源与京师长安相去不远，对叛乱者的所有不利之处，便是对皇家御林军有利的地方。不过关于汉源发生的事变，自己尚未向朝廷发出警示，此乃仕途生涯中最为重大紧要的关头，自己却已失之交臂！狄公想到此处，不禁绝望地以手掩面。

然而过不多久，狄公重又恢复了自持。或许此时尚有挽回的余地。攻袭六江很可能是叛军首次投石问路，意欲试探一下朝廷会如何应对。多亏马荣乔泰见机行事、立下大功，使得派往六江的众匪未能抵达。叛军若是想要在其他地方再次集结并出袭，总得花上一两天的工夫。六江当地官府定已上报此事，并开始着手调查，但是所有这些举措都须花费不少时日！身为汉源县令，自己有责向朝廷报告六江的骚乱并非只是一桩当地事变，而是与白莲教死灰复燃并策划发动举国叛乱有所关涉。自己务必今晚就向上峰禀明此事，并拿出无可辩驳的铁证来，只是此时手中仍未握有可靠的证据！

刘飞波已经失踪不见，不过韩咏翰仍在此地，理应将他立即拘捕并严刑拷问，虽然尚无充分的凭据可以下如此狠手，但是此案事关到社稷安危。那幅棋局直指向韩咏翰本人，其先祖韩隐士定是在多年以前便发现了什么重大秘密，并建造出某种精巧的机关，然后将其紧要关节处藏在棋局之中——这一发现如今却被韩家的不肖子孙用于施行阴谋诡计，不过究竟会是什么呢？韩隐士不但精通经学与棋艺，还深谙营造之法，韩家佛堂便是由他本人亲自督建而成，且又是个能工巧匠，曾经亲手篆刻出佛坛前的翡翠铭文。

狄公忽然直坐起来，两手紧紧攥住案头，闭目凝神回想那天深夜在韩家佛堂里的一番言语，脑海中浮现出韩柳絮妩媚的倩影，俏立在自己对面，伸出纤纤玉手，指向佛坛前的铭文。分明记得那铭文呈完美的四方形状，韩柳絮说过每个字都是刻在一小块翡翠上，因此整个铭文实则是由许多小方块组成的大方块，而韩隐士留下的棋局，同样也是由小方块组成的大方块……

狄公拉出抽斗，心急火燎地四处翻找韩柳絮赠予的铭文拓片，情急之中不禁将其他文书纷纷撂在地上，终于在抽斗深处寻到了那张卷纸，迅速打开铺展在书案上，又用镇纸压住两端，然后取出棋局放在一旁，细细比较起来。

佛经铭文排成八行八列，共有六十四字，正好四四方方。狄公攒眉苦思，棋盘亦是四方形，不过却是分作十八行十八列，如果这种相似的格式具有特殊含义，那么在铭文与棋局之间，究竟有何关联呢？

狄公迫使自己静心思索。这段铭文是从一部著名的佛经上逐字逐句摘抄而来，不可能丝毫不改动字句而用以表达隐含的深意。如此说来，如果二者之间确实有所关联的话，那么关键之处显然还是存在于棋局之中。

狄公缓缓捋着颊须。这棋局看来根本不是一道真正的死活题，乔泰说过黑子与白子在棋盘上分布得毫无章法，尤其是黑子走得根本无理可循。狄公眯缝着两眼，假如线索就在黑子中，白子是为了掩人耳目而后来添加上去的，又当如何呢？

狄公迅速点算了一下黑子的数目，发现正好占据了八行八列，与那六十四字铭文恰巧相符！于是从旁抓起一支笔，依照棋局中黑子的位置，在铭文中圈出了相应的十七个字来，看罢后长长吁了一口气，这十七个字正好组成一句话，其中的意思明白无误。这一谜团总算是解开了！狄公扔下笔管，揩揩前额的湿汗，如今终于知道了白莲教的总堂藏在何处。

狄公起身离座，快步走到门前，只见四名亲随正齐齐站在外面走廊的一角处，低声议论着老爷为何会如此垂沮，于是示意他们进来。

众人走入二堂，立时发觉老爷已然渡过了难关，如今直直立在书案前方，两手抄在宽大的袍袖中，目光灼灼，开口说道："今晚我将会了结杏花被害一案，如今终于明白了她留下的最后一线消息！"

第十八回

夜半时古宅忽失火

密室内怪客突行凶

THE CHINESE LAKE MURDERS

狄公将四名亲随叫到身边，压低声音匆匆道出全盘计策，最后叮嘱道：“千万小心！县衙内亦有奸细，留神隔墙有耳！”

待马荣乔泰奔出门去，狄公又对洪亮命道：“你去三班房内，盯住那里的一干守卫与衙役。一旦看到有谁与外人靠近搭话，便将他二人当场拿下！”说罢离开二堂，与陶干一起顺阶而上，直奔二楼的汉白玉平台。

狄公心中焦灼，仰首望天，只见一轮明月当空，入夜后暑气未散，仍是溽热闷塞，伸手试探一下，不见有一丝微风，这才放心地长出一口气，在栏杆旁坐下，以手拄颌，俯瞰着幽暗漆黑的汉源城。此时一更已过，正是上灯时分。陶干立在老爷的座椅背后，轻捻着颊上的三根长毫眺望远处。

二人默默等候良久，闻得从下面的街中传来梆子声，更夫们正在四处走动。

狄公蓦地从座中立起，开口说道：“时候已经不早了！”

“老爷，这差使可不易办！”陶干出语安慰道，“没准花的工夫要比预料之中更多些！”

狄公忽然一把揪住陶干的衣袖，叫道：“你瞧！他们动手了！”

只见城东的房舍之上升起一柱灰烟，并有火光微微闪烁。

“随我来！”狄公叫了一声，然后疾步奔下台阶。

二人走到中庭时，衙院门口已响起铜锣声，两名身强力壮的守卫手持大木槌，正在用力敲打，失火地点业已查明。一众衙役守卫从各自的住处纷纷奔出，急忙戴上头盔并扣紧带子。

“你们全都出去救火！”狄公命道，“只留下两名守卫在此看门！”说罢跑出衙院，奔上大街，陶干紧随其后。

二人行至韩宅前，只见大门敞开，最后几名家仆从里面仓皇逃出，随身挟着匆忙之中打成的包裹。宅院后方储藏室的屋顶上，火苗正翻滚升腾。外面街中聚集了许多百姓，已在里长的指挥下一字排开，将水盆依次传递至站在花园墙头的衙役手中。

狄公立在门前，大声叫道："派两名衙役在此看守！别让盗匪之流钻进去趁火打劫！本县去看看宅内是否还有人在！”说罢与陶干一道奔入空荡荡的庭院，直朝佛堂方向而去。

狄公站在佛坛前，从袖中取出铭文拓片，指着事先用笔圈出的十七个字，说道："你看这里！此句便是这一大块翡翠铭文中包含的开锁密语：'若汝明吾意，并压此语，汝将入此门，享太平。'观其字意，只能说明这是一扇通向密室的门户。你且拿好这张拓片！”

狄公在翡翠玉铭上摁下第一个“若”字，那一小块翡翠微微缩入，又伸出左右两手的拇指一齐用力再压，翡翠缩入大约半寸，便再也进去不得。狄公再摁“汝”字，照样缩了进去，直到摁过最后一个“平”字，只听“咔哒”一声轻响，伸手一推，整面玉铭缓缓朝内滑动，露出一个黑漆漆的洞口来，约有四尺见方。

狄公从陶干手里拿过灯笼，躬身钻入。

陶干跟在后面，留意到暗门重又缓缓阖上，连忙抓住门内的把手一拧，发觉尚可再度推开，方才松了一口气。

此时狄公已走到了前面，大约十步过后，低矮的密道渐行渐高，几可直起身来，光亮中出现一道陡峭的台阶，直通向黑洞洞的下方。狄公顺阶而下走了二十级，来到一个大约一丈五尺见方的地穴中，周围皆是坚硬的岩石，右边沿墙摆放着十来个硕大的陶瓮，瓮口封着厚厚的羊皮纸。狄公见有一处封皮破裂，探手入内，抓出一把干粮来。左边装着一扇铁门，正前方有一道黑暗的拱顶，通往另一条密道。狄公转动铁门上的把手，门扇朝内开启，铰链十分油润，因此略无声息。

狄公静立不动，朝内望去。眼前出现一间六角形的小室，墙上只燃着一支蜡烛照亮，地中央一张四方桌案，一名男子正坐在桌旁翻看文书，从门首处只能瞧见他宽阔的后背与拱起的双肩。

狄公与陶干蹑手蹑脚悄悄走入，那人忽然回过头来，却是金匠行首王掌柜。

王掌柜一跃而起，抓起座椅朝后一掷，扔向狄公的腿面。[1]狄公被绊了一下，王掌柜趁机绕过桌案，抽出一柄长剑，整个面目由于狂怒而变得扭曲狰狞。这时不知什么物事擦肩飞过，王掌柜蹲身闪开，虽则

1　在荷文本中，本句之前还有“王掌柜抬头一看，面露惊骇之色。狄公朝前疾走，口中喝道：‘你且束手就擒吧！’”

身形庞大，动作却灵活得出奇，只听“嘭”的一声，一柄匕首直插在靠墙而立的橱柜大门上。

狄公从桌案上抓起沉甸甸的白玉镇纸，半转身避开刺向自己胸口的一剑，用力将桌案推倒。王掌柜急忙退后一步，不过仍被桌案的一侧碰到双膝，身子朝前一歪，同时复又挺剑刺来，利刃洞穿了狄公的衣袖。这时狄公扬手将镇纸朝王掌柜后脑掷去，对方随即跌倒在倾斜的桌案上，已是头破血流。

“我扔的飞刀没能刺中他！”陶干懊悔说道。

“嘘！”狄公出声喝道，“不定里面还有别人！”说罢弯腰察看王掌柜的头部，“那方镇纸比我料想的还要重些，这人已经断气了。”

狄公直起身来，瞧见大门两旁靠墙摆放着高高两摞黑皮箱，大约有二十来只，每只皮箱都配有铜挂锁和皮带提手。

“祖辈们当年收藏金条时，用的便是这种箱子！”狄公惊异地说道，“不过看去皆是空的。”又迅速环视一下室内，接着又道，“韩咏翰深知撒谎要想撒得高明，则须将谎话与许多真情混在一起道出。他对我讲述遭劫经历时，口中所述的白莲教秘密总堂，居然就在自家宅院的地下！韩咏翰定是白莲教首领，正是他派遣刘飞波离开此地，去向各地叛匪头目送出最后指令，王掌柜在教中想必也身居要职。他的头上出了很多血！陶干，用你的项巾将那血迹擦去，然后再紧紧扎在他的头上。我们得将他的尸身藏起，不可留下来过此处的痕迹！”

狄公拣起王掌柜适才读过的文书，凑近蜡烛一看，上面密密麻麻写满了蝇头工楷。

陶干揩去桌上与镇纸上的血迹，又将项巾扎在死者头部，将尸身放在地上，然后扶起桌案。只听狄公兴奋地说道：“这正是白莲教的全部谋反大计！可惜所有人名与地名皆是用密码写成！其中定有破解之法。你去那边靠墙的橱柜中搜一搜！”

陶干从柜门上拔出匕首，又朝柜内看觑。只见下层摆着一整排硕大的印石，刻的全是白莲图样。上层有一只小巧的檀木雕花卷匣，陶干将其取出递给狄公，匣子虽已空空，不过显见得原可放入两卷文书。狄公卷起手中的一册，背面外端裱有紫色织锦包首，收好后正可放入匣内，余下的空处只够容纳同样大小的另一册。

“我们非得找到另外一卷不可！”狄公急急说道，“那里面定是载有解读之法！你去看看墙内是否还有密柜！”

狄公揭起地毯细看石板地面时，陶干将墙上悬挂的半旧帷幕掀到一旁，查验过墙面后说道：“只是实心大石而已！上面有几个小孔，能觉出有气流透入。”

“那是用于通风的孔道，”狄公不耐烦地说道，“想必一路延伸上去，直通到房舍屋顶某处。再去瞧瞧那些皮箱！”

二人将皮箱挨个儿摇晃了一遍，发现皆是空空如也。

“我们去另一条密道里走一趟！”狄公说道。陶干举起灯笼，二人出来走入地穴。陶干指着地上一个四方大洞，说道：“下面定是一口水井！”

狄公草草看了一眼，点头说道：“韩隐士考虑得实在周全！一旦天下大乱，这地穴显然是为其家人预备好的避难藏身之所，不但贮有金银和干粮，还有可供饮用的水源。替我照亮！”

陶干高高举起灯笼，光亮照在拱顶上，口中又道：“老爷，这条密道必是后来才修建的，石墙到此为止，这边全是土墙，而且木头立柱看去颇为崭新！”

狄公从陶干手里取过灯笼，光亮中只见密道靠墙的地上放着一只长木箱，于是命道：“去把箱盖打开！”

陶干蹲身下去，抽出匕首来撬动箱盖，刚一开启，便立时转过脸去，箱内冒出一股令人作呕的气味。狄公拉起项巾遮住口鼻，只见箱内躺着一具死尸，头颅已成骷髅，尸身半腐，朽烂的衣袍上爬满虫豸，看去十分骇人。

“关上箱盖！”狄公断然说道，“以后再细细查看这尸首，此时没有工夫！”说罢走下台阶，行了大约十来步远，只见一扇高高的狭窄铁门挡住了去路。狄公转动把手，推开门扇，外面却是月下花园，面前正立着一座青藤覆盖的凉亭。

“这是刘飞波家的花园！”陶干在狄公身后低声说道，伸头望向角落处，接着又道，“门外有大石遮蔽，用灰浆封住表面，这门便与假山融为一体。刘飞波在白天常去那边的凉亭内小憩。”

“刘飞波的隐身术，原来与这道暗门有关！”狄公说道，“我们这便回去！”

陶干却看似不忍离去，望着那扇密门，眼中分明流露出欣赏赞叹之意。此时从韩宅方向远远传来叫喊声，众人仍在那边忙于灭火。

“把门关上！”狄公低声说道。

“好个手艺！”陶干憾憾地咕哝一句，阖上门扇，跟着狄公重又走回密道，灯光照在墙边的壁龛内，不禁揪住狄公的衣袖默默一指。只见龛内不但有几具枯骨，还有四颗骷髅头。狄公查看后说道："白莲教显然在密室中杀过人，这些尸骨放在此处已是日久，箱内的尸体却是新近被害之人。"

狄公迅速登上台阶，走入六角形密室内，说道："帮我将王掌柜的尸身放入井中！"

二人合力将尸身抬进地穴，又投入黑洞洞的井口里，过了半晌才听见落水声。

狄公返回密室内吹熄蜡烛，出来掩上铁门。二人穿过地穴，攀上陡梯，转回佛坛背后，重又踏入佛堂内时，镶有翡翠铭文的暗门静静关闭。

陶干立在佛坛前，在铭文上随手摁了几下，发现每摁下一字时，一旦再摁另一个，前一块便会自动弹回原先的位置，不禁赞叹道："韩隐士的手法实在高明！若是有人不晓得开门暗语，恐怕一直摁到白了头也是枉然！"

“以后再说！”狄公低声说罢，拽拽陶干的衣袖，直朝佛堂门口走去。

二人行至庭院中，遇见几名从城内返回的家仆，齐声叫道：“大火已被扑灭了！”

狄公出门走到大街上，迎面正碰见韩咏翰，穿着一身家常衣袍，感激说道：“多谢老爷的手下及时出手灭火，总算损失不大！储藏室的屋顶被烧去大半，里面所有存粮都被水浸湿，无法再用，如此而已。想来应是屋顶下的干草堆发热起火所致。出事之后，老爷的两名官差旋即爬上屋顶，这才阻止了火势蔓延。幸好今夜无风，小民最担心的便是此事！”

“本县也是一样担心！”狄公由衷说道。二人又寒暄几句后，狄公与陶干转回县衙。

狄公走入二堂，只见里面正有二人等候，衣袍稀烂，满面尘灰，模样煞是古怪。

“那呛人的黑烟直往我鼻子和喉咙里钻，真是难受得要命！”马荣怒道，“如今才算知道，放火比起灭火来可要容易多了！”

狄公听罢惨然一笑，在书案后坐下，对马荣乔泰说道：“你二人又立下一桩大功！可惜此时还不能下去歇息，另有一桩更要紧的公事等着你们即刻去办！”

“花样多些才更有乐子！”马荣喜滋滋地说道。

“你与乔泰最好先去洗漱一番，然后再赶紧吃些东西，”狄公说道，“过后穿戴好盔甲，回来领命。”又对陶干说道：“去叫洪都头来！”

狄公见三人皆已退下，拿出一支笔来润了润，挑选了一长幅空白文卷，又从袖中取出在密室内发现的文书，埋头细看起来。

一时洪亮陶干进来，狄公抬头说道：“你二人将所有与杏花被害一案有关的案录都送到桌上。等我要找哪一段时，你们好念给我听！”

二人领命行事时，狄公亦提笔书写起来，由于一向擅长草书，此刻更是走笔如飞、一气呵成，只偶尔停顿下来，命洪亮陶干读出几段记录，然后逐字逐句抄在其中。

狄公终于写罢搁笔，长吁了一口气，将呈文仔细卷起，连同在密室中发现的文书一并用油纸裹好，命洪亮盖了县衙大印上封。

此时马荣乔泰走入二堂，身穿沉重的锁子甲，披着铁护肩，头戴尖顶铁盔，看去愈发高大魁梧。

狄公给了他们各自三十两纹银，目光凝重盯着二人，说道：“你们两个立时启程去京师长安，途中勤换坐骑，若是沿途驿站中没有备用马匹，就花钱租借，这些银两应是够用了。如果不出意外，天亮前便可抵达。

“你们一到长安，便径去京师大理寺卿的公衙，大门口悬有一面银锣，百姓凡有冤抑者，人人皆可在天亮后半个时辰内敲锣，然后在大理寺卿面前禀明原委。你敲响银锣后，对内侍就说自己远道而来，专为上报一桩所受的冤屈。等到得以跪见大理寺卿本人时，再将此书呈上！不必多说一句。”

狄公将封好的文书交给马荣，马荣笑道："此事听去甚是容易！我二人要是穿上轻便的猎服岂不更好些！这些铁盔铁甲对马匹来说分量太重！"

狄公肃然望着两名亲随，缓缓说道："这差事可能容易，也可能非常艰难，保不定有人会在半路拦截你们，因此最好全身披挂后再上路。你们一路全靠自己，不可向沿途官府求助。若是有人企图拦阻，只管使出杀手。若是一人丧命或受伤，另一人携了文书继续赶路，只可将此书交到大理寺卿的手中，其他人一概不可。"

乔泰整整剑带，冷静说道："这必是非常要紧的文书，老爷！"

狄公手抄袖中，凝重说道："此物事关皇家天命！"

乔泰听罢明白了几分，挺肩正立，高声说道："皇祚万年！"

马荣望了乔泰一眼，虽则心中不解，还是脱口道出一句人人会说的熟话："吾皇万岁！"

第十九回

衙中乍现不速之客
府内终获叛乱罪魁

次日一早，天色甚佳。夜里有一股雾气从山间飘落，此时晨光普照，倍觉清新。

洪亮以为狄公会在外面的平台上，正欲上楼一瞧，不料迎面遇到一名衙吏，却道是老爷正在二堂中。

洪亮走入二堂一瞧，不禁大吃一惊。只见老爷蜷坐在书案后，两眼布满血丝，直直盯着前方，室内空气闷塞，老爷的衣袍皱皱巴巴，足见一夜未曾安寝，就坐在此处熬了一个通宵。

狄公见洪亮面上惶惶，惨然一笑说道："昨晚我派那两位好汉前去京城后，竟是全无睡意，于是就留在这里，重又回想了一番现已查明的所有情形。既然韩咏翰的秘密巢穴通过地道与刘飞波家的花园相连，足证这二人皆是白莲教叛乱的重要角色。洪亮，如今我不妨对你明言，此乃一场希图篡位自立的绝大阴谋，且在全国各地广有羽翼。虽然情势危急，但我深信尚不至于无法补救。我亲自写下的呈文，想必此时已送至大理寺卿的手中，朝廷得知此事后，无疑会立即施出一切必要的手段来。”

狄公呷了一口热茶，接着又道：“昨晚尚有一事未明。我隐约记得前几日曾留意到一处小小的古怪，当时看在眼里颇觉触目，但是不久便忘到了脑后。就在昨夜，我再度回想起来，虽是微不足道，却忽觉关系重大，要是我能想起来，此节便会补足所有来龙去脉中缺少的一环！”

“老爷果真想起来了？”洪亮急急问道。

“一点不错！”狄公说道，“今早天光欲亮时，我忽然想起了此事——恰恰就在雄鸡报晓的那一刻！你可曾想过雄鸡打鸣为何正在天光刚刚破晓之前？只因这些生灵的感觉异常敏锐！你且打开窗户，叫人给我送一碗米饭，再来些腌渍青椒与咸鱼，我此刻胃口大开，还要沏上一大壶热茶！”

“不知老爷可否预备早衙开堂？”洪亮问道。

“今日不开，”狄公答道，“一旦马荣乔泰回来，我们便出去会会韩咏翰与梁大人，时间紧迫，恨不能此刻便去，不过杏花被害一案事关天下安危，我身为一县之令，不能自作主张，未接到来自京师的指令之前，不可轻举妄动！如今只能指望马荣乔泰及早返回了！”

狄公用过早饭，命洪亮陶干去公廨中主持例行公务，自己一径登上二楼平台，在汉白玉石栏边静立半晌，俯瞰着脚下的一片祥和景象。码头沿岸千帆云集，湖面略呈铅灰色。沿湖的大道上，农夫们正挑着肉食菜蔬匆匆赶往城内。众乡民依旧安然勤勉地各司其业，即使骚乱迫在眉睫，也不能影响他们为了一饭一食而劳作不息。

狄公将扶手椅挪至平台的阴凉一角后坐下，倦意随即袭来，于是闭目睡去，直到洪亮前来送午饭时方才醒转。狄公起身踱至栏杆旁，以扇遮目，眺望远处，仍是不见马荣乔泰的人影，不禁怃然说道：“洪亮，他二人此时本该回来了！”

“回老爷，没准朝廷大员有话要问也未可知。”洪亮安慰道。

狄公忧心忡忡地摇摇头，三口两口用罢午饭，下楼回到二堂中。洪亮陶干坐在老爷对面，开始埋头整理早上送来的公文。

过了大约两刻钟，忽听外面廊上传来沉重的脚步声，马荣乔泰一径走入，看去满身大汗，十分疲累。

“谢天谢地，你二人终于平安归来！”狄公出声说道，“可曾见到大理寺卿？”

“回老爷，见到大人了。”马荣声音嘶哑地说道，“我们将文书呈上后，大人当着我们的面，从头至尾看了一遍。”

“他说过什么不曾？”狄公屏息问道。

马荣耸一耸肩，答道："大人看罢后，便将文书卷起并纳入袖中，命我二人回来复命，只说他过后自会细细研读。"

狄公面色一沉，这消息委实不佳，虽然并未指望大理寺卿当即便与马荣乔泰议论此事，但也不曾料到对方竟如此漠然置之。狄公思忖半晌，然后说道："且罢，你二人跑这一趟，总算平安无事，令我十分快慰！"

马荣将铁盔从汗湿的前额推到后面，颓然说道："回老爷，虽说并未发生什么意外，不过我却觉得情形颇为不妙哩！今日一早，我们兄弟刚刚出了西门离开京师，就有二人骑马赶上来，看去年事已高，自称是售卖茶叶的商贩，正欲一路西行，想与我们结伴行至汉源，说话倒是斯文有礼，身上又没带家伙，让人怎好开口说个不字？不过年老的那个面相甚是刻薄，每次与他对上眼，我便觉得脊骨一阵发冷！他二人虽然寡言少语，不过一路上倒还未生事端。"

“你那时辛苦劳累，想是有些多疑了。”狄公说道。

“回老爷，还不止这些哩！”乔泰开口说道，“过了大约两刻钟，道旁闪出一队人马，大概有三十来个，领头的自称也是商贩，也要往西边去！这伙人要真是商贩，还不如说我是个丫鬟罢了！我还从没见过如此精壮的一伙歹人，敢说他们个个衣袍底下都藏有刀剑，不过驱马走在我等前头，看去倒也无妨。过了半日，不料竟又冒出一支三十人的号称商队来，也要与我们同行，在身后一路跟随。我与马荣心想这回真是要出乱子了。”

狄公直坐起来，紧紧盯着乔泰。只听他接着说道：“既然我们已将文书送到了地方，心里倒也不怕，心想即使这帮歹徒动起手来，我二人至少总有一个能杀出一条血路，穿过田地奔去军营关卡中报信。不过糟糕的是他们根本未曾下手，一个个看去成竹在胸，显然另有比干掉两个路人更大的买卖！唯一的目的便是不让我们发出警告，不过我们确实也没法示警，沿途经过的所有关卡居然全都无人把守！连一个兵士都看不见，一路皆是如此！等到沿湖而行时，那伙歹徒开始分散成几拨，每拨大约五六人，进入汉源城时，只剩下两个老头儿还跟我们一道。我们明说要将他二人拿下并带回衙院，谁知他们看去竟是毫不在意，还大言不惭地道是要与老爷亲自面谈！”

“与我们一路走来的六十人必是一伙叛军，老爷！”马荣又道，“快到汉源城时，我远远看见有两大股人马正穿过山间朝汉源疾驰，定是以为能打我们一个措手不及！不过这衙院修得十分坚固，且又位于高处，地势上十分有利，最是易守难攻的！”

狄公挥拳击案，怒道：“朝廷看过我的呈文后居然毫无动作，天知道究竟是何缘故！不过无论发生何事，这伙卑鄙的叛匪绝不会从我手中轻易夺下汉源城去！他们没带攻城的撞木，而我们总可派出二三十个精壮汉子来。乔泰，不知县衙中的武备如何？”

“回老爷，兵器库中有很多羽箭！”乔泰兴奋说道，“想必总够御敌一两天，让那伙歹人吃些苦头！”

“去将两名反贼带来！”狄公对马荣命道，“居然还想与我讨价还价！汉源本是叛军总部，指望我会将此城拱手献出，这就让他们知道实是打错了算盘！不过先得让那二犯说出究竟有多少叛匪，并且驻扎何处！快去提人！”

马荣咧嘴一笑，领命出去，旋即带了二人进来，看去皆是士绅打扮，一袭蓝布长袍，头戴黑便帽。年长之人身量颇高，面色冰冷，留着一圈稀疏蓬乱的胡须，两眼半睁半闭。另一个身形粗壮，轮廓分明的脸上尽是冷嘲之意，胡须漆黑粗硬，一双机警而锐利的眼睛盯住狄公与四名随从。

狄公定定望着那老者，一时惊骇无语。记得数年之前，自己尚在京师秘阁中供职时，曾经远远瞻仰过一次这位令朝野上下望而生畏的人物，当时还有人从旁战战兢兢低声透露过此君的尊姓大名。

老者抬头注视狄公，一双青灰色的眸子看去颇为古怪，过了半晌，转头朝洪亮等人示意一下，狄公连忙摆手命四人退下。

马荣乔泰目瞪口呆，见老爷不耐烦地点头，连忙出门退下，洪亮陶干跟在后面。

二堂中靠墙放置着两把高背扶手椅，是专为贵客预备下的尊位，只见那二人径直走上前去坐下，狄公随即趋到近前，跪地叩头三下。

老者从袖中取出一把折扇，悠闲地摇晃起来，对旁边那人淡淡说道："原来这位便是狄县令。汉源城由他统管，对于一场发生在眼皮底下的阴谋，他居然花费了整整两月才查出眉目来。此人显然并不知晓身为一县之令，理应对本地发生之事了如指掌。"

"大人明鉴，他甚至对于自己身处的衙院官署内发生之事都不知情！"另一人开口说道，"在呈文中还贸然提到县衙内亦有奸细，简直就是犯下渎职之罪！"

老者无奈地喟叹一声，冷冷说道："这些年轻官员们一旦外放，立时便松懈下来，想必正是由于没有上宪直接督管的缘故。记着提醒老夫传召当地刺史前来，非得跟他说说这桩丢脸事不可。”

二人住口不语。狄公始终未出一声，面对如此位高名重的尊长，除非对方发话相询，否则不可擅自开口，况且对方确实有权苛责评判。那老者虽说身居御史大夫之职，又是令人胆寒的朝廷锦衣卫指挥使，如今却是以钦差大臣的身份到此一行。其人姓孟名骥，即使是朝中的头等官员，听到这名字也会浑身一竦打个冷战，只因他一向清正廉明、忠心耿耿，且又冷面无情，手中权柄极重，如今亲临此地，则是专为核查收尾，并确保一切皆在掌握之中。

“幸亏大人一向勤勉！”另外那人说道，“十天前，我们手下的密探报曰在某些州府听说白莲教死灰复燃，已告知了大将军，并立即施出所有必要手段加以防范。这位狄县令也终于如梦方醒，上报曰反贼的巢穴就在汉源。御林军已在山间占据了沿湖的几处地方。大人从来都是有备无患、万无一失的！”

“你我只是稍尽绵薄之力而已！”钦差说道，“朝廷政务从上至下，最薄弱的一环便是地方官。叛乱总能平定，不过却会伤亡甚众。若是狄县令稍稍勤于公事，我们定已拿获了贼酋，并将这场阴谋挫败于萌芽之中。”说罢转脸面向狄公，话语中忽带金石之音，“狄仁杰，你至少犯下了四桩无可推诿的大错！其一，尽管你自称已对刘飞波起疑，却又让他逃脱。其二，捉住一名叛贼后，尚未取得口供，便让他在大牢中被人投毒灭口。其三，本应活捉那王姓商人再加以审问，却出手过重，使其当场毙命。其四，你送到京师的呈文并不齐全，缺了至关重要的一节。快说，那密册到底在何处？”

“下官知罪！”狄公开口说道，“如今手中尚无此书，不过想必——”

“闲话少说，狄仁杰！”钦差断喝道，“老夫再问一遍，文书究竟在何处？”

“回大人，就在梁孟光梁大人府内！”狄公答道。

钦差从座中跃起，怒气冲冲地斥道：“狄仁杰，你莫非昏了头不成！梁大人对朝廷一片忠心，怎可妄加怀疑？”

“下官知罪！”狄公依礼复又告罪，“不过梁府中发生之事，梁大人全被蒙在鼓里。”

“他想要拖延时间，大人！”旁边那人怒道，“不如即刻拿下，再投入自家大牢中！”

钦差未置一词，在地上来回踱步，恼怒地甩甩长袖，停在跪地未起的狄公面前，再度喝问道：“那文书如何会藏在梁大人府内？”

“回大人，白莲教的贼酋为了万无一失，才将那文书转入梁府。”狄公答道，“下官恭请大人派兵占据梁府，除了梁大人之外，将里面所有人等一并拿下。之后下官再派人送信给韩咏翰与康仲，假托梁大人的名义，召他二人立即去梁府商议要事，敬请大人也能在场，并允许下官陪同大人一道前去。”

“何必如此繁琐！”钦差说道，“汉源城已尽在老夫掌握之中，大可将韩咏翰与康仲即刻捉来，然后再一同前往梁府。老夫自会对梁大人解释此事，你只管去寻出文书来！”

“下官想要确认白莲教贼酋尚未逃走。”狄公说道，“虽然对韩咏翰刘飞波和康仲皆有怀疑，不过不知他们到底是何身份。或许贼酋另有他人，至今尚不为我等所知。公然拘捕其他几人，可能会打草惊蛇，没准会令贼酋闻风逃走。”

钦差思忖半晌，缓缓捻着颌下的几缕胡须，对旁边那人命道：“派人将韩咏翰与康仲带去梁府，务必机密行事，不可走漏了风声！”

那人眉头一皱，似是不甚赞同，但见钦差不耐烦地抬手示意，连忙起身领命，默默退下。

“狄仁杰，你且起来！”钦差说罢，复又坐回椅中，从袖中取出一卷公文，埋头细看起来。

狄公朝茶几一指，胆怯问道：“下官可否有幸为大人沏杯热茶？”

钦差抬头一瞧，面上颇为着恼，傲然说道：“不必了。老夫只受用自己手下预备的吃食。”说罢重又读起文书来。

狄公依照朝规从旁垂手侍立，竟不知自己究竟站了多久。方才刚一听说朝廷已经部署下平叛事宜，着实松了一口气，如今却又担忧起自己的猜测是否可靠来，越发心中惴惴，急不可耐想要再去查看一番，只为搜寻一条或许以往忽略了的线索，从而证实自己推断的结果是否属实。

一声干咳将狄公从思虑中唤醒。只见钦差将文书重又纳入袖中，起身说道：“时候已到，狄仁杰。梁府离此处是远是近？”

“回大人，只有几步路。”

“那就步行前去，免得引人注意。”

马荣乔泰正站在外面廊上，面带忧色望向老爷。狄公对二人安慰似的笑笑，迅速说道：“我得出去一下。你二人看守正门，让洪亮陶干盯着后门。在我回来之前，不可让任何人出入衙院。”

街上喧闹如故，百姓们照常来去。狄公未觉惊异，因为深知锦衣卫行事极其迅速有效，甚至不会有人注意到全城已被接管。狄公大步流星走在前面，钦差紧随其后，没谁对这身着朴素蓝袍的二人多瞧一眼。

梁府大门开启，闪出一个面无表情的枯瘦男子。狄公以前从未见过此人，显见得钦差手下已然控制了整个府邸。那人对钦差恭敬说道：“府内所有人员皆已拿下，两位客人已到，正在书斋中等候，梁大人也在那里。”说罢默默在前引路，穿过一道又一道半明半暗的回廊。

狄公步入幽暗的书斋，只见梁孟光老态龙钟，正坐在窗前朱漆书案后的扶手椅中。靠墙处有两张椅子，韩咏翰与康仲端坐于彼处。

梁孟光费力地抬起头来，将眼罩稍稍掀起，望向门口，喃喃说道：“还有客人来！”

狄公趋至书案前，躬身一揖，钦差仍旧立在门边。

“梁大人，我乃汉源县令是也，”狄公开言说道，“贸然来访，还请见谅。在大人离去之前，只想——”

“长话短说，狄县令！”梁孟光疲倦地说道，“老夫该到回房服药的时候了。”说话间头颅愈发朝前低垂。

狄公伸手探入金鱼缸内，迅速摸索一下水底的花神像底座，鱼群受到惊吓，在水中四处乱窜，纤小清凉的身体擦着手边掠过。狄公觉出底座的上端可以转动，似是一只盖子，而花神像正好可用作把手，将其移去后，底下露出一截铜管，上沿刚刚高出水面。狄公探手入内，果然摸出一卷文书来，背后同样裱有紫色织锦包首。

梁孟光、韩咏翰与康仲在各自座椅中纹丝未动。银笼中的八哥忽然尖叫一声：“坐下！”

狄公走到门首，将文书呈给钦差，低声说道：“这便是那一卷要找的密册！”

府内终获叛乱罪魁

钦差接书在手，立即展开浏览起来。狄公转身环视室内，梁孟光依然如石像一般端坐不动，只盯着鱼缸出神，韩咏翰与康仲则齐齐望向立在门边的钦差。

钦差抬手示意一下，廊上忽然出现一队御林军，人人盔甲锃亮。钦差一指韩咏翰与康仲，命道："将这二人拿下！"待众兵士涌入房内后，又对狄公说道："韩咏翰的名字不在其中，不过还是要将他拘捕。你随我来，我得向梁大人深表歉意。"

狄公止住钦差，自己疾步走到书案前，弯腰一把扯下梁孟光蒙在额前的眼罩，厉声喝道："刘飞波，站起来！正是你谋害了梁孟光梁大人的性命！"

那人从书案后缓缓立起站直，挺挺宽阔的双肩，虽则面上附有假须与颜料，却是神情傲慢，一眼便可认出正是刘飞波本人。刘飞波并不看狄公，而是两眼喷火，死死盯住锁链加身的韩咏翰，轻蔑地高声叫道："韩咏翰，是我杀了你的姘头！"说着抬起左手将胡须朝上一拂，尽是嘲弄之意。

“捉住此人！”钦差叫道。

狄公站在一旁，眼见四名兵士走到桌前，最前头一人手中晃着绳索。刘飞波袖起两手，迎上前去。

忽然刘飞波右手一扬，从袖中抽出一把闪亮的匕首，旋即喉头鲜血飞溅，脚下晃了几晃，一头栽倒在地。白莲教首领、意欲谋反篡位的逆贼就此自裁身死。

第二十回

携众人驾舟闲垂钓
遇水兽揭开旧谜团

其后的数日里，皇上颁布圣旨，下令对白莲教施以重手惩治。

在京师长安与外地州县内，许多大小官员与富裕士绅被官府拘捕审问，旋即就地正法。随着白莲教在汉源以及其他各地的头目纷纷落网，这场叛乱的骨干已倒，大势已去，再无可能组织起大规模的事变。虽然某些偏远地方出现了小股聚众骚乱，不过皆被迅速镇压下去，出兵平定时几乎未有士卒伤亡。

汉源城内，钦差的手下暂时从狄公手中接管了所有公务。刘飞波自裁后，钦差便立即返回京师，由另外那个留着胡须一脸冷嘲之人全权代管，狄公受命为他跑腿效力、出谋划策。汉源城内被彻底清洗了一番，透露出不少惊人的消息。康仲被逮后供认不讳，揭出县衙中有一名小吏是白莲教的内线，还包括王掌柜手下几名亲信与刘飞波雇来的十几个打手。这一干人后来全被解往京师长安。

狄公既无公事之累，也就不必亲临法场监斩毛禄，不由暗自松了一口气。朝廷原本拟定毛禄受鞭刑而死，狄公上书请求减等发落，理由是毛禄并未奸污刘月仙，甚至还在三橡岛上保护她不被二匪劫去，结果此请获准，由鞭刑改判为斩首。至于劫持并凌虐张虎彪的和尚，则被判流放北方边陲，服十年苦役。

就在毛禄受刑之日的清早，一场倾盆大雨从天而降，汉源百姓纷纷道是城隍想要洗去洒在此地的血污。大雨骤来骤去，午后又是艳阳高照，凉爽宜人。

当天晚上，所有公事权柄将会正式交还给狄公，因此这便成了最末一个闲暇无事的午后。狄公决意率众人去湖上钓鱼。

马荣乔泰先去码头租了一条平底小船，然后拖到栈桥边。狄公徒步走来，头戴一顶硕大的斗笠，洪亮陶干从旁随行，陶干手中提着钓竿。

众人上船坐定后，马荣独自站在后方打桨。小船在碧波荡漾中缓缓离开湖岸，水上微风拂面，爽惬心神，众人皆不出声，只默默欣享这难得的悠闲一刻。

狄公忽然开口说道："这六七日里，我常常从旁打量锦衣卫们如何行事，竟是饶有趣味。那个留着短须之人——至今我也不知他姓甚名谁、职位高低！——起初颇为矜持冷淡，不过后来稍稍和缓，甚至允许我看些机密文书。此人办事十分干练，查案彻底且有条不紊，令我受益匪浅。不过他派了许多差事让我去办，直到今天方才得闲，故此能与你们几个畅谈一二！"

狄公将手浸入清凉的湖水中，接着叙道："昨天我去探望韩咏翰，他受了几日严审，至今仍然心绪不佳，不过大半却是由于家乡汉源居然会成为叛乱中心！他从不知道韩宅地下建有密室，可惜那位查案官竟执意不信，连续审问了两日之久，并且脾气越来越

携众人驾舟闲垂钓

坏，最后还是我前去禀明韩咏翰被劫之后，曾不顾白莲教的恶意威胁而立即报知官府，查案官这才下令将他开释。韩咏翰因此对我甚为感激，我也趁此机会，向他透露了梁芬与韩柳絮互相爱慕一事。韩咏翰闻听过后，先是愤愤申明梁芬配不上他的爱女，不过后来还是改了主意，表示不会反对这桩婚事。梁芬是个诚实严谨的后生，韩柳絮妩媚动人，二人定会成就一桩美满姻缘。”

“韩咏翰与杏花果真没有私情？”洪亮问道。

狄公抱憾笑道：“我得承认自己完全错看了韩咏翰。他为人甚是老派，头脑狭隘，顽固不化，心地虽然仁厚，却不够聪明机巧，并非超逸拔俗之辈，与杏花从无一丝瓜葛。不过杏花却是个性格鲜明的女子，爱憎极为强烈！你们看，就在那边远处，绿柳坊的树丛中立起了一座汉白玉牌坊，正是奉了当今圣上之命所建，上面刻有‘忠孝懿范’四个大字。”

此时小船已行至湖心。狄公甩竿放线，忽又迅速收回。马荣脱口咒骂一声，只见一个硕大的黑影正从船底游过，两只小眼闪闪发亮。

“在此处不会钓到任何东西！”狄公怒道，“这些畜生会将大鱼小鱼都赶得远远！瞧，那边又游来一只！”见四名亲信面露惊骇，又道，“我曾猜测过有人溺水后尸体失踪不见，正是因为湖中有大鳖出没。这些畜生一旦尝过了人肉的滋味……不过无须担心，它们从不会攻击活人。马荣，将船再撑得远些，前方不定会更易垂钓。”

马荣开始用力划桨。狄公手抄袖中，若有所思望着远处的汉源城。

“老爷是何时发现刘飞波谋害了梁大人，并假扮作他的？”洪亮问道。

“直到最后一刻才发现。”狄公答道，“就在打发马荣乔泰前往京师的当晚，我独坐于二堂中，一夜不曾入眠。梁大人挥霍家产算不得是头等大事，最要紧的还是杏花被害一案。此案实则发端于数年之前，由于刘飞波雄心受挫而起。然而到了最后关头，正如我们在汉源城中所见，刘飞波的谋反大业已然降格为与两个女子的情感纠葛，一是女儿刘月仙，一是情人杏花，这恰是此案的关键所在。当我终于看透这一点时，其他所有疑难便立时迎刃而解。

“刘飞波不但天赋极高，而且有勇有谋、精力充沛，天生是做官的好材料，不过科场受挫一事令他大伤自尊，即使后来经商有成，仍然耿耿于怀不能平复，郁结心中多年，直至演变为对于当今朝廷的刻骨怨恨。

“一个意外发现勾起了刘飞波的野心，从而蓄谋复兴白莲教，并改朝换代、君临天下。他从一家古董铺中偶然购入了一册古旧的书稿，正是由韩隐士亲笔所著，里面载有关于建造密室的计划，钦差孟大人在京师长安的刘家宅院内搜出了这部手稿。韩隐士不但记述了预备建一密室，专为子孙后代在战乱时用以避难，还打算将全部家财即二十箱金条悉数藏入其中，在密室中掘出一口水井，并贮有许多干粮。手稿最后附有打开暗门的字谜，暗门就装在佛坛前，并指明这一秘密将由韩家长男代代相传。

“刘飞波读过之后，起初可能不以为意，只当是一位老者的奇思异想而已，不过仍然打定主意要去汉源走一趟，只为证实韩隐士是否当真付诸实施过，于是专程前去拜访韩咏翰，并在韩家住了十天半月。刘飞波发觉韩咏翰对此事一无所知，仅仅知道韩隐士曾留下遗命，即佛堂从来不许关门且里面点有长明灯，还以为是出于先祖的一片虔心，其实韩隐士的真正用意在于后世子孙一旦遇到危难，无论昼夜都可立即进入密室。一天晚上，刘飞波定是偷偷潜入佛堂，发现一切正如韩隐士书中所述，其中果然建有密室，藏金存粮也是一样不少，并猜到韩隐士由于突然过世，因此尚未来得及将此秘密告知家中长子，即韩咏翰的祖父。不过刊印传世的棋书亦是韩隐士所著，最后一页便是那谜一般的棋局。除了刘飞波与杏花之外，无人知晓那棋局实为打开佛堂中密门的关键所在。”

“韩隐士真是聪明绝顶！”陶干赞道，“棋书一旦付刻刊印，便可保证这一重要线索不致失传，然而若非此道中人，断不会猜出其中真意！”

“一点不错，”狄公说道，“韩隐士着实聪颖睿智、学识渊博，令我心生景仰，恨不能有缘一见哩！再说回正事，如今刘飞波暗中攫夺了韩家的巨额财产，将其用于策划布置一场举国叛乱，地下密室还可当作密谋商议的总堂，真是再好不过。他在韩宅与梁宅之间建起了一座别墅，又命人掘出一条地道，用以连通自家花园与地下密室，事后又亲手杀死了那四名不幸的工匠，我与陶干在密道中发现的尸骨便是明证。

“随着阴谋日渐扩展，刘飞波的开销也越来越大，不但要向一些贪官行贿，还须出钱给各地匪首采办兵器，刘家资产与韩家藏金皆已消耗殆尽，非得另觅财路不可，于是便又打起了梁家的主意。刘飞波一度常常与梁大人结伴在园中散步，因此对梁大人及其家中几名仆从的日常习惯知之甚详。大约半年前，他定是诱骗梁大人进入密道，然后在那里谋害了梁大人的性命，又将尸身装入棺木中，我和陶干曾在密道中见过。就从那时起，‘梁大人’便开始患病，眼力越来越差，头脑愈发健忘，并且经常将自己关在卧房中久久不出。所有这些都是刘飞波的伪装，使他得以分身扮作二人。他定是在密室中乔装改扮，然后悄悄穿过自家花园进入梁府，梁芬住在宅院另一头，身为家仆的老夫妻二人也已是年迈昏聩，这些都对刘飞波假扮梁大人十分有利。不过，有时也会发生意外，使他不得不拖长假扮的时间，或者在密室中与教内众人议事，正是因此，刘家下人传说他会‘隐身术’，正如洪亮从一名轿夫口中听来的一般。

“刘飞波与手下走卒万一帆对梁家的家产细细研究了一番，便开始大肆抛售田产，以此获得预备叛乱的大笔金银。一切都进行得十分顺利，刘飞波与其同伙正待商议择日起事时，不想自家后院起火。这就要说到舞姬杏花姑娘，其真名叫作范鹤仪。”

小船此时十分平稳。马荣已在船尾盘腿坐下，正与其他三人一道听得入神。狄公将斗笠朝后一推，接着叙道：“白莲教在山西也有党羽。平阳有个姓范的地主被卷入其中，过后想要抽身出来，并预备向官府告发。白莲教得知此事后，强迫他签下一份假造的文书，自承犯下谋反大罪。此人随即自尽身亡，全部家产都落入白莲教手中，遗孀范太太，女儿鹤仪小姐，还有襁褓中的幼子几乎沦为乞丐，于是女儿便自卖为伎，将这笔卖身钱交给母亲，使她得以在平阳买下一个小田庄安身，过后又定期将赚来的银钱大半寄回家中，使幼弟可读书受教。昨天有一名密使从平阳送来一封书信，当地官府在拘捕并审问过白莲教头目后，将得到的消息尽数写在信中，我读过之后，方才知晓以上内情。

“杏花后来的经历，倒是不难推想。她的父亲在临死前，定是对她吐露过白莲教密谋造反一事，包括总部设在汉源，首领名叫刘飞波等等。这姑娘忠勇可嘉，决意要揭露这场阴谋，以此为父亲报仇雪恨，正是因此，她才会执意要求被卖到汉源，后来又接受刘飞波作为情人，目的便是要从刘飞波口中刺探出白莲教的秘密，然后再向官府告发他本人及其一众同谋。

“杏花美貌出众，性情古怪高傲，性格异常坚韧。据我想来，她出身于平阳世家之一，在那些家族中，母女之间常会世代传承一些与巫蛊相关的秘术。不过我疑心她如果不是与刘飞波的女儿刘月仙面貌酷似的话，能否当真吸引住刘飞波这般狂妄自大、野心勃勃之人。

“我实难理解猜度人心中的某些阴暗诡谲之处，只可说刘飞波对其女儿的钟爱里，夹杂有另一种感情。依照孔孟之道，一个男子只可对并非血亲的女子产生情意。刘飞波生性残忍冷酷，对女儿的挚爱是其唯一致命弱点，他必是曾与这罪恶的情愫苦苦相搏，然而刘月仙却毫不知情。我想象不出这种不伦之爱会如何影响刘飞波与其妻妾的关系，不过要说他在家中过得郁郁不乐、心绪不宁，我认为丝毫不足为怪。正是因此，与杏花的私情必是给了刘飞波一个逃避之所，不但可以藉此远离时时折磨心神的无限痛苦，而且使他得以体验或许与其他女人从未有过的男女深情。

“如今已经查明，刘飞波与杏花幽会的地点，是在王掌柜家的花园亭阁中。杏花从刘飞波口中得知了许多有关白莲教的消息，也包括棋局中隐藏的秘密。刘飞波给杏花写过不少情书，他着魔一般的激情必须倾泻出来，诉诸笔端甚至也成了一种途径。不过他十分精明，未用自己本来的笔迹，而是模仿梁大人的侄子梁芬的字体，刘飞波看过梁家许多账目，故此对梁芬的字迹甚为熟悉。天知道他究竟是如何生出这等荒唐的念头，竟至在情书上冒用其女刘月仙的情郎张虎彪的别号署名。我再说一次，有些阴暗而浓烈的感情，着实匪夷所思。

“刘飞波从不想让女儿嫁人，不能忍受女儿离他而去并被其他男子占有。刘月仙爱上张虎彪后，刘飞波极力反对这门亲事，命其手下万一帆刻意诽谤张文章，以便给自己造成一个名正言顺的毁婚理由。但是刘月仙生病后日渐衰弱，刘飞波不忍看着女儿如此伤心，定是经过极大的努力才同意了亲事。我们可以设想，与女儿分离的日子渐渐临近，刘飞波极为难过，并且此时给杏花的情书中也透露出他开始生起疑心，预备要终止这段私情，皆因杏花总是急于打听有关白莲教的一切。同时失去两个深爱的女子，可以想见刘飞波是何等心神大乱。更有甚者，钱财上的忧虑也是日甚一日。他假扮作梁大人后，已经卖掉了梁家的大部分田产，离发动叛乱的日子越来越近，不但愈发迫切地需要大笔现银，而且还得尽快弄到手才行。于是刘飞波从王掌柜手中要钱，还命令康仲劝说其兄康伯借款给万一帆。想来这些事都发生在两月之前，那时我们刚到汉源不久。”

狄公略停片刻，陶干开口问道："老爷如何发现康仲也是白莲教成员？"

"只因他费尽心机要说服康伯借钱给万一帆。"狄公答道，"我当时听了就觉得奇怪，康仲经商多年，竟会提议借一大笔款子给万一帆这样可疑的掮客。一旦得知万一帆是叛匪之一，我立时便明白康仲定是也卷入其中。刘飞波为了筹钱的这些疯狂举动，给了我一条重要线索，再加上他的'隐身术'以及梁大人突然发病，于是我明白原是刘飞波假扮而成，后来又将梁大人变卖田产换成黄金的怪异举动与白莲教成员王掌柜缺钱一事联系了起来。由于梁大人无可怀疑，且又年事已高，那么只剩下一种可能的解释。"

陶干听罢点头，缓缓捻着左颊上的三根长毫。狄公接着又道："如今再说杏花被害一案——这案子甚是扑朔迷离，直到最后一刻，才变得明晰起来。刘月仙与张虎彪成婚后的第二天，在花船上举行夜宴。由于刘飞波对杏花心生怀疑，整晚都紧紧盯住她。当杏花站在我和韩咏翰之间，对我透露消息时，刘飞波从她的口唇翕动中看出了意思，但却误以为杏花是在对韩咏翰说话。”

“老爷与我曾经议论过此事，认定不会有此误会，”洪亮插言道，“杏花分明叫了一声‘太爷’！”

“我本该早些想到此节才是！”狄公苦笑一下，“切记杏花开口讲话时并没看我，而且说得很快，于是刘飞波便将‘太爷，汉源危矣’误以为是‘大爷，韩员外’，以为她是在对韩咏翰说话！此事必定令刘飞波极为震怒：自己的情人不但打算背叛，而且还与情敌韩咏翰共谋！杏花叫得如此亲昵，如果不是与韩咏翰关系密切，又能如何作解呢？由此亦可推知刘飞波为何第二天便要封住韩咏翰的嘴，并且使出劫持与威胁的下流手段，也可解释刘飞波饮刀自裁之前，为何最后还要向心目中的情敌说出那般轻蔑之语。所幸杏花后来说的关于下棋的话未被刘飞波看见，因为当时银莲花已经回来，无意中挡住了刘飞波的视线。如果刘飞波也得知这一消息的话，定会立即将老巢从密室中撤出！

“既然杏花意欲背叛，刘飞波就非得立时除掉她不可。当他目睹杏花翩翩起舞时，从他的眼神中，我本应看出真相。他必须杀死杏花，因此深知这是最后一次欣赏她夺人心魄的美貌。他的眼中既有恨意，痛恨背叛他的情人，同时也有深深的绝望，因为将要失去自己钟爱的女人。

“彭掌柜身体不适给了刘飞波一个离开宴厅的绝好机会。他扶着彭掌柜走到右舷，当彭掌柜靠着栏杆站在那里时，刘飞波奔到左舷，从窗外示意杏花出来，带她进入舱房内，将她打昏之后，又将铜香炉塞入其衣袖中，然后把人扔进湖中，接着走回右舷。此时彭掌柜已稍稍好转，于是二人一道返回宴厅。当刘飞波听说杏花的尸体并未沉入湖底，从而暴露了杀人行径时，可以想见他心中会是何等惊惶。

“不料还有更糟的事情等在后头。次日一早，刘飞波得知爱女在新婚之夜猝死于洞房中，一日之内，竟至失去了两个最为钟爱的女子。刘飞波的一腔愤恨并未指向张虎彪，却是冲着其父张文章而去，正是自己的不伦之爱，使得他立时认定张文章也对刘月仙心怀欲念，至少在我看来，这是刘飞波对张文章提出离奇控告的唯一解释。刘月仙之死对刘飞波是一个可怕的打击，当她的尸身又莫名失踪时，刘飞波终于彻底失去自持，从那时起，他便如同邪魔附身一般，所作所为几近失常。

“从康仲的口供中得知，刘飞波当即命令所有手下出去寻找刘月仙的尸身，由于行止怪异，令康仲、王掌柜和万一帆等人开始忧心忡忡。这几人全不赞成劫持韩咏翰，认为此举太过冒险，杏花被杀便足以警告韩咏翰不可将听到的话泄露出去。但是刘飞波却执意不肯，非要折磨一番他的情敌不可，于是韩咏翰便被刘飞波的打手塞入一乘小轿内，在刘家花园里来来回回兜圈子，然后又被带入自家宅院地下的密室之中！韩咏翰对我讲过房间呈六角形，倒是一点不错，还记得从刘家的密道朝上走了十级台阶进入密室。那个戴着白色面罩的大汉正是刘飞波本人，他当然不会放过这一机会，定要羞辱折磨一番杏花为之移情别恋的新欢不可。

“这个阴郁沉重的故事即将接近尾声。刘月仙的尸身下落不明，刘飞波不但手头急需用钱，还担心我已对他产生怀疑。在这内外交困之际，刘飞波决意让自己失踪，从此以梁大人的身份继续指挥叛乱。

“刘飞波还没来得及告知万一帆自己预备销声匿迹时，万一帆便已落网，在公堂上听我说刘飞波已然逃走，还以为刘飞波放弃了谋反大计，从而打算和盘托出一切，以换得一条性命。但是衙内有一名小吏正是白莲教内线，将此事迅速告知刘飞波，刘飞波命他将有毒的糕饼送给万一帆。糕饼上的莲花图样并不是为万一帆而预备的——切记牢房中光线十分幽暗！——却是特地为我所设，意在进行恐吓搅扰，使得我在叛乱爆发前的最后几日不会插手进来。

“就在同一天晚上，刘飞波又派人捎信给王掌柜和康仲，命他们以后在梁大人府里与自己见面。王掌柜与康仲凑在一起私下商议，一致认定刘飞波行事昏乱，由王掌柜接替主持。于是王掌柜前去密室内，企图盗取机密文书，一旦拥有此物，便有了掌管整个白莲教的权力，不料刘飞波已将文书移走并偷偷藏入梁府的鱼缸内。我与陶干在密室中惊动了王掌柜，一番厮斗之中，失手令他丧命。”

“老爷如何知道那文书就藏在鱼缸里？”乔泰急急问道。

狄公微微一笑，说道：“我去拜访所谓的梁大人时，曾在书房中等候。那些金鱼起初一切如常，看我站在鱼缸前，就纷纷游到水面上，意欲讨些吃食，但是当我将手伸向花神像时，便立时骚动起来，看得我吃了一惊，禁不住猜想其中到底是何缘故。我逐渐发觉刘飞波假扮作梁大人后，忽又忆起此事。金鱼如同其他被人喂养的小生灵一样，也是过于敏锐善感，不喜欢有人探手入水。我想它们定是之前有过类似的经历，有人在水里不知有何举动，惊扰了它们宁静的小天地。于是我便推测那底座可能是一个秘密机关，既然刘飞波手中最要紧的是一卷文书，想必正是藏在那里！”说罢拿起鱼竿开始理线。

“这桩大案一旦了结，”洪亮满意地说道，“老爷无疑很快便会升官了！”

“升官？”狄公惊讶地反问道，“哪里有这等事！我没被朝廷撤职查办，已是十分庆幸！因为没能及时查明此事，钦差大人已严厉训斥过我一顿，况且官文业已发下，里面白纸黑字明白写着我将官复原职，仍做汉源县令，这一点毫无疑义！京师吏部还加了一条批注，道是朝廷之所以网开一面，只是由于我在最后关头找出了叛匪的重要文书。诸位听好，身为一县之令，理应知晓所辖地方发生的一切事情！”

“且罢，”洪亮又道，“无论如何，杏花被害一案总算已经了结！”

狄公默默放下鱼竿，对着水面注视半晌，又缓缓摇头说道：“非也，我觉得此案尚未了结，尚未彻底结束。杏花怀有一腔难以化解的深仇大恨，刘飞波即使自裁身死，恐怕仍不能令她就此称意遂心。有些情感过于酷烈，以至凝聚成一种残忍凶暴的力量，并幻化为有生命的灵物，即使原先附身之人已然逝去，仍能保有自己的强力继续加害。据说这些邪灵有时会附在死人身上，利用死人去达到自己阴毒的目的。”眼见四名亲随听得惊恐不安，连忙又道，“此类鬼物虽然强大，但只会加害那些向来居心叵测之人。”

狄公俯身低头，朝水中定睛看去，在幽深的水底，莫非真会再次浮现出那张平静的面容，还有一双定定望向自己的无神的眼睛，宛如花船上的惊魂之夜一般？狄公不禁浑身一竦，抬头自语道：“若是有谁心怀邪念，每逢夜深人静时，最好不要在这湖岸边独自漫步。”

后记

高罗佩

如同所有中国古代公案小说一样，本书的中心人物狄公也是一位地方县令。从古时候直到 1912 年中华民国成立，这一职位向来兼法官、陪审团、公诉人和侦探于一身。

县令治下的辖区，是中国政治管理的复杂体系中最小的行政单位，通常包括一个四面建有围墙的大型城镇以及周围的乡间地带，方圆约有二百里。县令是这一地区内职位最高的官员，负责城市与乡村的行政管理，主持县衙公务、征税、出生死亡婚姻登记，通常还负责维持整个地方的公共秩序，实际上统管着当地居民生活的方方面面，因此被称为“父母官”。县令只对上峰负责，即本州刺史或是本地节度使。

地方县令的职权中包括判案一项，从中可体现出其人的刑侦才能。因此我们发现在中国公案小说中，破获疑难案件的智多星从来不是“侦探”，而是“判官”。

如同其他几部狄公案系列小说一样，笔者试图展示出县令的职责是如何全面而广泛。发生的罪案将直接上报至县令面前，众人期望他去搜集所有证据，再加以甄别，寻出真凶后将其捉拿归案，使其认罪再宣判，最终得到应有的惩处。

公务过于繁重时，县令从县衙常驻人员那里只能得到很少的帮助。衙役、书办、守卫、狱吏、仵作等下属只做各自的例行公务。至于明察暗访，县令则无法要求他们予以协助。

鉴于这种状况，县令通常与自己的三四名亲信关系密切。这些人皆是他在初入仕途时精心挑选出来，并一路跟随至各地任所，直到县令最终升迁为刺史。亲信的职位由县令本人亲自任命，通常高于县衙内所有常驻人员。县令正是依靠他们的协助，方可进行侦缉查案。

在每一部中国公案小说中，这些亲信总是被描写为身强力壮、英勇无畏的人物，并且精通中国拳术与角抵。他们与后来伦敦弓街（Bow Street）[1]上的英国侦探一样，也遵循随身不带武器的高贵传统，在拘捕凶犯时全凭赤手空拳。

狄公如同其他县令一样，亦是从“绿林兄弟”中招募亲信，即罗宾汉式的拦路劫匪。他们之所以被迫以此为生，常是由于被人诬告或是杀死过贪官酷吏等类似原因。狄公案系列小说之《黄金案》中描述了狄公在刚刚步入仕途时，如何挑选了马荣乔泰作为亲

---

1 英国伦敦考文垂花园的一条大道，与法律颇有渊源。1749 年，亨利 · 菲尔丁（Henry Fielding，英国著名小说家，代表作为《汤姆 · 琼斯》，曾任伦敦治安官）在此成立了伦敦第一支职业警察部队，名为“弓街奔跑者”（Bow Street Runners）。1832 年，伦敦警察厅在此建立了派出机构，后来发展成为弓街治安法庭（Bow Street Magistrates' Court）。

信，在此书中，则叙述了狡黠多智的陶干如何成为狄公手下的经过。

这些亲信是县令的左膀右臂。县令派他们出去打探消息，面会证人，跟踪嫌犯，寻找罪犯的藏身之处，并将其捉拿归案。然而这并非意味着县令本人从不走出自己的官署一步。在中国古代官员的举止规范中，规定县令一旦外出公干时，应当摆出与其职位相称的所有排场，不过也可时常微服出行，在乔装改扮后悄悄离开衙院，利用私人闲暇时间出去四处勘察。本书中描述了狄公的头一次类似经历，以及从中得到的教训。

即使如此，县令行事的主要地点仍是县衙大堂。他端坐在高台上的案桌后，面对狡猾的嫌犯，用机智的提问使其心慌意乱，遇到强硬之徒，则用威吓使其招供，或是诱哄胆小怕事的证人道出真相。县衙法庭是县令官署中的一部分——通常称为大堂。县衙是一个庞大的院落，里面建有许多房舍，四面筑有围墙，内部用庭院和廊道分隔开来。正门装饰富丽，旁边是守卫居住的门房。进入正门之后，大堂正在一进庭院的后方，有一面硕大的铜锣悬挂在门口的木架上。三声铜锣敲响时，昭示县衙即将开堂。当地百姓随时可敲响这面铜锣，表明有人意欲在县令面前报案。

大堂是一间宽敞的大厅，四壁几乎空空，只挂有少数几张称颂律法威严的字幅。大堂后方有一座高台，上面设有案桌。案桌后摆着一张宽大的扶手椅，供县令开堂审案时就座。案桌左右两旁各有一张低桌，书办坐在彼处，负责记录审案过程。案桌后方有一道门廊，通向县令专用的二堂——或称为县令的议事厅。此门廊由一幅帷幕或屏风遮蔽，帷幕上绣有硕大的獬豸图样，在中国古代，这种神兽是明察秋毫的象征。大堂不开的时候，县令在二堂中办理所有例行公务，每天依例在早间、午时和晚间开堂三次，没有周末休息，唯一的节假日是新春佳节。

二堂出去便是二进庭院，周围有数间较小的房舍，衙吏、档房管事和书办等人在其中各自做公。公廨后面有一座花园，花园后面是一间轩敞的花厅，用于进行各种公开活动，或者接待贵客。

县令的居处也在院内，其妻子儿女与家中仆从全都住在其中。内宅常常自成一体，形成一个单独的小院。

古代判官自有一套办案方法，由于缺乏现代科学手段，必然颇多障碍，比如没有指纹系统、化学检测和照相术，然而他们却拥有刑典所赋予的广泛权力，因此在办案时可得到许多便利。判官只要发票就能拘捕任何人，可在用刑当中审问嫌犯，命人当场痛打顽固的证人，使用间接证据，恐吓被告使其说谎，然后得意地指出其抵牾不合之处——简而言之，尽可以堂而皇之地公然使用所有三四流手段，令西方法官听后不禁浑身发抖。不过还有一点必须说明，中国判官并非依赖用刑或其他暴力手段来获得胜利，而是通过手下人员广博的知识，以及自己的逻辑思考与良好常识，后一点尤其重要。如狄公一般的中国县令，具有强大的道德力量与高超智慧，同时又是出色的文人学士。在接受了古典教育之后，他们不仅完全通晓中国的文字与艺术，而且拥有对于人间万象的广博知识，甚至对于医学和药理也略知一二，还有佛家教义中关于人类情感和思维活动的详细分析。佛教从印度传入中国后，使得中国学者早早便具备了一种敏锐的心理洞察力。本书中狄公对于刘飞波变态情爱的分析，乍一看似是时代错误，其实并非如此。

至于滥用司法权威，有几种因素可以对此加以限制。首先，地方县令只是整个帝国庞大的行政机器中一个小小的齿轮，必须向直属上级汇报自己的所有举动，并附上全部相关原始文件。由于每个官员无论职位高低，都必须完全为其下属的行为负责，因此这些记录将会被各级行政部门仔细检查，一旦发现有可疑之处，便会要求复审，一旦发现犯有过失，便会对负有责任的县令进行严厉训诫。县令看似拥有绝对权力，并且地位高高在上，其实不过是借来的荣光而已，这些权力并非基于其个人禄位，而仅仅来源于他暂时被授予的官职和所代表的整个体系的威名。不可侵犯的是法律本身，而并非是代表法律的判官。司法官员不可声称自己拥有豁免权或其他基于职位的权利。一旦上司发现判官犯下错误，此人的所有权利就会被当即剥夺，立时沦落到“阶下囚”的悲惨境地，跪在案桌前的冰凉地板上，遭到众衙役的辱骂——直到他证明自己的行为正当为止。在此书中，笔者也曾试图描述过这一内容。

虽然中国古代行政体系具有独裁性，但是中国人长期以来特有的民主精神仍是不可埋没，对于滥用司法权威的最有力的审查仍是来自民意。公元前成文的《吕刑》中写道：“判官行事时理应与民意一致。”[1] 所

---

1 即《尚书 · 吕刑》，高罗佩先生在译著英文本《棠阴比事》中曾提及此篇。文中虽没有与此句完全对应的字句，不过仍有不少与此相关的叙述，比如：“简孚有众，唯貌有稽。”“哀敬折狱，明启刑书胥占，咸庶中正。其刑其罚，其审克之。狱成而孚，输而孚。”“明清于单辞，民之乱，罔不中听狱之两辞，无或私家于狱之两辞！”

有开堂审案都对民众公开，全体百姓都可了解审案过程并加以议论，听取各方证词和最初查案也是当众举行，在这一方面，中国古代司法制度甚至走在了西方前面。百姓们成群结队、熙攘喧闹，不过却是高度自制自律的群体，并且能够使得自己的呼声直达官府。家庭或宗族将人们密切联系在一起，除此而外，还有更广泛的职业行会组织、同业公会与宗教兄弟会。百姓一旦遇到残酷暴虐或是独断专行的县令，并且决意要违抗他的命令，便会拖延缴税，使各种记录混乱不清，公共设施也变得无人修缮，过不多久，监察御史便会亲临此地进行调查。这些令人畏惧的监察者在全国各地微服私访、巡按四方，拥有极大的权力，且只对皇帝负责，有权将任何一名官员立即拘捕并解送京城受审。

从整体而言，这一制度的最大缺陷是对于金字塔结构中的上层依赖过多。当京城官员普遍腐败堕落后，这种恶化便会自上而下迅速传播蔓延。满清王朝的最后一百年间，司法管理上的普遍恶化是显而易见的现象。因此在十九世纪，外国人观察过中国的现状后，对司法体制评议不佳是毋庸置疑的。

第二个缺陷是在这种制度下，地方县令担负了过多的责任。县令向来公务繁重，不得不将相当一部分事务交给下属去办理。像狄公一般精明强干的县令尚可应对一切大小事宜，而那些能力稍逊之人，则很快便会完全依赖县衙中的常驻人员，比如主簿或衙役班头等，这些小人物尤其容易滥用权力。

还有一点需要说明，即担任地方县令是日后升至高位的晋身之阶。由于升迁只依赖于实际考绩，且任期一般不会超过三年，因此即使才能平庸之辈，也可尽力成为令百姓满意的父母官，以期在一段时间之后升到较为轻松的高位。

总体来说，中国古代行政制度运行良好。下面这段话出自《大清律例》的杰出译者乔治·斯当东爵士（Sir George Staunton）的笔下，可引述在此，作为对中国古代司法制度的称赞。这段话写于十八世纪末期，当时满族人的权力中心已经逐渐瓦解，随之而来的许多滥用司法权力的现象初露端倪，因此这位谨慎的观察家写道：“从事实角度来说，存在着坚实的基础使人可以确信，无论处于任何级别或职位的官员，其明目张胆或是一再出现的不公正行为，并非总能完全逃脱罪责。”

在本书中，笔者遵循了中国小说体例——即传统公案小说体例——让判官同时办理三桩案件，将三个故事组织贯穿成一个连续的故事，以唐代著名大臣狄公作为中心人物。狄公本名狄仁杰，历史上确有其人，生于公元630年，卒于700年，早年曾经担任过地方县令，由于破获了许多疑难案件而声誉鹊起，后来成为当朝宰相，头脑睿智又勇于进谏，对朝政起到了有益的影响。

新娘失踪一案取材于一个真实的假死案件，出自《惊人奇案》第六部分。此书是一部罪案故事集，1920年在上海出版，作者王艺从多部古书中摘录出这些故事并加以重印，可惜没有注明来源出处。这一假死案据说发生在1880年，即晚清光绪年间。笔者只借用了其中的主要情节，对整个故事背景做了改动，从而使之可与舞姬溺水一案相呼应。

舞姬溺水一案是将三桩案件联系起来的主干，由笔者本人构思而成。在中国公案小说中，常常会出现花船杀人案与秘密政治团体暗地活动的故事。然而必须说明一点，即白莲教成立于狄公生活的年代之后，作为反对蒙古人统治的中国民族主义运动，最初出现于十三世纪，后来在1600年的明末时期再次复兴。本书中写到的白莲教，是由一伙只为寻求个人私利的罪魁们策划的一场阴谋叛乱，类似的故事在中国历史上确实发生过，但却常常是由忠诚无私的爱国者组织起来，旨在推翻外族统治或是剥削压迫民众的政权。在此值得一提的是，中国国民党在孙逸仙博士的领导下，于1912年推翻了满清政权，建立起中华民国，其发端便是一个名为“同盟会”的秘密政治团体。1896年，满清政府悬赏捉拿孙博士，孙博士访问伦敦时，被诱骗进入大清公使馆，遭到秘密囚禁，预备押送回国并处以死刑，但是他设法将自己被绑架的消息秘密送给英国当局，后来沙士勃雷侯爵（Lord Salisbury，时任英国首相与外相）介入此事，并使孙博士终于获释。史实常常比小说更加奇异！

至于一伙匪盗聚居在难以攻破的沼泽地里的情节，取材于中国古代著名流浪汉小说《水浒传》，这是一部颂扬官逼民反和农民起义的文学作品，其英译本有杰克逊（J.H.Jackson）的两卷本《水边》（*Water Margin*），1937年出版于上海，还有赛珍珠（Pearl Buck）的《四海之内皆兄弟》（*All Men are Brothers*），1937年出版于伦敦。

此书中写到翡翠铭文中藏有开门密语一节，根据这一原理制造的简易挂锁[1]在中国已有几百年的历史，至今仍在广泛使用。这种挂锁由一根圆柱与贯穿其中的一条横轴组成。圆柱中间套有四五个可以转动的轮箍，每个轮箍外面刻有五个或七个汉字，内面有一道凹槽，可与横轴上的纹路相合。唯有每个轮箍都转到正确的位置，即所有凹槽都与纹路相合时，才可从圆柱中抽出横轴，从而将锁打开。开锁密语通常是一句诗文，由每个轮箍上的一个字组合而成。

中国人下两种棋，一是象棋，一是围棋。象棋的棋子个个价值不同，对弈目的是将死对方的“将”，如同国际象棋一样，是一种为各个阶层所喜爱的棋戏。本书中描写的围棋却更为古老，几乎只有文人学士们才下此棋。围棋在八世纪时传到日本，如今仍然广受欢迎，日本人称之为“碁”。关于这种非常复杂且引人入胜的游戏，至今仍存有许多文献，包括死活

1 即藏诗锁，是一种以诗句为密码的古代锁具。

题手册等。史密斯（A.Smith）写过一本出色的英文读物，名为《围棋》(*The Game of Go*)，1908 年在纽约出版，1956 年在东京重印。

最后还需说明的是，中国与西方社会相反，中上阶层更趋向于力求全家人住在一起。儿子成婚后，便会从家族大院中分出一个庭院来供他使用，并有单独的厨房和用人。其原因在于子女有责任服侍父母，因此必须与父母同住，并且家中众多成员可以互相协作，关系更加密切并彼此受益。“五代同堂”是中国家庭生活的理想方式，每个中上阶层的家宅，就是由数个独立的家庭组成的聚合体，彼此之间通过庭院、廊道和花园连通。在此书以及其他狄公案系列小说中，常常有许多关于中国家宅中多重庭院的描述。

译后记

张　凌

本书是高罗佩先生创作的第三部小说。1952年，他在印度新德里写成初稿，预备最终以中文出版，但是后来发生了一些状况，直到1957年才重又看过手稿。当时高罗佩先生在贝鲁特担任荷兰驻黎巴嫩与叙利亚公使，出版商希望得到新的狄公案小说，于是他重写了此书，添加上一个全新的开头，并用丝绸商人代替朝廷命官作为罪魁，虽然自认为此书比《铜钟案》和《迷宫案》更好，但仍觉得过于复杂，篇幅也过长。此书的英文书稿于1958年7月15日完成，同一时期内也将荷文本准备就绪。[1]1959年，荷文本由荷兰范胡维出版社（W. van Hoeve Ltd.）出版，书名

为 *Meer van Mien-yuan*。1960 年，英文本由英国迈克尔·约瑟夫出版社（Michael Joseph Ltd.）出版，书名为 *The Chinese Lake Murders*。

本书中的故事发生地汉源，与重庆同为山城，并且位于重庆西北方向。本书中的江北，还有其他书中提到的涪陵，均为重庆附近的地名。考虑到高罗佩先生作为外交官曾经在重庆工作三年的经历，译者认为虽然作者明言所有地名纯属虚构，但仍是其来有自。至于汉源（Han-yuan）为何在荷文本中作 Mien-yuan，在此仅做一点猜测：译者在读到高罗佩先生的译著英文本《棠阴比事》时，见有“沔”字，注音为 mien，沔水是汉水上游，汉水的源头即沔，因此 Mien-yuan 或可写作“沔源”。后来经由荷兰同道指点，方才得知其实是荷文本书名采用头韵法的结果，

---

1 ［荷兰］巴嘉迪、［荷兰］万莲琴著，张凌译：《高罗佩传》，上海译文出版社，待出，第十三章。

即一行韵文或一首诗中几个词的头一个字母辅音不断重复，从而形成的一种韵律。

本书开篇的楔子，即作为引文的故事，虽然同样是用第一人称写成，却与其他三部中的单纯叙事有所不同，而是采用了迷离错乱、类似呓语一般的自述口吻，手法颇为独特，显示出作者在创作上不断求新求变的探索和进取精神。1989 年，台湾《光华》杂志采访高罗佩夫人水世芳女士，访谈录中提到水女士从手提袋中拿出两本刚收到的新书，其中一本是小说《明元湖》，“她翻弄着前几页说：‘我重念了这部小说的第一章，写得好惨啊，我想那时候他一定已经知道自己活不久了。’”[1] 此处提及的《明元湖》，当是本书的荷文版。

本书翻译中有两大难点，一是第十回中韩家佛堂

---

1 王家凤著：《天才之妻——高罗佩夫人水世芳》，严晓星编：《高罗佩事辑》，海豚出版社，2011 年，第 105 页。

内的八八六十四字佛经。高罗佩先生在英文本中，确是用六十四个单词写成，读之令人赞叹，但并未提及具体出处。由于英文佛经是横行书写，而中文佛经理应竖行书写，为了嵌套字谜，便不得不将原书中的棋局按顺时针方向旋转90度。二是第一回末尾处杏花姑娘说的话被刘飞波用读唇术判断一节。原文中运用了英文谐音，杏花说的“太爷”（Your Honor），被刘飞波看作是“咏翰”（Yung-han），如果直译，就无法表达出这层意思，并且即使是情侣之间，直呼其名似也不是中国古人的习惯，因此有必要加以变通处理。这一重要关节处，如果不能表达得准确得当，定会贻为憾事。译者苦思多时，曾以“县太爷”和“韩大爷”相对应，终是不够理想，幸得友人集思广益、热忱相助，丁铭女士提议“韩员外”，于鹏先生指出“韩咏翰”与“汉源”口型十分接近，应设法加以利用，译者受此启发，忽而想到“汉源危矣”，再与“太爷”连用，众友听罢表示满意，方才尘埃落定。

特此说明，唯愿读者能够充分体会和领悟到高罗佩先生在创作时的巧妙构思，以及这些妙处对译者将会构成何等艰巨的挑战。

本书第二回中，有一段关于杏花裸胸跳舞的描述，或许会有读者表示难以理解。在高罗佩先生的另一部著作《中国古代房内考》中，关于唐朝的一章里有这样一段文字："值得注意的是，女人的脖子是裸露的，大部分胸部也常常裸露在外，尤其舞女更是如此。葬俑也证明她们只穿一件开胸的薄衫，在胸部下面用一条带子系紧，下为拖曳的喇叭状褶裙。袖子极长，飘甩的长袖在舞蹈中很重要，并常常见于诗文描写。插图 9 是一个胸部半裸的舞女。但其他葬俑证明，女子常常袒胸而舞。"[1] 特地引述在此，以供有兴趣的读者参考。

---

1 〔荷兰〕高罗佩著，李零、郭晓惠、李晓晨、张进京译：《中国古代房内考》，商务印书馆，2007 年，第 181 页。

关于本书中提到的花船，高罗佩先生在《中国古代房内考》关于明代的章节中亦有记述：“南京的妓院区中最出名的是秦淮，它是因位于秦淮河畔而命名。姑娘们多数时间是住在设备豪华的水上妓院，即画舫之中。船板上有歌舞助兴的豪华宴会，而客人则可以在船上过夜。明代作家余怀（1616—1696年）留下了一篇忆旧之作，描写秦淮一带才貌双绝的姑娘，题目是《板桥杂记》。他把这个地方称为‘欲界之仙都，升平之乐国’。……与秦淮‘画舫’齐名的是苏州‘画舫’，还有扬州的‘画舫’。”[1]

关于白莲教，除了作者后记中的说明之外，在此还想补充一点相关资料。1946年，高罗佩先生在重庆的荷兰驻中国使馆工作时，曾经写过报告《中国秘密结社之今昔》，描述了最主要的几个团体的历史背景，成为了关于中国秘密团体的标准著作，其

1 《中国古代房内考》，第289、290页。

中提到“在华北和华中地区最为兴盛的是白莲教，华西有哥老会，华南有三合会（当时在荷属东印度被称为三点会），后来在大运河与东南沿海地区则有红帮和青帮”[1]。从当年同事好友的回忆中，表露出高罗佩先生本人似乎也与哥老会存在某种联系，“他与冯玉祥将军同为天风琴社的成员，而冯玉祥在哥老会里身居高位，或许正是通过此人？但是高罗佩在所有社会阶层里有很多渠道，也可能是通过另一种完全不同的方式。他认识小商小贩、饭馆和妓院的老板，这些人也有各种隐秘的关系，我们大使馆的司机有时也为高罗佩提供有用的消息。高罗佩生活在各种不同的圈子里，这些圈子互不接触、彼此陌生，这是围绕在他本人身上、或许永远无法破解的诸多谜团之一”[2]。2011年9月，学者施晔女士

---

1 《高罗佩传》，第七章。

2 《高罗佩传》，第七章。

曾在荷兰莱顿大学东亚图书馆与高罗佩长子高惠联（Willem van Gulik）先生见面晤谈，施女士问道：“您的父亲和中国各阶层的人都有广泛的交往，包括秘密帮会的人，是吗？”高惠联先生答复曰：“他在来中国之前，就从中国驻日大使馆文化参赞王芃生那儿了解了很多有关中国社会各方面的信息。他很乐意了解并融入中国社会。在重庆时，他拒绝住在能躲过日本人炸弹、安全系数高的山上，宁愿住在市中心，这样方便他与重庆各阶层人士的交往。”[1] 读者自会发现，在狄公案系列小说中，有许多关于秘密帮会与社会下层的真切描述，译者曾经以为这些或是高罗佩先生从中国古籍与文学作品中得来的知识和印象，看过传记资料后，方才明白并非如此。他对于中国社会各阶层各方面的广泛深入了解，达到了旁人难以企及和想象的程度，并且善于发挥自

1 施晔著：《荷兰汉学家高罗佩研究》，上海古籍出版社，2017 年，第 456 页。

身博闻强记的长处，在创作中，时常将当年耳闻目睹的点滴经历诉诸笔端。虽然他借用过不少中国古典素材作为小说的主线情节，但是在惊险曲折的勘案过程中，亦加入了许多生动活泼的细节，运用白描手法，寥寥数笔便勾勒出特色鲜明的人情或风物，显示出对于中国社会生活、中国人言行举止乃至心理思维的深刻洞察与理解，亦是这一系列小说的极大魅力与价值所在，值得久久回味。

在施晔女士与高惠联先生的谈话中，高先生还提到高罗佩先生曾与英国著名侦探小说家阿加莎·克里斯蒂（Agatha Christie）交流和探讨过侦探小说的创作问题，“我们还收藏有她写给我父亲的信，说她已收到父亲寄给她的最新的狄公案小说，她非常喜欢，《湖滨案》中的插图尤其棒”[1]。

然而，受到侦探小说女王称许的插图，却是得

1 《荷兰汉学家高罗佩研究》，第 460 页。

来颇为费工夫。在进行翻译之前，译者原本打算选择通行的芝加哥大学版英文本，不料该版本中仅收有三幅图片，即汉源全景图、花船平面图与棋谱，有作者所写的前言却无后记。在对比同一系列其他几本书的体例时，译者不禁生出疑问，于是又购入了 2005 年 Harper Perennial 版本，其版权页注明使用的是 1960 年 Harper & Brothers 硬皮精装版本，书中果然有插图与作者后记，但又缺少汉源全景图，于是只得兼收并蓄，对比二书的前言，又发现芝加哥大学版中删去了最后一段内容，即“后记中有关于中国古代司法体系的简要介绍，还有关于此书中一些特殊内容的评议，并附有中文资料来源说明”。后来友人提供了在荷文本中意外发现的花船全图，此图在上述两种英文版中均缺失。译者近日又找到 1960 年出版的 Harper & Brothers 硬皮精装本，最前有汉源全景图，最后有花船全图，二图皆是一半印在硬皮封面与封底上，另一半印在普通纸页上，猜测或许是这两张图片处理起来颇不方便，于是在2005年重印时被删去。Harper Perennial版虽然删去了两张图，但是前言未改，第四段中仍保留有关于花船全图的信息，译者当时不明就里，难怪觉得十分不解；而芝加哥大学版则是将相关的图文一并删改，手脚做得更加干净利落。外文版本居然也如此扑朔迷离、暗藏玄机，实在出乎意料，唯愿多方搜求后，能够最终呈现给读者一个完整的原貌。

关于本书前言中提到的希拉里·瓦丁顿（Hilary Waddington），高罗佩先生在自传稿中曾有如下记述："我最好的朋友是希拉里·瓦丁顿，他是留在印度考古局里的唯一的英国人。……他酷爱侦探小说，很喜欢我写的《铜钟案》和《迷宫案》。我在德里完成第三部小说《湖滨案》后，他逐章读过全书，并为最后一页绘制了花船图。"[1]根据前言所述，花船全

1 《高罗佩传》，第十一页。

图与第三回中的花船平面图皆是出于此君之手。另外，在美国波士顿大学霍华德·高特利档案研究中心（Howard Goltlieb Archival Research Center）的高罗佩收藏（Robert Hans van Gulik Collection）中，存有一张花船模型的照片，现附录于下：

在高罗佩先生自撰的荷文版中，花船全图在书前，汉源全景图在最后。此外，还发现了一件趣事，即第五回中的棋谱荷文版与英文版明显不同，现附录于下：

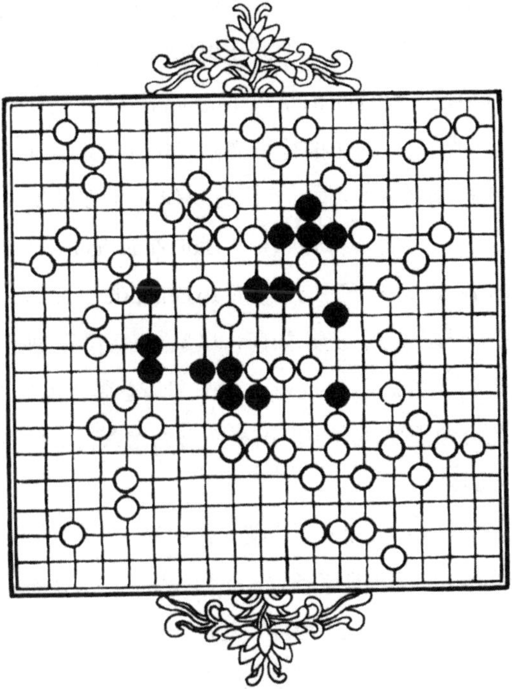

棋局 2

由此可见，在面对如何用不同语种的佛经来嵌套字谜这一难题时，高罗佩先生采取了一种十分巧妙灵活的解决方式，即改变棋谱中的棋子布局，虽然其中起关键作用的是黑子的位置，不过为了模拟真实的棋谱，白子的分布亦做了相应改动。至于前文中提到的读唇术一节，高罗佩先生在荷文版中亦是如法炮制，将韩咏翰（Han Yung-han）命名为 Han Ye-sie，与荷兰语中的 Excellentie（意为“阁下”）一词谐音。无论如何，尽量全面而深入地了解作者的各种思路与技巧，对于翻译总是大有益处。在此感谢提供所有中国国家图书馆馆藏荷文版资料的于鹏先生。

本书中的三个女性杏花、韩柳絮与刘月仙，在高罗佩先生的笔下性格各异、栩栩如生，尤其是第十六回中马荣乔泰远赴三橡岛、刘月仙在船上机智应对贼酋一节，极其生动地描绘出一个有勇有谋的巾帼英雄形象。韩柳絮之名，猜测是来自“柳絮才媛”，出自东晋才女谢道韫咏雪诗的典故[1]，女子的非凡才华从此被称为“咏絮才”。至于梁孟光之名，猜测或是来自东汉时“举案齐眉”的梁鸿、孟光夫妻，不过更可能来自三国时的蜀汉大臣孟光，此公官至大司农，九十多岁时逝于家中，恰与本书中的细节相合。第十四回中张虎彪自述由于生性胆怯而投湖自尽未遂的情节，似是借鉴了钱谦益因为“水太冷”而未能投水殉国的轶事。张虎彪别号“竹林生”，原文为 Student of the Bamboo Grove，似是来自著名的“竹林七贤”。1941年，高罗佩先生曾在日本上智大学出版过《嵇康及其〈琴赋〉》一书，其中论及有关“竹林七贤”的史实，英译名正是 *Seven Sages of the Bamboo Grove*。

1 出自《世说新语 · 言语》：谢太傅寒雪日内集，与儿女议论文义，俄而雪骤，公欣然曰：“白雪纷纷何所似？”兄子胡儿曰：“撒盐空中差可拟。”兄女曰：“未若柳絮因风起。”公大笑乐。即公大兄无奕女，左将军王凝之妻也。（谢太傅即谢安。胡儿即谢朗，是谢安次兄谢据的长子。谢道韫是谢安长兄谢弈之女。王凝之是王羲之的次子。）

“关于第十九回中提到的锦衣卫，或许读者看到此处难免会觉得吃惊。高罗佩先生一再强调本系列小说的背景虽是唐代，然而借用的却是明代制度与风俗，且本书开篇的楔子亦为明代背景。在明代小说《西游记》第六十二回中，唐僧师徒路过祭赛国，国王就曾提到过“锦衣卫”一职。类似这样利用后世制度与风俗写前朝故事的手法，在中国古代小说和戏曲中并不鲜见，绝非高公本人的独创或失察，最著名的例子便是世情小说《金瓶梅》，其故事背景虽为宋朝，实际描摹的却是明代生活场景。另外，在创作狄公案系列小说之前，高公曾将清代公案小说《武则天四大奇案》（又名《狄公案》《狄梁公全传》，共六十四回）的前三十回译成英文，命名为《狄公案》（*Dee Goong An*），1949 年在东京出版。在此书的译后记中，高公提到《武则天四大奇案》的“无名氏作者对于历史细节的精确显然全不在意，在描述日常生活时，完全从自己的眼中所见出发，浑然忘却了书中故事发生在一千年之前的唐代。我保留了这些时代错置（anachronism），例如狄公曾提到宋代学者邵雍（1011—1077），还提到北京是中国的都城。至于其他一些可能在大众中传播错误观念的内容，我全都加以删除。”

原作于 2018 年 9 月

修改于 2024 年 9 月